AF399446

Marlene Menzel wurde 1992 in Berlin geboren. Bereits in ihrer Kindheit entdeckte sie die Liebe zum Schreiben und zu spannenden Geschichten. Ende 2019 machte sie sich neben ihrer Arbeit in der Druckerei selbstständig, doch schon wenige Jahre später war sie Vollzeit-Autorin und veröffentlicht inzwischen als Marlene von Mainau, Mel Maroon, Marlene Moldau sowie unter Klarnamen romantische und spannende Heftromane in mehreren Verlagen. Seit 2022 schreibt sie zudem Bücher und Kurzgeschichten für Amazon. Zum dp Verlag verschlug es sie 2023 gleich in mehreren Genres, unter anderem im Bereich Cosy Crime mit ihrer beliebten Buchreihe *Churchyard Crimes*, die es inzwischen auch als Hörbuch gibt. Im folgenden Jahr begann ihre Arbeit beim Klarant Verlag, für den sie regelmäßig Ostfrieslandkrimis schreibt.

Mord unter Nachbarn

Erstausgabe Juli 2024

Copyright © 2024 dp Verlag, ein Imprint der
dp DIGITAL PUBLISHERS GmbH
Made in Stuttgart with ♥
Alle Rechte vorbehalten

Mord unter Nachbarn

ISBN 978-3-98998-486-8
E-Book-ISBN 978-3-98998-086-0

Covergestaltung: ArtC.ore-Design / Wildly & Slow Photography
Umschlaggestaltung: Christin Peulecke

Unter Verwendung von Abbildungen von
shutterstock.com: © Andrew Roland, © Anatoly Gordienko,
© Ian Sidlow, © Alyona Roshchenko
Lektorat: Katrin Gönnewig
Satz: dp DIGITAL PUBLISHERS GmbH
Druck und Bindung: Books on Demand GmbH, Norderstedt

Für Marco

Prolog

Lancashire, 2024

Peter streckte die steifen Glieder, bis es knackte. Seine Knochen wurden mit jedem Jahr müder, aber er schlug sich wacker. Für einen Siebzigjährigen war er erstaunlich fit, wie er fand. Das musste am jahrelangen Croquet liegen.

Er brachte Teekanne und Tasse in die kleine Küche des Pfarrhauses und spürte, noch bevor er sich umdrehte, dass er nicht mehr allein im Zimmer war.

»Was wirst du jetzt, da du dich wieder frei bewegen kannst, alles unternehmen?«, fragte er seinen Freund und wandte sich um.

Die Soutane zwickte heute insbesondere am Bauch. Vielleicht hatte er in letzter Zeit ein kleines bisschen zu viel Kuchen gegessen. Fiona Healy war eben eine begnadete Bäckerin und brachte fast täglich eine Köstlichkeit vorbei, seit sie wusste, dass ihr guter Freund Nathan Shaw von den Toten auferstanden war. Wie es wohl ihr Mann fand, dass sie sich aufopferungsvoll um einen anderen kümmerte, wenn er von seiner Dienstreise zurückkehrte?

Nathan lehnte sich gegen den Türrahmen und vergrub die Hände tief in den Hosentaschen. »Mal sehen. Bis jetzt sind nur Fiona und du nett zu mir. Die anderen meiden mich, so gut es geht. Lucretia hat sich gestern sogar bekreuzigt, als sie mich beim Einkaufen gesehen hat. Ansonsten weichen mir die Menschen seit Monaten aus und wagen es kaum, mich anzusehen. Aber ich will mich nicht beschweren. Bin ja selbst schuld an meiner Lage. Hier draußen ist man eben recht abergläubisch und glaubt noch an Hexen, Gespenster und Gottes Strafe.« Ein schiefes Lächeln umspielte seine Lippen, das Peter nur zu gut von Alethea Shaw kannte. »Es ist nicht so, dass ich deinen Beruf schlechtreden will«, sagte er schnell. »Aber mit dem Glauben dieser Verrückten hat die St. Benet's Church sowieso nichts am Hut. Manch einer wird mich sicher für ein Alien halten.«

Die Familie Shaw ähnelte sich nicht nur äußerlich, sondern auch in ihrem bissigen Humor. Doch davon wollte Alethea gemeinhin nichts hören. Sie mied stattdessen alle Gespräche rund um ihren Vater, als wäre er noch immer ein Geist.

»Sie werden sich schon wieder beruhigen. Außerdem haben sie seit ein paar Monaten andere Sorgen als den auferstandenen Nathan Shaw.« Peter hob vielsagend seine Brauen.

Nathan kam nun ganz in den Raum und verschränkte die Arme vor der Brust. Der Blick aus seinen schokobraunen Augen war neugierig.

Wieder erinnerte er Peter an die junge Totengräberin, die auf dem St. Benet's Churchyard arbeitete und in ihrer Freizeit Kriminalfälle löste. Er hoffte, dass Alethea und Nathan bald miteinander sprachen und das Kriegsbeil begruben, da sich Peter hin- und hergerissen fühlte. Nathan war sein Freund, aber dessen Tochter war ihm mit der Zeit genauso ans Herz gewachsen.

Sein Gegenüber kniff die Augen zusammen und riss ihn aus seinen Gedanken. »Du sprichst von John Birming, dem alten Halunken?«

Peter nickte. »Genau von dem. Er beschäftigt meine Schäfchen zutiefst. Sie haben sogar Angst vor ihm.«

»Darfst du mir das überhaupt mitteilen? Haben sie dir das nicht im Vertrauen gesagt?« Nathan grinste. Er nahm es mit der Kirche und ihren Regeln ohnehin nicht so genau, sondern wollte lediglich seinen Freund aufziehen.

»Nein, aber an der Theke vom ›Hills Inn‹«, erwiderte Peter wahrheitsgemäß. Ihm war nicht nach Lachen zumute. »Das ist ernst. John taucht einfach überall auf, sogar in meiner Kirche.«

»Ist sie nicht dazu da, verlorene Seelen zu retten und einen Sünder zurück auf den rechten Pfad zu führen?« Nathan griff an Peter vorbei und schüttelte die Teekanne, um zu testen, wie viel noch darin war. Er nahm sich eine Tasse und goss sie halb voll. »Ich liebe Earl Grey«, murmelte er und schüttete etwas Milch dazu, was auch Alethea getan hätte.

»Natürlich kann jeder, selbst ein John Birming, dazustoßen. Mich selbst stört das auch gar nicht«, erklärte sich Peter. »Aber sobald er bloß in der hintersten Reihe sitzt und meiner Predigt lauscht, drehen sich alle Köpfe ständig zu ihm um, als wäre er die Attraktion des Jahrzehnts.«

Nathan rührte in seiner Tasse und lachte laut auf. »Ach, so ist das! Du spielst nicht mehr die erste Geige und bist eifersüchtig auf den Mann.«

Peter knuffte ihm gegen die Schulter, wie sie es schon als junge Männer getan hatten. »Papperlapapp! Ich möchte, dass sich die Gemeindemitglieder auf meine Worte konzentrieren und nicht tuschelnd dasitzen oder sogar davonlaufen. Beim letzten Mal hat die Hälfte meine Messe verlassen, obwohl ich noch mitten im Satz gewesen bin.« Er seufzte schwer. »Ich brauche jetzt meinen Abendspaziergang. Kommst du dieses Mal mit?«

»Ich muss noch die Glocke läuten und was erledigen.« Was es war, verriet Nathan nicht. Manchmal war er noch immer der geheimnisvolle Mann von vor einem Jahr, als er Peter um einen großen Gefallen gebeten hatte. »Ist wichtig.«

»Wie du willst. Bis nachher. Warte nicht auf mich, es könnte spät werden.« Peter nahm sich Hut und Mantel vom Garderobenhaken und öffnete die Tür des Pfarrhauses.

»Das klingt, als wären wir verheiratet.« Nathan grinste noch immer.

Dieses Mal erwiderte Peter das Lächeln. »Vergiss es, alter Freund. Ich weiß ja, wie deine Ehen enden, nämlich im Chaos.«

Das sollte ein Scherz sein, aber Nathans Grinsen verschwand schlagartig. Er schluckte und nickte, bevor er die Tür schloss.

Peter biss sich auf die Zunge. *Mist, das hast du jetzt nicht sagen wollen. Das Thema Ehe ist sein wunder Punkt.*

Er setzte den Hut auf seinen immer kahler werdenden Kopf, um nicht zu frieren, und schloss den Mantel bis zum letzten Knopf. Der Frühling war noch frisch und der Winter kaum eine Woche vorüber. Peter freute sich auf viele Knospen, von denen er so einige am Wegesrand entdeckte, und endlich etwas mehr Tageslicht, das die triste und ängstliche Stimmung in Pendle hoffentlich verscheuchte, die John Birming mit seinem Erscheinen ausgelöst hatte.

***

Während Peter zum dunklen Pendle Hill hinüberging, dachte er an seine Gemeinde und an die Nöte, die ihm die einzelnen Bewohner nun fast täglich klagten. Neuerdings schien es nur noch die eine zu geben: John Birming.

Seit der ehemalige Bürgermeister von Pendle zurück war, machten sich viele Sorgen um ihr Wohlergehen oder ihren Besitz, manche sogar um das Leben ihrer Kinder. Peter versuchte, die Leute zu beruhigen, indem er betonte, dass Birming nichts weiter als ein Gehilfe gewesen war. Ja, er hatte eine Leiche verschwinden lassen und gelogen, doch ein Mörder war er nicht. Sonst hätte man ihn auch nicht auf freien Fuß gesetzt. Wobei *frei* in diesem Fall bedeutete, dass er eine Fußfessel trug und das Borough nicht verlassen durfte, bis die nächste Verhandlung stattfand.

Seit er bei Jolene Downing untergekommen war, machten Gerüchte im ›Hills Inn‹ die Runde, dass er seinen nächsten Coup plante. Die Meinungen, worum es dabei gehen sollte, waren breit gefächert. Von Mädchenhandel bis Mord war alles dabei.

Peter musste lachen und schüttelte den Kopf. Er hatte das Gefühl, dass die Gemeinde immer verrückter wurde, dabei tat er sein Bestes, die Menschen ernst zu nehmen.

Er schlenderte weiter und atmete tief durch, um den Stress der letzten Tage abzuschütteln. Peter liebte lange Abendspaziergänge am Hill, der verlassen dalag.

Plötzlich zerfetzte ein Schuss die Stille der Nacht. Peter warf sich instinktiv zu Boden und duckte sich unter allem weg, was da kommen könnte.

Als nichts weiter passierte, sah er auf. Seine Augen waren nur bedingt an die Finsternis gewöhnt, die hier draußen vorherrschte. Es war Neumond und damit stockdunkel. Er kniff die Augen zusammen und meinte, eine Gestalt in den angrenzenden Wald laufen zu sehen. Sie war nichts weiter als eine schwarze Silhouette für ihn, hielt aber eine Taschenlampe oder ein leuchtendes Telefon in der Hand.

Peter kauerte auf dem Boden und zitterte am ganzen Leib. So harrte er eine Weile aus und wusste nicht, ob Minuten oder Stunden vergingen. Seinen Hut hatte er verloren. Er würde ihn später suchen gehen, wenn die Gefahr vorüber war. Schweiß rann ihm ins Auge und brannte unangenehm. Es folgte kein weiterer Schuss, aber Peter wollte auf Nummer sicher gehen.

Eines stand jedenfalls fest: Kalt war ihm jetzt ganz bestimmt nicht mehr.

1. Kapitel

Lancashire, 2023

John wusste, was ihn erwartete, als er nach einer halben Ewigkeit wieder im ›Hills Inn‹ stand. Alle Blicke waren auf ihn gerichtet.

Fast wie in einem Saloon, dachte er und schlenderte zur Theke, die Hank gerade wischte.

»Mit dir hätte ich nicht gerechnet«, sagte dieser und musterte ihn neugierig.

Nicht minder interessiert waren die Blicke der Gäste. Teilweise verrenkten sie sich ihre Hälse, nur um einen Blick auf ihn zu werfen, als wäre er die Attraktion in einem Zirkus. John war alles andere als begeistert, aber er hatte es kommen sehen und sich darauf eingestellt.

»Ein Ale bitte.« Er legte das Geld direkt auf den Tresen. Hank musterte den großen Schein misstrauisch, nahm ihn aber an.

John sah, dass er ihn heimlich auf seine Echtheit prüfte. Natürlich vertraute er ihm nicht. Es war riskant, mit so viel Geld umherzulaufen und es allen zu zeigen, aber diese Dorftrottel würden sowieso nicht begreifen, was es damit auf sich hatte.

Er bekam sein bestelltes Ale. Hank fragte ihn, ob er auch den Burger der Woche haben wollte, aber John lehnte dankend ab. Er hatte eigentlich nur geplant, sich den Leuten mal wieder zu zeigen und ihnen zu beweisen, dass er keine Angst hatte. Dafür reichte auch ein Bier. Sein knurrender Magen sagte etwas anderes.

»Sicher, dass du auf den Chickenburger verzichten willst? Die Sauce darauf ist ein Spezialrezept.« Hank machte gern Werbung für seinen Fraß.

»Nein, danke. Ich werde mir später was im Supermarkt holen. Ich muss mein Geld zusammenhalten.«

»Also, mir sah das nicht danach aus.« Hank zwinkerte und wischte weiter auf der zerkratzten schwarzen Theke herum.

John behielt seine Geheimnisse für sich, wie er es immer tat. Es reichte, dass wenige eingeweiht waren.

Mit der Flasche am Mund sah er sich um und nahm einen tiefen Schluck. Wie hatte er dieses widerliche Getränk vermisst! Das Ale schmeckte wie eine Mischung aus Zucker und Abwasser, aber es machte süchtig und war gleichzeitig herb und erfrischend. Wenn er es nicht besser wüsste, würde er meinen, dass man tatsächlich Hexen beauftragt hatte, dieses Bier auf dem Pendle Hill zu brauen.

»Was machst du hier?«

John wandte sich um und wollte sehen, wer ihn da so frech anfuhr. Es war Brian Downing, Jolenes Sohn. Ein Schlägertyp mit Elvis-Frisur und eng stehenden Augen. Seine Akne war nicht besser geworden, und er hatte große Schweißflecken unter den Armen. John ließ sich von seiner Größe nicht einschüchtern. Er wusste, dass selbst Inspector Evans den Hünen mit ein, zwei gezielten Schlägen schon ausgeschaltet hatte.

»Kann ich dir helfen, Brian?«

»Kannst du, indem du verschwindest.«

»Bedaure, aber das ist ein freies Land, nur dass ich nicht so frei entscheiden kann, wohin es geht.« Er hob das Bein mit der elektronischen Fußfessel. »Bewege ich mich auch nur ein paar Meter über die Grenzen des Borough, werde ich wieder verhaftet. Ich muss also in Pendle sein, ob es dir gefällt oder nicht. Lust auf ein Ale? Ich lade dich ein«, sagte er versöhnlich, aber Brians Miene blieb verschlossen.

»Nein, danke, ich muss noch arbeiten«, brummte er und verschwand wieder in der Küche.

Hank zuckte mit den Schultern und begann damit, Gläser zu polieren, während seine Angestellte Candice die Tische bediente. »Du kennst ihn.«

»Tue ich. Nate und Brian haben früher das Städtchen unsicher gemacht und auch mich und meine …« Er schluckte, als er an Katherine dachte. John setzte ein Lächeln auf. »Na, jedenfalls haben sie für ziemlich viel Unruhe gesorgt, wie ich als Bürgermeister noch ganz genau weiß. Und Brian hilft dir nun hier im Pub?«

»Tut er. Ich bin auch fast nicht mehr sauer, dass er seinen Freund gedeckt hat, der Myrna mit dem Auto überfahren wollte und stattdessen mich getroffen hat.«

»Was ist mit diesem Nate?«

»Hat sich verkrümelt, als es eng wurde«, erzählte der Wirt, dessen Holzfällerhemd sich über seinen Muskeln spannte. Er legte den Lappen beiseite. »Ich habe einen Schrecken und ein Humpeln davongetragen, aber damit kann ich leben. Es soll bald besser werden. Ich wollte aber nicht, dass sich Jolenes Sohn auf ewig Vorwürfe macht. Er hat seine Lektion gelernt und trinkt kaum noch. Der schlechte Einfluss ist raus aus der

Stadt, also gibt es nichts, was uns Sorgen machen muss.«

»Doch, du machst uns Sorgen, und zwar gewaltige!«, keifte jemand in seinem Rücken.

John drehte sich erstaunt um und musste seinen Kopf senken, um Lucretia Miller in die kleinen braunen Augen zu sehen. Ihr kurzes rotes Haar war verschwunden und einem erwachsenen Grau gewichen. Plötzlich sah sie wieder aus wie ein Mensch und nicht wie ein Gnom.

»Kann ich dir helfen?«

»Kannst du, indem du verschwindest und unser geliebtes Pendle in Ruhe lässt!«

Einige andere nickten dazu.

»Ich kann nur wiederholen, was ich auch Brian gesagt habe. Selbst wenn ich wollte, könnte ich nicht von hier weg. Die Justiz zwingt mich dazu, bei euch zu leben. Das bedeutet, dass wir ab jetzt Nachbarn sind.« Er lächelte so warm, wie es ging. *Nur die Ruhe, John*, sprach er auf sich ein. *Niemand weiß, was du in Pendle machst und was deine Pläne sind. Sobald du wieder Bürgermeister bist, werden sie sich um dich reißen und dir deine Taten vergeben. Die Menschheit ist kurzlebig und vergesslich. Nutze das für dich.*

Lucretias Gesicht verfinsterte sich noch mehr. Tiefe Furchen gruben sich in Wangen und Stirn. »Vergiss es! Ich werde dich hier nie akzeptieren!« Sie knallte ihr Schnapsglas mit solcher Wucht auf den Tresen, dass feine Spritzer auf der frisch gewischten Fläche landeten. Sie marschierte zum Ausgang und sah sich nicht mehr um.

»Lu, reiß dich zusammen!«, rief Hank ihr hinterher, doch da flog die Tür schon zu. Kalte Luft und ein kleines

Schneegestöber wirbelten in den Schankraum. »Diese verrückte alte Frau«, murmelte er und wischte den Tresen abermals ab.

Beinahe hätte John gegrinst, weil Lucretia sich sogar strecken musste, um ein Glas abzustellen. Sie war wahrscheinlich der kleinste Erwachsene, den er kannte.

»Ich nehme es nicht persönlich. So war sie immer und wird immer so bleiben.« John spielte den Entspannten, obwohl es in seinem Inneren stürmte. Wenn alle gegen ihn waren, würde er seinen Plan nicht durchführen können. Es wurde Zeit, ein paar Gemeindemitglieder auf seine Seite zu ziehen.

Er trank in Ruhe weiter und ließ den Blick kreisen, bis er an Callan Healy hängen blieb, der an einer Cola nippte und mit einem Mann sprach, den John vage kannte. »Darf der schon hier sein?«

Hank sah auf und folgte seinem Blick. »Ausnahmsweise, weil er bald sechzehn ist. Bitte verrate das niemandem, sonst kriege ich Ärger.« Als er Johns Blick bemerkte, fuhr er schnell fort. »Aber ich gebe ihm keinen Alkohol aus, da bin ich strikt.«

»Ich bin wohl der Letzte, der dir Schwierigkeiten macht.« Und schon hatte er etwas in der Hand, um den Wirt zu erpressen. Am besten sammelte er von jedem Nachbarn Geheimnisse und Regelverstöße, um sie zur Not dazu zu zwingen, ihre Stimme für ihn abzugeben. Die Politik war ein hartes Pflaster. Niemand spielte fair. John hielt sich lediglich an die Spielregeln.

In diesem Moment schnappte er Fetzen von Callans Gespräch auf: »... sage dir doch ... nicht ausgedacht ... Goldschatz gibt es wirklich!«

John konzentrierte sich noch etwas mehr auf die Worte der beiden.

»Du spinnst doch, Callan«, antwortete sein Gegenüber. »Niemand wird dir je helfen, einen Schatz zu bergen, den es nicht gibt. Es ist viel zu gefährlich da unten.«

»Aber die Münze ...«

»Die hast du doch aus einem Kaugummiautomaten. Sicher kann man die Hülle abziehen und die Schokolade darin essen.«

John wartete, bis der andere gegangen und Callan allein war. »Ich ziehe mich mal an einen Tisch zurück.«

»Mach das, aber bitte nicht für Ärger sorgen.« Hank musterte ihn. »Du weißt, dass dich hier einige als Mörder und andere als Kinder- oder Leichenschänder sehen.«

»Ich habe ja niemandem wehgetan.« *Außer der Familie Fernsby.* »Hat nicht jeder eine zweite Chance verdient?« Die Frage ließ er so stehen und schlenderte hinüber zu Callan Healy, der erschrocken aufsah, als er sich setzte.

»John ... Birming? Ich dachte, du gehst nicht mehr unter Leute.«

»Frech und direkt, so mag ich meine Gespräche. Du solltest in die Politik gehen, mein Junge.«

»Ich darf noch nicht einmal wählen. Das dauert noch ein paar Jahre. Was willst du?«

»Muss ich denn etwas wollen? Wieso plaudern wir nicht einfach ein bisschen?«

Callans grüne Augen verengten sich zu Schlitzen. Er war skeptisch. »Du hast nie mehr als ein paar Worte mit mir gewechselt. Wobei von Wechseln bei deinen öden Monologen wohl kaum die Rede sein kann.«

John schluckte den Ärger über den vorlauten Bengel herunter und lächelte weiterhin. Früher hätte er einen kleinen verbalen Kampf zu schätzen gewusst, aber er war mittlerweile dünnhäutig geworden. »Umso wichtiger, dass wir jetzt reden. Ich habe da etwas von einem Schatz gehört?«

Callan traute ihm nicht. Das sah er an seiner gerunzelten Stirn. Außerdem kaute er auf seiner Unterlippe wie jemand, der kräftig abwägte. »Du musst dich verhört haben.« Er wich ihm aus.

»Nicht doch.« John lachte leise und trank von seinem Ale. »Ich bin der Letzte, der dir das Gold wegnimmt. Mein Vorstrafenregister ist so lang, dass ich in jedem Fall die Finger davon lassen muss.«

»Du glaubst mir also das mit dem Gold?«

»Nun ... es klingt im ersten Moment ziemlich ... fantastisch. Einige werden dich sicher als verrückt und besessen abstempeln oder dich als naives Kind bezeichnen.«

»Ich sage die Wahrheit! Hier, sieh selbst!« Callan schob eine alte Goldmünze über den Tisch, auf der ein Mönch abgebildet war. Die Prägung sah echt aus, aber heutzutage gab es auch sehr gute Fälschungen.

»Darf ich?«

Callan zögerte, gab sie ihm aber.

John sah sich das gute Stück aus der Nähe an. »Und obwohl du den Leuten das hier gezeigt hast, haben sie nicht angebissen?« Er hatte die Gemeinde unterschätzt. »Nicht einmal Jolene Downing, die gierige alte Hexe?«

»Der zeige ich das auf keinen Fall.« Callan schüttelte den Kopf.

»Seltsam, denn ich glaube dir auf Anhieb. Das hier sieht echt aus. Und sie ist schwer.« John hatte keine

Ahnung von Münzen. *Immer schön Honig ums Maul schmieren, dann hast du die Jugend schon bald in der Tasche. Andererseits sieht die Münze wirklich interessant aus. Vielleicht ist ja was dran.*

»Unfassbar, oder?«, rief der Teenager und fühlte sich offenbar verstanden. Es war so einfach, Jugendliche um den Finger zu wickeln. Sie waren durchweg emotionsgeladen, gestresst und sprunghaft. »Ich suche noch nach einem Profi, der mir die Echtheit bestätigt.«

»Ich könnte dich mit jemandem zusammenbringen.« John gab ihm das Gold zurück.

Hastig packte Callan die Münze weg. John merkte sich, in welcher Tasche sie war. »Und du bist dir sicher, dass da, wo diese Münze herkommt, noch viel mehr davon lagert?«

»Es muss so sein, denn der Schatz wurde nie geborgen. Die Mönche haben ihn vor vielen Jahren im Zuge von Plünderungen dort versteckt. Da, wo das Chamberling-Haus heute steht, war damals ein Kloster. Sie müssen die Tunnel gegraben haben, um ihren Schatz zu verstecken und die Räuber in die Irre zu führen.« Callan schien zu merken, dass er etwas viel ausplauderte. Er biss sich deutlich auf die Wange und senkte den Blick. »Aber was erzähle ich dir eigentlich davon?«

John lächelte. »Oh, vor mir brauchst du gar keine Angst zu haben. Ich darf mich an keinen illegalen Machenschaften beteiligen, sonst lande ich direkt wieder im Gefängnis, dieses Mal ohne Hoffnung auf Freilassung. Sobald der Empfang meiner Fußfessel nur einmal unterbrochen wird oder ich sie abnehme, stürmt ein ganzes Bataillon von Polizisten das Städtchen und nimmt mich fest.«

Callan sah wieder auf. »Und da es in den Tunneln keinen Empfang gibt, kannst du den Schatz nicht heben, selbst wenn du wolltest.«

»Ganz recht. Darf ich dich auf ein Getränk einladen?« John deutete auf sein leeres Colaglas.

»Gern, aber nur, wenn du es schaffst, mir ein Bier zu bestellen, ohne dass Hank es merkt.« Sein Grinsen war frech und steckte John dieses Mal tatsächlich an. Callan erinnerte ihn sehr an sich selbst in jungen Jahren. Er war ein genauso großes Schlitzohr gewesen.

Verschwörerisch zwinkerte er. »Das sollte möglich sein.«

***

Callan schwankte leicht, dabei hatte er nur zwei köstliche Ale getrunken. Er wunderte sich, dass er nicht so viel vertrug wie andere in seinem Alter. Wahrscheinlich war er einfach nicht daran gewöhnt.

Er suchte in seinen Taschen nach dem Hausschlüssel. Seine Mutter würde toben, wenn sie ihn angetrunken und so spät hier erwischte, aber sie war heute beim Geburtstag einer Freundin in Blackburn und würde erst im Morgengrauen wiederkommen.

Callan grub tiefer in den Taschen. Er fand seinen Schlüssel, aber die Goldmünze war weg. Panisch stülpte er sie um und durchsuchte im Anschluss seinen Rucksack. Irgendwo musste sie doch sein!

So ein Mist!, schrie er innerlich. *Die heißeste Ecke der Hölle für dich, Callan! Wie konntest du nur das Wertvollste, was du hast, verlieren? Der Teufel soll dich quer verschlucken!* Es folgten noch ein paar weitere irische Flüche für sich selbst, bis er sich etwas beruhigte.

Sein Schädel brummte höllisch. Es fühlte sich an, als würde jemand aus seinem Gehirn Scheiben schneiden. Plötzlich war die Münze zweitrangig. Er übergab sich in ein Blumenbeet und hoffte, dass Fiona auch das nicht bemerkte. Callan brauchte drei Versuche, die Tür zu öffnen.

Hundemüde fiel er ins Bett.

***

Mit einem schalen Geschmack im Mund und noch immer in den Klamotten vom Vortag wachte Callan auf, weil ihm die Sonne mitten ins Gesicht schien. Müde streckte er sich. Seine Kopfschmerzen waren noch da, aber nicht mehr so schlimm wie am Abend davor.

Schlagartig war er wach und setzte sich kerzengerade auf. *Die Münze! Wo ist meine Münze? Wenn ich sie nicht habe, glaubt mir erst recht niemand!*

Eilig suchte er das Zimmer ab und stolperte die Treppe hinunter, um dort zu suchen. Danach war der Vorgarten dran. Callan wollte gerade den Weg zurück zum ›Hills Inn‹ verfolgen, als er etwas im Gras glitzern sah. Erleichtert hob er die Goldmünze auf und presste sie an seine Brust. Er hatte sie also wirklich verloren, dem Alkohol sei Dank.

Das wird mir garantiert nie wieder passieren!

Erst danach fand er die Ruhe, sich die Zähne zu putzen und zu duschen. Seinen Schatz ließ er dabei keine Sekunde aus den Augen.

Callan wunderte sich bloß, dass er die Münze nicht bereits in der Nacht gefunden hatte, weil er sich einbildete, an ebenjener Stelle nachgeschaut zu haben. Tja, Alkohol machte eben blind.

Er schwor sich, nie wieder zu trinken. Zum Glück war dieses Mal alles gut gegangen, auch wenn ein schlechtes Bauchgefühl blieb.

2. Kapitel

Myrna betrachtete schweigend den Tatort. Sie schenkte Police Sergeant Ward Harrison ein Lächeln, als ihr dieser einen Becher Kaffee hinhielt. Mit Tee hatte sie es nicht so.

»Kein schöner Anblick«, sagte er und atmete hörbar aus.

»Das ist es nie, Harrison, das ist es nie«, murmelte Myrna leise.

»Dass er nicht mehr sehr beliebt war, konnte man sich bei seiner Vorgeschichte denken, aber dass man ihn gleich erschießt, hätte ich trotzdem nicht erwartet.« Er fuhr sich über den grau melierten Bart, während er grübelte.

Myrna kniete sich neben die Leiche, die ausgerechnet zwei Kinder aus dem Ort entdeckt hatten. Gerade war eine Polizeipsychologin auf dem Weg zu ihnen, um mit den beiden zu reden.

Ward sperrte den Tatort ab und kümmerte sich im Anschluss um die ersten Schaulustigen. Das konnte er gut. Seit er nicht mehr trank und sich aufopferungsvoll um seinen kleinen Vierbeiner Harry kümmerte, war er ein ganz neuer Mensch und nahm seine Arbeit ernst.

Myrna begann, den Boden rings um die Leiche abzusuchen, fand aber keine Patronenhülse. Der Mörder
musste sie mitgenommen haben. Dafür steckte hoffentlich das Projektil noch in John Birmings Brust. Auf
Herzhöhe war er getroffen worden. Lange gelitten
hatte er wohl nicht, sondern war sofort tot umgefallen.
Seine Augen waren weit aufgerissen. Myrna sah den
Unglauben darin. Er hatte nicht damit gerechnet, zu
sterben. Hatte er seinen Mörder also gekannt und ihm
vertraut?

Die Spurensicherung suchte weiter und ließ Myrna
und Ward den Leichnam genauer inspizieren.

»Hätten Sie gedacht, dass er mal so endet?« Sie sah
sich die Wunde aus der Nähe an. Danach leuchtete
Myrna in Birmings starre Augen, konnte aber nichts
Verdächtiges finden.

»Dass ihn jemand tot sehen wollte, mit Sicherheit,
aber dass er frühzeitig stirbt, eher nicht. Er war jemand,
der sich immer irgendwie durchs Leben gemogelt hat.«
Man hörte Abscheu in seiner Stimme. »Nach der Sache
mit Katherine und der jungen Hope Fernsby hatten die
meisten geglaubt oder vielmehr gehofft, ihn nie wiederzusehen.« Da Harrison ein Freund der Familie Fernsby
war, war ihm der Fall umso näher gegangen. Myrna
fragte sich, ob ihn das automatisch verdächtig machte.
»Nun taucht er wie aus dem Nichts auf und wirft alles
wieder durcheinander, nachdem endlich Ruhe eingekehrt ist. Kein Wunder, dass sich jemand gestört gefühlt und ihn ermordet hat.« Ward klang fast gelangweilt, als er das sagte. Als würde ihm der Tod dieses
Menschen gar nicht nahegehen. Dabei war Birming
einst ein angesehener Bürger des nordenglischen

Städtchens gewesen. Jemand mit Einfluss, einem smarten Zahnpastalächeln, immer den passenden Worten für die richtige Situation und einem guten Ruf. Allerdings ließ sich Sergeant Harrison nur von wenigen Menschen beeindrucken, wie Myrna wusste, erst recht nicht von schwatzenden Politikern. Sie war eine von denen, die Ward mittlerweile akzeptierte, und stolz darauf.

Myrna suchte weiter nach Hinweisen auf den Täter, aber der Boden war zu hart für Schuhabdrücke. Der Pendle Hill war sauber und unberührt, wenn man von Birmings Leiche einmal absah. Ob sich am Körper DNA befand, würde das Labor in Preston herausfinden.

»Keine Schmauchspuren an seinem Hemd, zumindest keine sichtbaren.« Er kniff die Augen zusammen und sah noch einmal ganz genau hin. »Werden die Kriminaltechniker klären müssen. Vor lauter Blut erkenne ich kaum was.«

»Das würde bedeuten, dass von weiter weg geschossen wurde. Meinen Sie, der Täter hat ihn überrascht? Zumindest trägt er selbst keine Waffe am Körper, und es sieht mir auch nicht nach einem gewöhnlichen Spaziergang aus. Sehen Sie das hier?« Myrna deutete auf Birmings Ärmel. »Da sind schwarze Flecken, eine Art Kruste. Wir müssen das ins Labor schicken. Vielleicht kann uns das Aufschluss über den Täter geben.«

Harrison kümmerte sich darum.

»Was hat Birming überhaupt so spät am Hill gemacht?«, fragte sie weiter.

»Vielleicht in Erinnerungen geschwelgt.« Ward gluckste kurz. Er hatte bisweilen eine seltsame Art von

Humor und klang dabei fast wie Myrnas beste Freundin Thea.

Apropos … Sie sah sich um. Weit und breit war von Thea nichts zu sehen, dabei war sie meistens als Erste vor Ort, wenn etwas Aufregendes, erst recht ein Mord, passierte. Für gewöhnlich wollte sie den Fall dann direkt auf ihrem Blog hochladen und mit ihren Followern über mögliche Verbrecher und den Tathergang diskutieren. Sie musste schon sehr beschäftigt sein, wenn sie nicht auftauchte.

Myrna erhob sich schwungvoll und gab den Kollegen ein Zeichen. Die Fotos waren im Kasten, der Tatort abgesteckt und abgesperrt. Sie konnten die Leiche nun verladen und wegbringen.

»Vielleicht war er hier mit jemandem verabredet«, murmelte sie und redete mehr mit sich selbst als mit Harrison. »Und dieser Jemand hat Birming in eine Falle gelockt, ihn dann erschossen und hat seine Spuren weitestgehend verwischt.«

Ward nickte nachdenklich. Mit einem Ächzen erhob auch er sich. Bei seinem Übergewicht war es kein Wunder, dass er bei jeder Bewegung schnaufte und keuchte wie eine Dampflok. Harrisons Bauch wölbte sich deutlich unter seiner Polizeiuniform. Dennoch hatte Myrna das Gefühl, dass er abgenommen hatte. Harry schien einen guten Einfluss auf ihn zu haben. Es war richtig gewesen, Ward den kleinen Jack Russell Terrier zu überlassen.

Myrnas Gedanken schweiften schon wieder ab. Sie dachte zu viel an ihre eigenen Sorgen und war eigentlich nicht bereit für einen neuen Fall.

»Inspector?« Wards Stimme drang wie durch Watte zu ihr durch, doch sie wurde mit dem nächsten Satz klarer. »Alles in Ordnung?«, fragte er besorgt und wollte ihr eine Hand auf die Schulter legen, aber Myrna wich ihm aus.

Sie sah ihn an und zwang sich zu einem Lächeln. »Natürlich, besser denn je. Ich bin bloß wütend, weil wir schon wieder einen Mordfall bearbeiten müssen, und das auf engstem Raum. Was ist nur los mit den Menschen in Lancashire?«

»Das frage ich mich seit meiner Kindheit.« Er lachte grunzend. »Wie ich immer sage: Auf dem Dorf passieren mehr grausame Verbrechen als in der Stadt. Da wirst du vielleicht bestohlen oder zusammengeschlagen, aber in einem kleinen Ort, in dem jeder jeden kennt, lauert das wahre Böse. Ich mag nicht wissen, wie hoch die Dunkelziffer ist.«

Myrna nickte. Sie war angespannt. Wenn sogar Harrison bemerkte, dass sie sich anders benahm, sollte sie sich langsam lieber zusammenreißen. Sie lenkte das Gespräch daher schnell wieder auf die Ermittlung zurück, ehe sie erneut an den Brief dachte, der zu Hause unter ihrem Kopfkissen lag und noch immer darauf wartete, beantwortet zu werden.

Myrna deutete auf Birming. »Er wird viele Feinde gehabt haben. Wir müssen ganz von vorn anfangen.«

»Und wo ist vorn?«

Sie suchte Harrisons Blick und hielt diesen fest. »Bei seiner Frau Katherine im Gefängnis.«

***

Thea kümmerte sich liebevoll um den verängstigten Pfarrer, der noch immer am ganzen Leib zitterte.

»So etwas wie ein Schuss wird Sie doch nicht aus der Fassung bringen, Reverend.« Sie lächelte, um ihn aufzumuntern, und hielt ihm ein Gläschen seines selbst gebrannten Himbeergeistes hin, der widerlich schmeckte, aber heute vielleicht half. Er brauchte jetzt etwas Stärkeres als Tee. »Sie haben schon ganz andere Dinge durchgestanden.« *Zum Beispiel das kranke Psychospiel meines Dads.*

»Sie sind nicht dort gewesen, Alethea. Ich habe rein gar nichts gesehen und wusste nicht, aus welcher Richtung der Schuss kam und ob er mich knapp verfehlt hat.«

»Standen Sie denn nah am Täter?« Thea verband ihre Sorge um den alten Mann gleich mit einem kleinen Verhör. Je eher sie Myrna half, desto besser.

»Ich weiß es nicht.« Hughing musterte sie aus seinen schreckgeweiteten blauen Augen. Die Angst schien noch immer tief zu sitzen. »Da war eine Gestalt, die im Wald verschwunden ist.«

»Mann oder Frau?«

Er überlegte, doch sein runzliges Gesicht bekam nur noch mehr Falten. »Ich wünschte, ich könnte helfen, aber eigentlich war ich ganz froh, dass der Schütze in den Wald gelaufen ist statt auf mich zu. Sonst wäre ich jetzt womöglich auch … Der Silhouette nach zu urteilen hätte das jeder sein können. Ich habe ihn nur ganz kurz und aus weiter Ferne gesehen.« Er schloss die Augen. Seine langen knochigen Finger hielten das Glas so fest umklammert, als wäre es sein Rettungsanker. Dann stürzte er den Inhalt in einem Zug herunter und verzog das Gesicht angewidert. »Das brauchte ich jetzt wirklich. Danke, Alethea.«

Theas Handy vibrierte. Es war Oakley, der nach einem Treffen fragte, doch sie schloss den Chat vorerst und würde später antworten. Im Moment ging der Reverend vor.

»Ruhen Sie sich aus und lassen Sie die Messe heute mal ausfallen.«

»Gott macht keine Pause.«

»Aber Gott ist auch nicht menschlich, Sie dagegen schon.« Ihr Lächeln wirkte hoffentlich aufmunternd. »Ich kümmere mich um das nächste Begräbnis und hebe das Loch aus.«

»Für John Birming?«

Thea schmunzelte angesichts seiner aufgerissenen Augen. »Nein, das für die alte Mrs Kelly. Sie ist vorige Woche gestorben, falls Sie sich erinnern.«

An seinem Gesicht sah sie, dass er es tat. Mrs Kelly hatte vor ihrem Tod verfügt, auf dem St. Benet's Churchyard beerdigt zu werden. Ihre Familie wünschte sich zudem eine kleine Trauerfeier mit den engsten Angehörigen. Groß würde der Aufwand also nicht werden, was Thea entgegenkam. Erst recht, wenn sie das Häufchen Elend sah, das zusammengesunken im Sessel vor ihr saß. Der Pfarrer war kaum in der Lage, seine zitternden Hände stillzuhalten, also auch nicht für eine Trauerfeier bereit, bei der er Ruhe ausstrahlen und die richtigen Worte finden musste.

»Ich bezweifle, dass man Birming so schnell beerdigt«, meinte Thea. »Sein Körper ist jetzt erst einmal ein Beweisstück und wird in der Rechtsmedizin von Preston aufgeschnitten.«

Er fuhr sich durch das schüttere weiße Haar. Seine Stimme war nicht mehr als ein Hauchen. »Wie schrecklich. Ich bete für seine Seele und hoffe, dass er Frieden findet.« Hughing bekreuzigte sich. »Ein Mörder in Pendle? Schon wieder? Ich muss sagen, dass sich die unnatürlichen Todesfälle seit Ihrer Anreise häufen.« In seinen Augen sah sie, dass er nur scherzte, aber Thea erkannte auch Angst darin. Nicht vor ihr, doch Pendle schien dem alten Mann nun nicht mehr geheuer zu sein.

»Von einem Unfall kann man bei dieser Art Wunde wohl nicht ausgehen, auch nicht von einem Selbstmord. Ich werde Evans nach den Umständen fragen müssen. Sie ist gerade am Tatort.«

Hughings Zittern erstarb. Er beugte sich vor und lächelte traurig. »Und wieso sind Sie dann *hier* und nicht dort? Ich kenne Sie inzwischen gut genug, um zu wissen, dass man Sie kaum von einem Tatort fernhalten kann.«

Thea erwiderte das Lächeln. »Es gibt für mich nicht nur die Toten, Reverend. Und wenn ein Freund meine Hilfe braucht, lasse ich meinen Blog auch mal ruhen.«

Schweigend lächelten sie sich an, bis die Tür aufging und ausgerechnet ihr Vater hereinkam.

»Ach, Thea, du bist es nur. Ich habe befürchtet, dass diese neugierige Lucretia Miller vorbeigekommen ist, um Peter mit Fragen zu bedrängen. Sie und Jolene scheinen noch nichts von Birmings Ableben gehört zu haben.«

Er plauderte mit ihr, als wäre es das Normalste der Welt. Theas Magen stauchte sich zusammen. Sie wich seinem Blick aus und konzentrierte sich ganz auf den

Reverend, der sich erschöpft auf die Couch legte. Myrna würde ihn später sicher noch befragen, also sollte er bei Kräften sein, wenn sie eintraf.

Thea legte ihm eine Decke über den Körper und verabschiedete sich. Mit gesenktem Kopf ging sie an Nathan vorbei und verließ das Haus.

»Warte bitte!« Er hielt sie am Arm zurück, was ihr missfiel. Als er ihren strengen Blick bemerkte, lockerte er seinen Griff, hielt sie aber weiterhin fest. »Möchtest du mich jetzt mein ganzes restliches Leben mit Missachtung bestrafen?«

In seinen großen braunen Augen sah sie so viel von sich selbst, dass es wehtat.

Thea legte all ihre Kraft in den nächsten Satz, der ihr schwer genug fiel. »Die letzten zwanzig Jahre hat es dich doch auch nicht gekümmert, ob ich dich beachte, und als Mum krank wurde, erst recht nicht.«

Sie riss sich los und schenkte ihm einen letzten verächtlichen Blick, ehe sie sich umdrehte und mit erhobenem Haupt davonging. Erst als sie außerhalb der Friedhofsmauer stand, ließ sie sich keuchend dagegen fallen und presste die eine Hand auf ihr wild schlagendes Herz, die andere auf den Mund, hinter dem sich ein Heulen anbahnte.

***

Jolene humpelte die Straße entlang, als sie die kleine Shaw am Friedhof stehen sah. Sie lächelte angesichts ihres Entsetzens über die Wiedergeburt ihres tot geglaubten Vaters. Wie würde sie selbst wohl reagieren, wenn ihr alter Herr plötzlich wieder vor ihr stehen und mit Prügel wie damals drohen würde?

Jolene schüttelte sich kurz und verdrängte die Gedanken an ihn. Sie hatte es sogar geschafft, sein großes Gemälde von der Wand zu nehmen und es ein für alle Mal in den Keller zu räumen, wo es hingehörte. Ihr schlechtes Gewissen seinetwegen gehörte endlich der Vergangenheit an.

»Was machst du da?«

Jolene zuckte zusammen, obwohl sie die Stimme kannte. Sie hielt sich die Hand ans Herz. »Musst du dich immer so anschleichen wie meine Katzen?«, zischte sie ihre Feindfreundin Lucretia an. Jolene deutete auf die raspelkurzen Haare der alten Frau. »Wolltest du die im Frühling nicht wieder rot färben? Ich dachte, du möchtest auffallen?« Lucretia hatte nicht nur einmal betont, wie sehr sie es hasste, wenn man sie aufgrund ihrer geringen Größe übersah.

»Ich lasse von nun an meine natürliche Haarfarbe auf dem Kopf.« Stolz reckte sie ihr Kinn. »Das ist modern. Außerdem bin ich jetzt Mutter und nicht mehr die verrückte Tante von damals.«

»Letztes Jahr hast du noch behauptet, dass ... Ach, egal!« Jolene machte eine wegwerfende Geste und stützte sich auf ihren Gehstock, dessen Knauf ein Totenkopf war. Das letzte Erinnerungsstück an ihren verbrecherischen Vater. »Was willst du?«

Lucretias Rosinengesicht wurde noch runzliger, als ihre Mundwinkel nach unten zeigten. »Ganz schön unhöflich dafür, dass wir uns vertragen haben. Denk daran, dass *ich* dir verzeihen musste und nicht umgekehrt.«

Jolene rollte mit den Augen. »Ist ja gut, du alte Schreckschraube.« Sie schmunzelte kurz und hielt ihrer Nachbarin den Arm hin. »Wollen wir zusammen nach Hause? Ich setze uns Teewasser auf.«

Lucretia hakte sich unter und lächelte breit. So einfach konnte man sie fröhlich stimmen. Jolenes Freundin war immer schon einfach gestrickt gewesen. Mal schlugen sie sich die Köpfe ein, mal unterstützten sie sich gegenseitig in wagemutigen Plänen.

»Wie fühlst du dich, jetzt, da du nichts mehr verheimlichen oder irgendwo einbrechen musst?«, fragte Lucretia.

»Mir ist langweilig.« Jolene grinste. »Hast du schon mit Nathan Shaw geredet?«

»Nein, du etwa?«

Sie schüttelte den Kopf und musste innehalten, als ihr Rücken schmerzhafte Signale ans Gehirn sendete. Jolene presste sich die Hand dagegen und dehnte sich. »Mit dem habe ich nichts zu bereden. Schlimm genug, dass er uns alle belogen und erschreckt hat. Erinnerst du dich an seine Auftritte in den Tunneln?«

Lucretias Wangen wurden bleich. »Wie könnte ich das je vergessen? Oder sein Angriff auf dem Friedhof. Ich bekomme noch heute eine Gänsehaut, wenn ich nur daran denke.« Sie schüttelte sich gespielt. »Dank ihm habe ich einen Herzinfarkt bekommen. Nathan hat mich beinahe umgebracht und sich noch nicht einmal bei mir entschuldigt.«

Sie verfluchten ihn stumm für seine Lügen und Scherze.

Langsam gingen sie durch die Camelot Avenue, deren Bäume endlich wieder grün wurden. Am Straßenrand wuchsen Krokusse.

»Hast du es damals eigentlich gewusst?«, fragte Jolene, als sie vor der Tür ihres zweistöckigen Cottages standen, in dem sie Zimmer an verrückte Touristen oder seit Neuestem an entlassene Verbrecher vermietete. Hauptsache, es kam Geld in die Kasse.

»Was meinst du?«

Jolene schloss auf und humpelte in die Diele. »Dass ich die Unterlagen über meinen Vater gesucht habe und keinen sagenumwobenen Schatz.«

Lucretia lächelte warmherzig und brachte Jolenes Herz beinahe zum Stolpern. Sie war kein Mensch, der schnell emotional wurde, aber seit sie beinahe ihren Sohn Brian an das Gefängnis verloren hatte, war sie nah am Wasser gebaut.

»Das habe ich vom ersten Moment an gewusst.« Lucretia gab sich entspannt. Ausnahmsweise ließ Jolene ihr die Oberhand. »Das mit dem Schatz hat sich deine Familie sowieso nur ausgedacht.«

»Du hast wirklich gedacht, dass da unten einer ist, oder?«

Lucretia streckte ihr die Zunge heraus. »Du etwa nicht? Aber ich bin meine Schulden auf andere Weise losgeworden. Ich brauche das Geld also nicht mehr.«

Jolene kaufte ihr das nicht ab, doch solange Lucretia nicht wieder Dummheiten beging, war alles in Ordnung. Sie hatten beide ihre Lektion gelernt und beinahe einen hohen Preis für ihre Neugier bezahlt. Kein Schatz der Welt war es wert, sein Leben wegzuwerfen. Obwohl Jolene schon gern gewusst hätte, ob ihre Vorfahren

Spinner gewesen waren oder nicht. Was, wenn es tatsächlich einen Goldschatz im Untergrund gab, den nach fünfhundert Jahren nur noch niemand gefunden hatte?

Allein beim Gedanken an das viele Geld kribbelten Jolenes Finger. Damit würde sie sich ein richtig schönes Haus auf dem Land, weit weg von all den nervigen Nachbarn, kaufen. Nur Brian und sie … und Lucretia vielleicht, obwohl sie wahrscheinlich die Nervigste von allen war. Aber irgendwie wollte und konnte Jolene nicht ohne sie.

»Ist doch egal, was da unten ist«, meinte Lucretia und holte sie zurück ins Hier und Jetzt. »Hast du gehört, was am Pendle Hill los war?«

»Wieso? Was soll da los gewesen sein?« Sie runzelte die Stirn. Dass mal etwas an ihr vorbeiging, war neu. Sie schien nachlässig zu werden, was die Gerüchte im Borough betraf. Es hatte sich viel verändert seit ihren letzten Abenteuern.

»Da sollen Schüsse gefallen sein«, erzählte Lucretia mit weit aufgerissenen Augen.

»Nicht ungewöhnlich. Sicher wieder jemand, der jagen gehen wollte und zu blöd war, das Wild zu treffen.« Sie gluckste über ihren eigenen Witz und befüllte einen alten Teekessel mit Wasser. Von diesen neumodischen Geräten hielt sie nichts.

»Aber dann würde doch nicht die Polizei einschließlich deiner ehemaligen Mieterin dort aufschlagen und die Gegend absperren. Außerdem war Neumond. Viel zu dunkel zum Jagen.«

Nun hatte sie Jolenes volle Aufmerksamkeit. Sie stellte den Kessel etwas zu kräftig auf den Herd, drehte sich mit den knochigen Fäusten in ihren Seiten um und kniff die Augen zusammen, ehe sie murrte: »Inspector Myrna Evans ist auch da?«

Ihr Gegenüber nickte aufgeregt. »Ja, und Ward genauso. Ich kann ihn leider nichts mehr zu den Fällen fragen, weil er sich jedes Mal sehr bedeckt hält. Aber sie sollen Spurensicherung und andere Leute aus Preston dabeihaben.«

»Von wem hast du das?«

»Von Oakley, und der hat es von Alethea.« Lucretia verzog jedes Mal das Gesicht, wenn sie den Namen der Totengräberin aussprach, die das Herz ihres Sohnes für sich gewonnen hatte. So ganz konnte sie sich wohl immer noch nicht mit dem Gedanken anfreunden, dass ihr Goldjunge die kleine Shaw liebte, die Jolene und Lucretia mehr als ein Mal auf die Füße getreten war.

»Was macht eigentlich Birming? Ist er da?«, flüsterte Lucretia neugierig und reckte den Hals, um zur Treppe zu sehen.

»Hat sich heute noch nicht blicken lassen. Ich frage ihn nicht, was er den ganzen Tag treibt. Besser, ich weiß es erst gar nicht, dann kann ich später auch nicht belangt werden, wenn er wieder was ausgefressen hat.« Jolene rollte mit den Augen. »Am liebsten wäre mir, wenn ich ihn loswerde, aber ich bin leider auf sein Geld angewiesen. Das Zimmer wäre sonst leer.« *Hätte ich den Schatz aus dem Chamberling-Haus gefunden, müsste ich mich nicht mit Leuten wie John Birming und Emilia Dingsda herumärgern*, fügte sie stumm hinzu. *Aber wahrscheinlich gibt es sowieso keinen Schatz da unten.*

»Woher hat er das überhaupt, so als verurteilter Straftäter, der mit Fußfessel herumrennt?«

»Was weiß denn ich?« Jolene schnaufte genervt und
wartete auf das Pfeifen des Kessels. »Bei mir wohnt
schließlich auch ein Teenager mit bunten Haaren, der
ohne Eltern reist. Es ist alles etwas seltsam, aber solange es mir die Miete einbringt, soll es mir recht sein.«
Sie holte zwei Tassen aus dem Schrank und stellte sie
auf den Küchentisch.

»Emilia Tremblay wohnt immer noch hier?« Lucretia
riss die Augen auf. »Was machen denn ihre Eltern so?«

»Nicht immer noch, sondern schon wieder. Das dritte
Mal jetzt. Keine Ahnung, was ihre Eltern machen, interessiert mich auch nicht«, knurrte Jolene. »Wenn sie
weggelaufen ist, ist das nicht mein Problem. Und was
Birming betrifft: Vielleicht hat er seine Anhänger zu
Spenden aufgerufen oder vom Knast etwas dazubekommen, damit er von was leben kann. In sein eigenes
Haus konnte er ja nicht mehr, seit Katherines Zwillinge
es geerbt haben.«

»Seltsam, dass sie ihn da nicht wollten«, murmelte Lucretia. Plötzlich ballte sie ihre kleine Hand zur Faust
und rief: »Eine Schande, dass der hier ist! Wir sollten
eine Petition starten und ihn zurück ins Gefängnis
bringen. Durch ihn kommt alles durcheinander im
schönen Pendle.« Sie rümpfte die kleine spitze Nase
und erinnerte Jolene in diesem Moment an eine Maus.
Nicht zuletzt, weil ihr Haar endlich wieder grau war.
Das stechende Rot hatte Jolene in den Augen geschmerzt.

»Wie geht's eigentlich Oakley?« Sie rang sich zu Small
Talk durch, obwohl sie am liebsten allein sein wollte,

aber seit sie wegen der Sache auf dem Friedhof ein schlechtes Gewissen hatte, riss sie sich zusammen. Leider war Jolene nicht gut darin, Freundschaften zu pflegen. Das brauchte Zeit.

»Bestens. Wenn er nicht gerade bei dieser Alethea Shaw herumgeistert, sehe ich meinen Sohn sogar.« Lucretia wollte verbittert klingen, aber beim Wort ›Sohn‹ glänzten ihre Augen ganz automatisch.

Jolene schluckte einen festen Kloß hinunter und dachte an ihr eigenes Kind, das im ›Hills Inn‹ schuftete, um seine Fehler wiedergutzumachen. Wenigstens bekamen alle eine zweite Chance, sogar jemand wie Jolene. Sie würde diese nutzen und ein besseres Leben führen.

»Ich wäre ja zu neugierig, was Birming aus dem Gefängnis zu erzählen hat«, meinte Lucretia. »Ob sie einem dort wirklich nur Wasser und Brot geben? Ich würde ihn gern dahin zurückbringen, wenn ich könnte.« Sie rieb sich die Hände und sah dabei wie eine alte, runzlige Hexe aus. Es fehlte nur noch die Warze auf der Nase.

»Mach dich nicht lächerlich, Lu.« Jolene warf lieblos zwei Teebeutel in die Tassen und goss Wasser ein. »Lass uns nicht mehr über John Birming reden. Der wird seine gerechte Strafe schon noch erhalten.«

Lucretia stimmte ihr zu und setzte sich. Sie hielten ihre sehnigen Hände an die warmen Tassen und plauderten fortan über andere Dinge.

3. Kapitel

Lancashire, 2023

Nathan stapfte durch den tiefen Schnee, der kurz nach Weihnachten gefallen war. Aus seinem Mund quollen Wolken, und er schlug den Kragen hoch, um sich vor dem eisigen Wind zu schützen, der ihm schon die ganze Zeit in feinen Flocken um die Nase wehte. Seine rauen Wangen fühlten sich taub an, seine Augen tränten.

Wieder war er vom Pfarrhaus über den Friedhof bis zum Chamberling-Anwesen gegangen. Dieser kurze Weg in der Kälte reichte, um völlig durchgefroren zu sein.

Ehrfurchtsvoll blieb er stehen und betrachtete das hohe, schaurige Herrenhaus, in dem Licht brannte. Er konnte zwei Silhouetten im Obergeschoss erkennen. Das mussten Thea und Myrna sein.

Nathan verfiel in Wehmut. Hier hatte er zwanzig Jahre seines Lebens verbracht, und dennoch hatte es sich niemals heimisch angefühlt. Erst seit seine Tochter aufgetaucht war, wurde das Haus wieder mit Leben gefüllt – und er war nicht willkommen. Es war, wie Peter sagte: Er hatte es verdient, doch die Zeit würde die Wunden eines Tages heilen. Nathan lächelte freudlos. *Da kennt er Thea aber schlecht! Meine Tochter ist nachtragender als jede betrogene Ehefrau.*

Gleichzeitig konnte er es ihr nicht verübeln, dass sie sauer war. Thea hatte viel mitmachen müssen und schon als junges Mädchen einen großen Verlust erlitten, später dann noch einen, der um ein Vielfaches schlimmer gewesen war.

Nathan griff in seine Tasche und holte die alte Pfeife heraus, die er schon vor Theas Geburt benutzt hatte. Das Rauchen beruhigte ihn und half ihm, nachzudenken.

Er war so in Gedanken versunken, dass er die Gestalt im Schatten neben dem Haus erst spät bemerkte. Sie stand einfach nur da und rührte sich nicht, doch es waren eindeutig die Umrisse eines Menschen – eines Mannes, würde er sagen.

Nathan kniff die Augen zusammen und machte einen Schritt auf die Person zu. »Das ist Privatbesitz. Kann ich Ihnen helfen?«, fragte er laut, damit der andere ihn verstand, aber dieser machte einfach auf dem Absatz kehrt und lief durch den schneebedeckten Garten davon.

Nathan wartete nicht erst ab, sondern sprintete ihm hinterher und einmal ums Haus herum, doch der Fremde war fort. Er ließ den Blick kreisen, konnte die Gestalt aber nicht mehr finden. *Mist!*, dachte er und wollte gerade umkehren, als er die tiefen Abdrücke im Schnee sah, die der andere hinterlassen hatte. *Also, ein Geist bist du schon mal nicht.*

Nun wusste Nathan, wie sich die anderen gefühlt hatten, wenn er selbst mit einer dunklen Kutte und einer alten Laterne durch das knarrende Haus und dessen düsteres Tunnellabyrinth gegeistert war.

Vorsichtig folgte Nathan den Spuren bis zu einem Dornenbusch. Er entzündete sein Feuerzeug und hielt es hoch. Ein kleiner Lichtschein erhellte das Gestrüpp, das sich einst Garten genannt hatte. Damit hatten Thea und Myrna noch eine Menge Arbeit vor sich. Der Schnee reflektierte das Licht und sorgte für noch mehr Helligkeit im Garten.

Nathan hoffte, dass seine Tochter ihn nicht gleich hinauswerfen würde, wenn sie ihn hier sah.

»Komm raus, oder ich hole dich!«, rief er und musste sich räuspern, da seine sonst so tiefe Stimme schwach und krächzend klang. Womöglich hatte er sich erkältet, weil er ständig durch die Winterlandschaft von Pendle spazierte, wenn ihm die Decke im Pfarrhaus auf den Kopf fiel. »Hast du nicht gehört?«

»Ist ja gut, ist ja gut! Nimm das Feuer runter, sonst fackelst du noch den halben Garten ab!« Die Stimme kam ihm bekannt vor.

Als er das Gesicht dazu sah, senkte Nathan erstaunt sein Feuerzeug. »John? John Birming? Bist du es wirklich?«

Der andere lächelte entschuldigend und hielt seine Hände erhoben, als würde er sich ergeben wollen, dabei hatte Nathan nicht einmal eine Waffe dabei. »Schuldig im Sinne der Anklage. Wirst du mich verraten?«

»Weshalb? Weil du im Garten meiner Tochter herumspukst? Ich bin der Letzte, der dir deshalb einen Vorwurf machen kann.« Sie lachten beide, wurden dann aber wieder ernst. »Was machst du in Pendle? Ich dachte, du wärst …« Er sprach nicht aus, was sie sich beide denken konnten.

»Bin seit Kurzem draußen und suche nach einer Bleibe. Das Gefängnis bezahlt mir eine kleine Unterkunft.«

»Und euer Haus?«

»Haben meine Stiefkinder geerbt. Ich habe nichts.«

Soll ich jetzt Mitleid bekommen? Ich habe auch nichts, nicht einmal ein Kind, das mich Dad nennt. Nathan steckte das Feuerzeug weg und die kalten Hände tief in die Taschen, um nicht zu frieren. Jetzt, da er sich nicht mehr bewegte, wurde ihm schnell kalt. Und seine geliebte Pfeife hatte er auch noch nicht geraucht, was ihn umso ungeduldiger machte. »Und was wolltest du nun in der Finsternis am Chamberling-Anwesen? Ein Motel wirst du hier ganz sicher nicht finden. Wenn Thea mich nicht bei sich wohnen lässt, dann dich erst recht nicht. Immerhin hast du mal versucht, das Haus anzuzünden.«

Er hob einen Finger. »Nicht nur versucht, wir haben es tatsächlich angezündet, der Brand wurde bloß schnell wieder gelöscht.«

Nathan entfernte sich von ihm. »Auch noch stolz drauf, was? Du solltest dich schämen!«

»Ich weiß«, zischte er und sah sich um. »Bitte verrate niemandem, dass ich hier war.«

»Wenn du mir verrätst, weshalb du hergekommen bist. Nur dann lasse ich dich gehen und schlage keinen Alarm. Ach ja, und du darfst nicht wiederkommen. Thea sieht es nicht gern, wenn man in ihren Privatangelegenheiten herumschnüffelt oder bei ihr einbricht.«

Nathan sah, dass Birming mit sich haderte, wartete aber geduldig und ließ nicht locker. Sein Gegenüber seufzte lang gezogen. »Na schön, dieser Callan Healy hat von einem Schatz erzählt, also wollte ich überprüfen, was es damit auf sich hat. Es gibt zahlreiche geheime Gänge zum Haus, und unter uns laufen Tunnel entlang. Irgendwo im Garten hätte ich sicher einen alten Zugang gefunden.«

Nicht das schon wieder! Nathan lachte auf. »Dass ein Teenager darauf hereinfällt, meinetwegen, aber du?«

Birming packte ihn bei den Schultern. Obwohl es kein künstliches Licht hier draußen gab, leuchtete der Mond nun kräftig genug, um sich in seinen großen Augen zu spiegeln. »Es ist wahr, ich habe die Münze selbst gesehen!«, zischte er aufgeregt. »Es gibt diesen sagenumwobenen Schatz wirklich! Du musst es doch wissen als Wächter der Tunnel. Du hast von uns allen die meiste Zeit da unten verbracht.«

Nathan befreite sich aus seinem Griff und setzte eine gelangweilte Miene auf. »Eben, und deshalb kann ich dir auch versichern, dass da unten nichts zu holen ist. Diesen Schatz haben sich die Downings vor langer Zeit ausgedacht. Ich habe lediglich die wichtigen Akten aus dem Zweiten Weltkrieg bewacht. Wie du weißt, sind Jolene und Lucretia nicht nur einmal ins Chamberling-Anwesen eingestiegen. Du hast sicher davon gehört, dass die Akten längst in einem Museum oder Revier liegen, wo sie weiter untersucht werden. Apropos Familie Downing: Du könntest fürs Erste doch bei Jolene unterkommen, wenn du noch nicht weißt, wohin.« Nathan deutete Richtung Camelot Avenue. »Sie hat noch ein Zimmer frei, soweit ich weiß. Wo hast du denn bis jetzt geschlafen, wenn ich fragen darf?«

»Mal hier, mal da. Mich will eben niemand lange bei sich haben. Aber aus Pendle raus darf ich auch nicht.«

»Jolene wird dich aufnehmen, solange du Miete zahlst. Sie ist gierig und lässt sogar einen Teenager ohne Eltern bei sich wohnen. Da wird ihr ein Straftäter schon nichts ausmachen.«

Dieses Mal packte Birming seinen Arm fester. Selbst durch den dicken Mantel spürte Nathan seine Fingernägel. Er war froh über die extra Stoffschicht. »Rede nicht so über mich, Nathan. Du bist nicht besser als ich. Immerhin hast du dich ein Dreivierteljahr lang tot gestellt und hast Dokumente und sogar einen Grabstein gefälscht.«

»Ich musste nichts fälschen, weil sich mein Anwalt bezahlen ließ. Und den Stein hat Peter mir gestellt.«

»Das nennt man dann wohl Bestechung. Ich bin Politiker, Nathan. Glaub mir, ich kenne mich damit aus.« Ein süffisantes Grinsen umspielte seine Lippen.

Eine Wolke schob sich vor den Mond und tauchte sie in Dunkelheit. Nathan nutzte den Moment, um sich loszureißen. »Na schön, wie du meinst. Ich werde es nicht noch einmal sagen. Wer im Glashaus sitzt und so weiter.«

Langsam verließen sie den düsteren Garten und näherten sich der Straße. Hier standen wenigstens Laternen. Nathan war wohler dabei, Birming im Auge zu behalten. Dieser Mann war zu allem fähig. Immerhin hatte er die Leiche einer jungen Frau angezündet und ihre Überreste vergraben. Allein bei dieser Vorstellung lief Nathan ein Schauer über den Rücken.

»Das mit den Tunneln glaube ich dir nicht«, sagte Birming und musterte ihn. Seine braunen Augen sahen vertrauensselig aus wie eh und je. Dabei sagte man doch, die Augen seien die Fenster zur Seele. Nathan erkannte nichts von Birmings Verdorbenheit darin. Auf manche Menschen traf der Spruch also nicht zu. Was Thea wohl sah, wenn sie in die Augen ihres Vaters blickte?

Birming riss ihn noch einmal aus seiner Trance. Immer wenn er an seine Tochter dachte, schien Nathan auf einem anderen Planeten zu sein. »Du weißt mehr, als du vorgibst. Ich weiß, dass du Alethea und euer Familiengeheimnis beschützen willst, aber da Callan jetzt schon überall von diesem Schatz erzählt, wird es nicht mehr lange dauern, bis er gehoben wird. Entweder von mir oder von anderen Neugierigen.«

»Diese Geschichte ist Quatsch. Es gibt da unten keinen Schatz.«

Birming ließ sich nicht davon abbringen. »Steh mir besser nicht im Weg, sondern hilf mir. Aufhalten wirst du mich sowieso nicht.« Seine Stimme bekam einen drohenden Unterton. Das hatte John Birming immer schon beherrscht, auch wenn seine Frau Katherine die Fäden im Hintergrund gezogen hatte. Ein Politiker durch und durch, der seinen Willen mit allen Mitteln durchsetzte.

Nathan setzte ein mindestens so grimmiges Lächeln auf. Zumindest hoffte er, dass er gefährlich aussah. »Lass die Finger von meiner Tochter und ihren Freunden, sonst wirst du dir wünschen, wieder im Gefängnis zu sitzen und die Hand deiner Hexe von Frau zu halten«, knurrte er bedrohlich.

Birming wich tatsächlich minimal zurück, doch sein Lächeln blieb. »Wir werden ja sehen, wer von uns den längeren Atem hat. Und glaub mir, Nathan, ich bin Rekordhalter im Ausharren. Es wird sich eine Möglichkeit bieten. Und da dich Alethea nicht in ihrer Nähe haben will, wirst du mir den Schatz auch nicht vor der Nase wegschnappen.« Er legte eine Hand auf seine Schulter und setzte ein mitleidiges Gesicht auf. »Ich verstehe deinen Kummer. Meine Stiefkinder wollen seit unserer Verhaftung auch nichts mehr von mir wissen. Danke für den Tipp. Ich werde bei Jolene nach einem Zimmer auf Dauer fragen.«

Nathan wollte seine Hand wegwischen, doch da war Birming bereits weitergegangen. Er winkte aus der Ferne, ohne sich umzudrehen.

In Nathan kochte es. Er trat gegen einen Schneehaufen und wurde erst ruhiger, nachdem er sich die Pfeife gestopft hatte.

Was bildete sich dieser Lackaffe ein? Er lief mit einer Fußfessel herum und schaffte es dennoch, ihn und seine Liebsten zu bedrohen – und ein gut gehütetes Geheimnis in den Tiefen des Chamberling-Anwesens. John Birming wollte Krieg? Den konnte er haben!

Nathan steckte sich die Pfeife in den Mund und sah noch einmal zum Haus hinüber. Eine einzelne Silhouette war am Fenster zu erkennen. Wahrscheinlich Thea, denn das war ihr Zimmer. Sie starrte durch das Glas direkt in seine Richtung. Hier auf der Straße müsste sie ihn gut sehen können. Nathans Arm zuckte, weil er ihr winken wollte, doch er riss sich im letzten Moment zusammen.

Kurz darauf zog sie die Vorhänge mit einem Ruck zu und löschte das Licht.

4. Kapitel

Lancashire, 2024

Myrna wappnete sich, wie jedes Mal, wenn sie das graue, triste Gebäude betrat. Dass ein Gefängnis nicht schön aussah, war bekannt, aber dieses hier glänzte ganz besonders wenig. Genau so hatte sie sich als Kind immer die Zuchthäuser vorgestellt.

Sie ging durch mehrere Schleusen, musste ihre Dienstwaffe abgeben und wartete auf der anderen Seite auf Sergeant Harrison. Der Grund ihres Besuchs war bekannt: Katherine Birming.

Sie saß an einem Tisch in einem mindestens so kargen Raum, als sie eintraten. Ein Wachmann blieb vor der Tür, einer im Zimmer. Ward und Myrna setzten sich der Gefangenen gegenüber, die in einem unförmigen Overall steckte. Ihre blonden Haare waren kürzer, ihr Blick aus starren hellgrünen Augen noch genauso einschüchternd wie damals. Myrna hatte das Gefühl, dass sie abgenommen hatte. Katherine war immer schon zierlich gewesen, doch jetzt war sie dünn und hatte eingefallene Wangen. Das Gefängnis schien ihr nicht gutzutun. Andererseits hatte sie sich selbst in diese Lage gebracht, weshalb sich Myrnas Mitleid in Grenzen hielt.

Katherine begann das Gespräch von selbst. Sie hatte immer schon die erste Geige spielen müssen. »Mit diesem Besuch habe ich gerechnet.«

Myrna faltete ihre Hände locker auf der Tischfläche und fixierte ihr Gegenüber. »Sie haben davon gehört, nehme ich an?«

»Sie meinen die Sache mit John?« Ihr Blick flackerte nicht. Allgemein wirkte sie wie eine starre Puppe ohne Emotionen. »Schlimme Sache, aber ich kann es nicht gewesen sein.« Sie lächelte kalt und hob die Hände, deren Gelenke mit einer Kette an den Tisch gefesselt waren.

»Sie könnten jemanden beauftragt haben«, sagte Ward.

Katherine fuhr herum. »Ach ja? Und warum sollte ich das tun?«

»Weil es seine Fehler gewesen sind, die uns auf Ihre Spur gebracht haben.«

Sie rollte mit den Augen. »John war noch nie besonders intelligent. Ich habe ihm schließlich seine Reden geschrieben und ihn gelenkt, so gut es ging. Leider hat ein Mann in der Politik bessere Chancen als eine Frau, sonst hätte ich den Job selbst gemacht. Erst seine Affäre, die uns den ganzen Ärger eingebracht hat, und dann war er nicht einmal in der Lage, hinter mir aufzuräumen. Er war ein Idiot.« Endlich zeigte sie so etwas wie eine emotionale Regung, als sie blinzelte und schwer schluckte. »Aber ich werfe ihm nicht vor, dass er schwach gewesen ist. Ich habe John trotzdem geliebt.«

»Auf mich wirkte das eher wie Machtbesessenheit. Ihr Mann war nur Ihr Werkzeug«, widersprach Myrna, lehnte sich zurück und verschränkte die Arme. »Hat er Sie oft besucht, seit er wieder draußen war?«

Katherine nickte. Dabei flogen ihre schulterlangen Haare nach vorn. »Jede Woche. Das war ihm gestattet, aber ansonsten durfte er sich nur in Pendle aufhalten und war stattdessen in diesem Kaff gefangen. Strafe genug für ihn.«

»Wieso kam er her, obwohl Sie ihm das alles erst eingebrockt haben?«

»Der Ursprung allen Übels war seine Libido«, rief sie ihnen in Erinnerung. »Hätte er kein uneheliches Kind gezeugt, das ihn dann später erpresst hätte, wäre all das nicht passiert.«

Harrison sah von seinem Notizblock auf. »Ich frage mich, wieso er keinen Abstand zu Ihnen wollte. John hätte neu beginnen können, wenn er die Fessel erst einmal los gewesen wäre.«

»Er hat eben an mir gehangen und war mir hörig wie ein treuer Hund.« Sie gluckste verrückt. Dann wurde sie wieder ernst. »Sein Tod ist wirklich tragisch und hat mich getroffen, aber ich habe nichts damit zu tun.«

Harrisons Stift sauste über das Papier, während Myrna weiterfragte.

»Wie haben Sie von seinem Tod erfahren? Wir wissen es ja selbst erst seit heute Morgen.«

Da war es wieder, das fiese, überhebliche Grinsen, das Myrna zum Brodeln brachte, aber sie blieb ruhig, wie sie es schon in ihrer Ausbildung gelernt hatte. Thea wäre ihr wahrscheinlich bereits an die Gurgel gesprungen, so wie sie ihre Freundin kannte.

Katherine hielt sich bedeckt. Vielleicht versprach sie sich etwas von diesem Gespräch. »Ich habe meine Quellen.«

»Sie wissen, dass sich das ziemlich verdächtig anhört?« Ward hob skeptisch eine Augenbraue.

Myrna beobachtete Katherine genau. Sie versuchte, ihre echten Gedanken und Gefühle über ihre Körperbewegungen und ihr Gesicht zu entschlüsseln, was fast unmöglich war. Diese Frau hatte ihr Schauspiel und Auftreten schon vor langer Zeit perfektioniert. *Typisch Politiker*, dachte Myrna.

Katherine beugte sich vor und fixierte den Sergeant. Ihre Brauen hoben und senkten sich herausfordernd. »Solange es keine Beweise gegen mich gibt, ist das Thema für mich erledigt. Haben Sie sonst noch Fragen, Mr Harrison? Was ist mit Ihnen, Miss Evans? Ich habe mir ein paar Informationen über den Tod meines Mannes erhofft und keine haltlosen Anschuldigungen.«

»Von Anschuldigungen kann keine Rede sein«, erwiderte Myrna und lächelte ebenfalls mindestens so siegessicher. Katherine sollte nicht glauben, es hier mit einem einfältigen Mädchen zu tun zu haben. »Wir gehen nur den Spuren nach, die wir haben. Immerhin saß John Birming bis vor Kurzem in derselben Haftanstalt wie Sie. Zwar in einem anderen Trakt, aber auf demselben Gelände. Haben Sie sich mal gesehen?«

»Nein, und das war auch gut so, sonst hätte ich diesem einfältigen Mann persönlich den Hals umgedreht.« Sie rollte mit den Augen und ließ sich an die Lehne zurückfallen.

Also, nach wahrer Liebe klingt das jetzt nicht, dachte Myrna. »Nach seiner Ankunft hat er ein Zimmer bei

Jolene Downing bezogen. Wissen Sie, wieso ausgerechnet bei ihr?«

»Nein.«

Myrna gab nicht auf. Sie ging niemals ohne Informationen nach Hause. »Er hat sich nach seiner Rückkehr keine Freunde gemacht, eher das Gegenteil davon. Was hat er Ihnen aus Pendle erzählt? Gab es jemanden, der ihm ganz besonders im Weg gestanden hat?«

»John war immer schon ein Träumer. Er wollte zurück in die Politik. Mehr weiß ich nicht.«

»Wie hätte er das schaffen können?« Ward runzelte die Stirn. »Er war immerhin vorbestraft und trug eine Fußfessel. Sein nächster Verhandlungstermin stand bevor.«

»Sind nicht alle Politiker korrupt? John hätte schon einen Weg gefunden.«

Myrna ging ein Licht auf. »Sie hätten ihm geholfen, oder? Hätten Sie aus dem Gefängnis heraus seine Reden geschrieben? Sie sagten ja selbst, dass er es allein zu nichts gebracht hätte. Welche Frau nennt ihren Mann schon einen unfähigen Idioten?«

Zum ersten Mal verrutschte Katherines Miene leicht. Ihre hellen Brauen schoben sich wütend zusammen. »Ich hätte ihn dennoch immer unterstützt. So etwas tut man eben für seinen Partner. Würden Sie das etwa nicht machen?«

Myrna dachte an Hank. Sofort wurde ihr warm ums Herz. »Mein Freund ist im Gegensatz zu Ihnen beiden aber nicht korrupt und in einen Mord verwickelt gewesen.«

»Dafür in allerlei Lügen und Geheimnisse. Solche Leute neigen zu Verbrechen, meine Liebe.«

Sie ahnte, dass Katherine das hier absichtlich persönlich machte, um Myrnas wunden Punkt zu finden. Auf dieses Spielchen würde sie sich als erfahrene Kommissarin erst recht nicht einlassen. In London hatte es Myrna mit ganz anderen Kalibern zu tun bekommen. Eine Katherine Birming war nichts dagegen.

Sie stand ruckartig auf. »Ich denke, wir kommen hier nicht weiter. Die Polizei findet Johns Mörder auch ohne Ihre Mithilfe, Mrs Birming. Ihr Entgegenkommen hätte Ihnen sicher ein paar Annehmlichkeiten beschert, aber wer nicht will ...« Myrna wandte sich zum Gehen.

Harrison folgte ihr unschlüssig zur Tür.

»Sie haben gewonnen! Meinetwegen!«, rief Katherine hinterher. »Nun seien Sie nicht so.«

Ward schenkte Myrna ein Lächeln, bevor sie umkehrten und wieder verschlossene, professionelle Mienen aufsetzten. Sie ließen sich auf den Stühlen nieder und sahen Katherine erwartungsvoll an, die sichtlich mit sich rang.

»Ich will eine größere Zelle, eine für mich allein, und freie Zeiteinteilung im Hof oder beim Essen.«

»Ganz schön viele Wünsche für so wenige Informationen«, meinte Myrna. »Was können Sie uns im Gegenzug anbieten?«

Katherine leckte sich über die Lippen. »Ich weiß, wem John mit seiner Freilassung ganz besonders auf die Zehen getreten ist. Da sollten Sie seinen Mörder suchen, nicht bei mir. Was hätte ich davon gehabt, ihn töten zu lassen?«

»Vielleicht waren Sie sauer, dass er rauskam und Sie nicht. Aber seien Sie unbesorgt, er war trotzdem noch immer ein Gefangener und wäre diese Fußfessel lange nicht losgeworden, vielleicht sogar nie.«

Etwas in Katherines Blick veränderte sich. Myrna meinte fast, ein Strahlen darin zu sehen. Sie verheimlichte etwas. »Seien Sie sich da nicht so sicher. John hätte Mittel und Wege gefunden.«

»Die Sie ihm vorgeschlagen hätten? Was haben Sie beide geplant? Wieso hat er Anstalten gemacht, wieder in die Politik zu gehen, wenn die Aussicht auf Erfolg so gering war?«

Katherines Lippen verschlossen sich. Sie presste sie so fest aufeinander, dass sie weiß wurden.

»Was haben Sie anzubieten?«, fragte Ward und kam damit zum eigentlichen Thema zurück. Katherine würde ihnen sowieso nur das erzählen, was sie sagen wollte. Dieser Frau entlockte man nicht so einfach Informationen.

Ihre Lippen öffneten sich wieder. »Es gibt da eine Frau.«

Myrna befürchtete, dass man ihr alles einzeln aus der Nase ziehen musste. Katherine liebte es, die Fäden in der Hand zu halten, selbst im Gefängnis. »Eine weitere Affäre Ihres Mannes?«

»Nein, eine Kollegin. Besser gesagt, eine Konkurrentin auf den Posten des Bürgermeisters.«

»Haben Sie einen Namen für uns?« Ward wischte sich ungeduldig über die Hose. Sicher vermisste er in solchen Momenten seinen Whisky. Er war auf einem guten Weg, trocken zu werden. Leider durfte Harry trotz Ausbildung zum Polizeihund nicht mitkommen. Er schaffte es sonst immer, dass sein Herrchen ruhig blieb. »Oder müssen wir ohne gehen? Dann können Sie die

Verbesserungen Ihrer Haftzustände aber gleich vergessen.«

Myrna schenkte ihm einen Blick, der ihn beruhigen sollte. Sie mussten die Fassung bewahren, auch wenn es Katherine Birming gegenüber schwierig war.

Diese breitete die Hände aus, als wollte sie sie besänftigen. »Sie heißt Michelle Davies und arbeitete bis vor Kurzem für diesen Wichtigtuer Conrad Hawkins, wollte sich aber selbst einen Namen machen, wie ich weiß. Frauen werden eben gern unterschätzt und benutzt, weil sich die Männer schwach in unserer Gegenwart fühlen. Sie sehen uns als Gefahr für ihre eigene Karriere an und unterdrücken uns deshalb.« Ihr fieses Lächeln wurde breiter. »Conrad wäre ohne Michelle ein Nichts gewesen. John und sie hatten ein enges Verhältnis, bis sie selbst an die Spitze wollte und ihn und andere hintergangen hat. Diese Frau geht über Leichen für ihre politische Karriere. John war für sie ein Mentor und später ein Spielzeug. Ich konnte sie nicht ausstehen, weil ich die Anzeichen erkannt habe, aber auf mich wollte er ja nicht hören.«

»Klingt ganz nach dem Verhältnis zwischen Ihnen und Ihrem Mann.«

Katherines Mundwinkel zuckten.

»Was für ein Verhältnis hatte John ganz genau zu den beiden?«, fragte Ward. »Hatte er eine Affäre mit Michelle?«

»Sie hat uns und auch Conrad das Leben schwer gemacht mit ihren Spielchen, aber geschlafen haben sie wohl nicht miteinander. Das hätte ich sicher gemerkt. Mir entgeht nichts.«

»Bis auf Johns heimliche Tochter und unsere Falle im Chamberling-Anwesen«, erwiderte Myrna und genoss es, wenn sie Katherine für den Bruchteil einer Sekunde aus der Fassung brachte.

Jene fing sich schnell wieder. »Im Frühling wird ein neuer Gemeindevorsteher gewählt, und sowohl Conrad als auch Michelle werden sich gute Chancen ausmalen, weil die Birmings aus dem Weg sind.«

Myrna hatte noch viele Fragen. Zu viele. »Warum hat Ihr Mann geglaubt, wieder kandidieren zu können, dann sogar schon im Frühling?«

Katherines helle Augen blitzten gefährlich. »Das, lieber Inspector, bleibt wohl für immer ein Geheimnis.« Sie legte den Finger an die Lippen und zwinkerte.

Als Ward zu sprechen ansetzte, legte Myrna ihm ihre Hand auf die breite Schulter. »Ich denke, wir haben, was wir brauchen.«

Irritiert sah er sie an, nickte aber. Harrison musste seiner Vorgesetzten vertrauen.

Sie warteten darauf, dass die Tür geöffnet wurde. Myrna ließ es sich nicht nehmen, sich noch einmal zu Katherine umzudrehen und zu lächeln. »Wie ich gehört habe, sind Ihre Zwillinge aus erster Ehe wieder in Pendle. Dylan und Marc, richtig? Die zwei haben das alte Birming-Haus geerbt und übernommen?«

Endlich spannte sich Katherines ganzer Körper an. Sie ballte die Fäuste und nickte mit grimmiger Miene. »Na und? Ist das ein Verbrechen?«

»Das nicht, aber da wir annehmen müssen, dass die beiden nicht begeistert davon waren, dass ihr Stiefvater, der sie vor gut einem Jahr in eine unangenehme

Lage gebracht hat, nun wieder in Pendle ist, müssen wir sie auf die Liste der Verdächtigen setzen.«

»Dylan und Marc haben genug durchgemacht! Lassen Sie sie gefälligst in Ruhe!«, zischte sie und rüttelte an ihren Fesseln. Sie funkelte die beiden nacheinander an. »Wenn Sie einen Mörder suchen, dann besser vor der eigenen Haustür. Würde mich nicht wundern, wenn Alethea Shaw die Leiche gefunden hat und nun in diesem Fall herumstochert. Haben Sie mal daran gedacht, dass diese Totengräberin nicht so harmlos ist, wie sie aussieht?«

Myrna lächelte noch immer. »Thea würde Ihnen nicht zustimmen. Auf andere wirkt sie nicht gerade harmlos mit ihren Piercings.«

Katherines Gesicht verfinsterte sich. »Unter den Nachbarn leben viele verdorbene und neidische Personen. Lassen Sie meine Kinder zufrieden. Sie haben nichts getan und wurden bloß Opfer meines Mannes und der Presse.«

»Das werden wir erst, wenn dieser Fall gelöst ist und die beiden nichts damit zu tun haben. Und sprechen Sie bitte auch von sich, denn Sie waren die Person, die den Mord begangen hat, nicht Ihr Mann, der die Drecksarbeit für Sie erledigen musste. Es wundert also nicht, dass er auf freien Fuß kam und Sie für immer hier versauern. Vielleicht waren Sie ja doch wütend deshalb und haben ihn umbringen lassen. Wir werden sehen. Einen schönen Tag noch, Mrs Birming.« Myrna grüßte lässig mit zwei Fingern an der Schläfe und ging erhobenen Hauptes davon.

***

Draußen atmete Harrison tief durch. »Ganz schön stickig in diesen Zimmern.« Er weitete seinen Hemdkragen und fächelte sich Luft zu. »Ist Ihnen auch so warm wie mir?«

»Es geht.«

Er fixierte Myrna. »Warum durfte ich nicht nachbohren? Wir hätten ihr vielleicht weitere Informationen entlockt, insbesondere über die Konkurrenz. Und wir wissen immer noch nicht, wie John sich sein Comeback überlegt hat.«

Myrna schüttelte den Kopf. »An ihrer Mimik habe ich schon erkannt, dass sie rein gar nichts oder nur noch Lügen erzählen wird. Eine Katherine Birming wird sich nie verraten oder die Pläne ihres Mannes ausplaudern, selbst nach seinem Tod nicht.«

»Und das mit Michelle Davies und Conrad Hawkins glauben Sie ihr so einfach?«

Myrnas Blick aus grauen Augen glitt in die Ferne. »Das müssen wir wohl. Mehr bekommen wir heute nicht aus ihr heraus. Aber haben Sie gesehen, wie fassungslos sie war, kaum dass ich ihre Zwillinge ins Spiel gebracht habe? Das war nicht geschauspielert, sondern echt.«

Ward grinste breit. »Und wie! Ich habe den Anblick geliebt! Das geschieht ihr recht.«

Myrna tippte ein paar Notizen ins Handy. »Sie kümmern sich in Pendle bitte um die beiden Kinder, die die Leiche gefunden haben. Wir müssen so viele Details wissen wie möglich. Schaffen Sie das allein?«

»Na klar, bin ja kein blutiger Anfänger«, grummelte er und fühlte sich gekränkt.

Ward bezweifelte zwar, dass die Befragung schnell und einfach ablaufen würde, zumal er Kinder nicht ausstehen konnte, aber irgendwie musste er sich vor dem Inspector beweisen, nachdem Myrna ihn aus seiner Alkohol-Falle geholt und ihm neuen Mut gegeben hatte, ohne ihn zu verurteilen oder anzuschwärzen. Er wollte sich mit guter Arbeit dafür revanchieren. Dennoch störte es, dass sie ihm manchmal immer noch nicht jede Aufgabe übertrug oder zumutete.

»Nehmen Sie Harry am besten mit. Er bricht das Eis für gewöhnlich.« Ihr Vorschlag klang vernünftig.

Ward lächelte, als er an das braun-weiß-schwarz gefleckte Energiebündel dachte, das heute ausnahmsweise in der Polizeiwache geblieben war und dort auf sie wartete. »Das lasse ich mir nicht zweimal sagen. Der Kleine will auch endlich wieder was tun. Harry ist richtig unruhig, wenn er den ganzen Tag lang nicht gefordert wird.«

Myrna erwiderte das Lächeln warmherzig. Verflogen war der Ärger über die kleine Kränkung. »Dann wäre das ja geklärt. Ich selbst werde mich zurück in der Station mit Birmings Konkurrenz und seinem Nachfolger beschäftigen. Soweit ich weiß, hat sein damaliger Stellvertreter den Posten bis zur Neuwahl übernommen.«

Ward kannte den Namen noch gut genug, denn er war ihm im Laufe seines Lebens mehrfach untergekommen, auch während der Amtszeit ihres ehemaligen und nun toten Bürgermeisters. »Patrick O'Doyle«, brummte er. »Einer von diesen jungen Wilden, die meinen, ihnen gehöre die Welt.« Ein abfälliges Schnaufen komplettierte seine geringe Meinung über den Mann. »Ich bin gespannt, was er zu sagen hat. O'Doyle müsste sich freuen, dass er nun nicht so schnell ersetzt wird. Sicher will er den Posten behalten.«

Myrna hob eine Hand. »Das sind nur Mutmaßungen, auch wenn ich Ihre Denkweise unterstütze. Wir müssen trotzdem vorsichtig und intelligent an die Sache herangehen. Bis jetzt haben wir nur ein paar Namen.«

»Stimmt wohl«, nuschelte er in seinen Bart.

»Drei Konkurrenten plus zwei Stiefkinder sind gleich fünf Verdächtige auf unserer Liste.« Myrna zählte an den Fingern ab und fuhr sich anschließend durch ihren blonden Pixie, der frisch geschnitten war. »Es liegt eine Menge Arbeit vor uns, bevor wir Einzelne ins Fadenkreuz nehmen.«

Ward plusterte die Wangen auf, während sie zu Myrnas rotem Ford gingen. »Sind mir deutlich zu viele Möglichkeiten bis dahin.«

»Das schaffen wir schon, wenn wir uns ab und zu aufteilen. Und wir arbeiten als Team. Nach jeder Befragung setzen wir uns wieder zusammen und besprechen, was wir haben. Keine Alleingänge à la Rambo.«

Er schmunzelte. »Verwechseln Sie mich bitte nicht mit Alethea Shaw. Ich werde schon nicht allein in irgendwelche Häuser einbrechen oder Befragungen verderben, weil ich mich nicht zügeln kann. Die Zeiten liegen weit hinter mir. Sie können sich auf mich verlassen, Detective Inspector.« Das sagte er mit so einem Ernst in der tiefen Stimme, dass sie ihm glaubte.

Myrna setzte sich hinters Steuer. »Da haben Sie auch wieder recht. Danke, Harrison. Rückendeckung kann jeder gut gebrauchen.«

Sie fuhren eine Weile, bis Ward sie bat, ihn in Preston an der Rechtsmedizin rauszulassen. Nervös nestelte er an seinen Fingern. Myrna ahnte wahrscheinlich, was er hier wollte.

»Soll ich warten, während Sie mit Mona Summers sprechen und Sie noch einmal um ein Date bitten?« Sie wusste es also.

Ward fühlte, wie sich seine Wangen erhitzten, und wich ihrem Blick aus. »Nicht nötig, ich komme zurecht.« Er stritt es nicht ab, also glich das einem Geständnis.

Myrna stellte den Motor aus und suchte seine Augen. »Harrison, wir kennen uns erst ein gutes Jahr, aber Sie liegen mir ehrlich am Herzen. Ich wünsche Ihnen viel Glück, aber denken Sie bitte daran, dass Mona Sie schon einmal abgewiesen hat. Es bringt nichts, ständig nachzubohren, wenn sie das einfach nicht möchte. Nicht dass Sie am Ende noch eine Anzeige wegen Belästigung am Hals haben.«

Harrison erschrak und schüttelte den Kopf. »Ich möchte nur wissen, wieso. Sie hat es nie begründet. Wenn ich nicht ihr Typ bin, dann soll sie es mir einfach ins Gesicht sagen. Ich bin erwachsen genug, damit umzugehen. Aber so grundlos abgelehnt zu werden, schmerzt und lässt viele Fragen offen.«

»Das verstehe ich gut.«

»Sollte sie mich wirklich nicht kennenlernen wollen, komme ich nur noch dienstlich her und probiere mein Glück woanders.« Er hob zwei Finger zum Schwur und kam sich sofort albern vor.

Myrna ließ ihn ziehen. Er sah aus dem Augenwinkel, dass sie nicht wegfuhr, sondern auf ihn wartete. Bevor er den Vorraum der Rechtsmedizin betrat, atmete er tief durch.

Hinter dem Glas saß wie bei den letzten paar Malen Mona Summers, die dunklen Haare nach oben gesteckt, den Blick konzentriert auf ein Blatt Papier gerichtet. Sie trug erneut ihre Brille mit dem schwarzen Gestell, die er an einer anderen sicher scheußlich gefunden hätte, aber nicht so an ihr.

Nur die Ruhe, sprach er auf sich ein. *Sie wird dir schon nicht den Kopf abreißen. Und falls sie es doch will, ist immer noch eine Glasscheibe zwischen euch.* Fast hätte Ward geschmunzelt.

Er sortierte seine graue Wuschelfrisur in einer Spiegelung und versuchte, sein Herz zu beruhigen, bevor er an Monas Schalter trat.

Als er gerade einen Schritt gemacht hatte, bekam er es mit der Angst zu tun, machte auf dem Absatz kehrt und wollte davoneilen.

Eine knarzige Stimme hielt ihn auf. »Mr Harrison? Sind Sie das?«

Ward erstarrte mitten in der Bewegung. Langsam drehte er sich um und kratzte sich verlegen am Hinterkopf. Seine Wangen glühten schon wieder. »Na so was aber auch! Sie hier?« *Natürlich ist sie hier! Wo sollte sie denn sonst sein, du Idiot!*

Mona schenkte ihm ein Lächeln, das sein Herz hüpfen ließ. Ihre Falten um Mund und Nase verstärkten sich dabei. Mona sah ihn neugierig an. »Wollten Sie zu einer Besprechung mit Sam Farrell? Bedaure, aber der Rechtsmediziner ist gerade auf einer Sitzung im Ausland. Er wird nicht vor Montag wieder da sein.«

»Nein, ich wollte eigentlich ...« Ward suchte nach einer Ausrede. »Also ...«

»Sie suchen sicher nach Ihrem Lieblingskollegen, was?« Sie zwinkerte. So humorvoll kannte Ward die sonst eher zurückhaltende, manchmal vergrämte Dame gar nicht und prustete los.

»Keine zehn Pferde bringen mich wieder in Sergeant Carpenters Nähe!« Sie hatten ihr Kriegsbeil zwar begraben, aber riechen konnten sie einander immer noch nicht. In Wards Augen war der Kollege aus Preston ein überheblicher Spielverderber und würde es auch immer bleiben. »Nein, um ehrlich zu sein, bin ich Ihretwegen hier«, sagte er mit einem verlegenen Lächeln und schickte ein Murmeln hinterher. »Schon wieder.«

Monas Wangen färbten sich rosa. Sie legte das Blatt beiseite und faltete die Hände. »Ich fühle mich geehrt und bin gerührt, Ward, wirklich.« Ein schmerzhafter Ausdruck trat in ihre Augen. »Aber ich kann nicht auf Ihre Einladung eingehen, selbst wenn ich wollte.«

»Finden Sie nicht einmal für diesen einen Spaziergang Zeit? Ich werde nichts tun, was Sie bedrängt oder unangenehm ist.«

»Ward … ich kann nicht. Es tut mir leid.«

»Aber wieso denn nicht? Bitte nennen Sie mir wenigstens den Grund, dann frage ich nie wieder.« Er hörte selbst, wie flehend er klang, und kam sich dabei lächerlich vor. Harrison war noch nie vor einer Frau auf die Knie gefallen. »Ich möchte es bloß wissen.«

Mona kämpfte deutlich mit sich. Sie konnte ihm nun kaum mehr in die Augen sehen. »Bitte akzeptieren Sie meine Entscheidung. Sie werden es mir eines Tages danken.«

»Haben Sie einen Freund oder jemanden, für den Sie sich interessieren? Ich bin nicht eifersüchtig, möchte es aber verstehen.«

»Nein, das ist es nicht.« Wieder druckste sie herum.

Wards Blut pulsierte kräftig, sein Puls überschlug sich, und er wurde immer wütender, weil er es einfach nicht nachvollziehen konnte und sie ihn hinhielt, statt mit der Wahrheit herauszurücken, was sie denn nun an ihm störte. »Ist es wegen Carpenter? Hat er Ihnen erzählt, dass ich früher getrunken habe? Das ist lange vorbei und kommt nicht wieder vor! Ich bin kein Säufer!« Er war immer lauter geworden. Seine Stimme hallte über den sterilen Flur und sorgte für ein gespenstisches Echo.

Mona wich auf ihrem Stuhl zurück. Sie drückte sich ängstlich gegen die Lehne und keuchte. In diesem Moment wusste Ward, dass er einen Fehler begangen hatte. Er hatte sich schon wieder nicht unter Kontrolle gehabt. Dieser Entzug sorgte für gefährliche Stimmungsschwankungen bei ihm.

»Es tut mir ...«

»Gehen Sie jetzt, Mr Harrison, ehe ich den Sicherheitsdienst oder Sergeant Carpenter rufe.«

Mit genauso hängenden Schultern wie beim letzten Mal kehrte er zum Auto zurück. Er ließ sich schmollend auf den Beifahrersitz fallen.

»Und was war dieses Mal der Grund? Hat sie nun doch einen Freund oder mag Frauen lieber?«, fragte Myrna und startete den Motor.

»Gar nichts davon. Lassen Sie uns nicht mehr davon reden. Ich hab's vermasselt. Sie hatten von Anfang an recht: Mona hat überhaupt kein Interesse an mir, und ich sollte sie in Ruhe lassen. Ich bin aktuell keine gute Gesellschaft für jeden in meiner Umgebung.«

Myrna seufzte leise und hielt den Blick fest auf die Straße zurück nach Pendle gerichtet. »Sagen Sie das nicht. Sie haben immer noch bessere Laune als ich.«

»Was hat es damit eigentlich auf sich?«, fragte er.

»Das werden Sie früher oder später erfahren, Harrison. Jetzt geht es aber erst einmal um Sie. Es kommt im Leben vor, dass man scheinbar grundlos abgelehnt wird, sollte Sie aber nicht zu sehr enttäuschen. Manch einer traut sich eben nicht, die wahren Gründe zu nennen, oder weiß es selbst nicht so genau, was ihn eigentlich stört. Oder Spaziergänge sind einfach nicht ihr Ding.«

»Welche Frau mag denn keine Spaziergänge?«, rief er. »Es ist ja nicht so, als hätte ich sie in meine Wohnung eingeladen.«

Myrna lächelte zaghaft. »Der Schmerz wird vorbeigehen, Harrison. Ich kenne das. Irgendwann wird es besser und einfacher, und dann kommt vielleicht die Richtige.«

»Die Richtige! Pah! Klingt wie in einem Liebesfilm aus Hollywood, aber wir wissen ja, dass so nicht das wahre Leben ist.« Er verdrehte die Augen und schmollte.

»Ihre Launen werden auch irgendwann besser werden. Das ist der Entzug, der Ihnen zu schaffen macht. Am besten, Sie konzentrieren sich fürs Erste auf sich selbst, Ihren Hund und die Arbeit. Ich brauche Sie bei klarem Verstand, Kollege.« Als sie seine enttäuschte Miene sah, legte sie Ward eine Hand auf den Arm. »Kopf hoch, wir haben viel zu tun. Unsere Ermittlung im Mordfall Birming wird Sie bestimmt ablenken.«

Er konnte die Seitenblicke spüren, die sie ihm auch danach noch ab und an zuwarf. Ward fühlte sich beschämt und verletzt, aber vor allem ratlos. Keine gute Mischung für einen trockenen Alkoholiker. Zum Glück würde ihn sein Hund von einem Rückfall abhalten. Harry und die Akte Birming würden Harrison hoffentlich genug fordern.

5. Kapitel

Jolene riss die Tür auf, weil der Störenfried das Klopfen und Klingeln einfach nicht abstellen wollte. Sie traute ihren Augen nicht, als ausgerechnet ihr ehemaliger Bürgermeister John Birming vor ihr stand. Er grinste noch genauso unverschämt wie vor seiner Karriere als Straftäter. Sein braunes Haar war inzwischen etwas länger, und er hatte einen Bartschatten. Schneeflocken wirbelten um seinen Kopf.

»Guten Abend, Jolene.«

Sie wusste nicht, wieso, aber sie schmiss ihm die Tür einfach wieder vor der Nase zu. Jolene ging kurz in sich, unterdrückte den Ärger und wollte dann doch wissen, was er zu sagen hatte, weshalb sie ihm noch einmal öffnete. Birming hatte sich nicht von der Stelle gerührt.

»Was willst du? Du bist hier nicht willkommen, oder hast du das vergessen?«, fauchte sie ihn an.

»Das hier etwa auch nicht?« Er wedelte mit einem Bündel Scheine, das Jolene automatisch in seinen Bann zog. Genauso gut hätte er ein Pendel vor ihr schwingen können. »Ich weiß, dass du eine Frau bist, die ein gutes Geschäft zu schätzen weiß.«

Jolene kaute auf ihrer Lippe. »Na schön, komm rein. Aber tritt dir die Schuhe ab, ich will nicht schon wieder sauber machen müssen. Brian hat mir vorhin schon den ganzen Dreck reingeholt.«

Birming schlüpfte sogar ganz aus seinem Schuhwerk und folgte ihr auf Socken. Als sie das große Loch in der rechten davon sah, lachte sie stumm. Der liebe Herr Bürgermeister war also nicht mehr so reich und vornehm wie vor knapp einem Jahr. Nun waren sie am Drücker, und er musste hoffen, dass sie ihn wieder in ihrer Mitte aufnahmen.

»Setz dich.« Sie zeigte auf einen Stuhl.

Birming starrte stattdessen das große Gemälde ihres Vaters an, dessen gruselige Augen den Betrachter verfolgten, wohin er auch ging. »Wieso hängt es nicht mehr an der Wand?«

»Hast du es noch nicht mitbekommen? Mein alter Herr war nicht der vorbildliche Veteran, der er vorgab zu sein.« Das musste als Erklärung genügen. Es sollte ihr recht sein, wenn der schmierige Ex-Bürgermeister nichts von dieser beschämenden Geschichte erfahren hatte, von der sich Jolene nun endlich befreien würde. Sie war niemandem etwas schuldig, schon gar nicht ihrem Vater. Seine alte Akte hatte sie längst verbrannt und ihre Familiengeschichte damit für alle Zeiten begraben. Es wurde Zeit, in die Zukunft zu sehen und sich wieder besser um Brian zu kümmern. Jolene glaubte, dass er nur durch ihre eigenen Probleme vom rechten Weg abgekommen war und eine Dummheit begangen hatte, die er nun ausbaden durfte. Brian hatte Glück, dass Hank Forsythe ihn in seiner Kneipe schuften ließ, statt ihn anzuzeigen, während sich dieser von seinen Verletzungen erholte. Sie hatten alle Glück im Unglück gehabt.

»Darf ich etwas trinken? Meine Kehle ist ganz trocken.«

»Du siehst auch aus, als hättest du in irgendwelchen Gärten gebuddelt«, murrte sie und nickte in Richtung seiner schmutzigen Kleidung. »Nicht dass du mir meine Möbel dreckig machst.«

»Ich komme für den Schaden auf.«

Sie lachte spitz und holte ihm ein Wasserglas. Es war trübe, weil die Leitungen rostig waren, aber damit musste er sich zufriedengeben.

Birming zögerte kurz, setzte es dann aber doch an seine Lippen und nippte vorsichtig.

»Ich werde bald jede Menge Geld haben, weil ich in ein paar Monaten wieder kandidieren werde. Und wen sollte dieses Kaff sonst wählen als mich?«

Jolenes Mund blieb offen stehen. Erstaunt betrachtete sie ihn. Meinte er das ernst? »Du kommst hier mit Fußfessel und einem Bündel Scheine an und glaubst, dass ich mich kaufen lasse? Meine Stimme hättest du nicht.« Schnippisch erhob sie ihr Kinn.

Birming sortierte das braune Haar und verfiel in seine übliche Art zu reden. So hatte er schon unzählige Bürger um den Finger gewickelt. Jolene würde nicht dazugehören. Sie war zu alt und hatte zu viel gesehen, um sich zum Narren halten zu lassen. »Wo dieses Bündel herkommt, gibt es noch viel mehr davon. Wenn du mich bei meinem Wahlkampf unterstützt, winken dir etliche Pfund.«

Sie kaute erneut auf ihrer Lippe, die sich blutleer anfühlte. Jolene ballte die Fäuste und bohrte ihre Nägel ins Fleisch. »Lass mich mit deinen Machenschaften in Frieden.« Sie presste die Worte durch ihre Zähne. »Ich will kein Teil deiner makabren Pläne sein und am Ende halb verbrannt wie eine Hexe am Pendle Hill liegen.«

Er schob ihr die Geldscheine über den Tisch. »Wie du meinst, aber Geld stinkt nicht. Du kannst es dir überlegen. Ansonsten würde ich mich nur über eine Unterkunft freuen und wenn du Neugierige von mir fernhältst. Das sollte auch in deinem Interesse sein, werte Nachbarin.«

»Du bringst Unglück über die Menschen, würde Lu sagen.« Jolenes Fäuste hatten sich längst gelockert. Sie brauchte das Geld nur anzusehen, schon hatte er sie überzeugt. Es störte sie bloß, dass er dies genau zu wissen schien.

Birming grinste überheblich. Seine Zähne waren noch genauso gerade und weiß wie vor Antritt seiner Haft. Nur an seinen Augenringen sah man, dass er einiges durchgemacht hatte. »Die alte Lucretia von nebenan stört mich nicht. Soll sie von mir halten, was sie will. Ich bin kein Mörder, und deshalb sitze ich hier und nicht im Gefängnis. Ich bin zwar nicht frei«, er hob das Bein mit der Fußfessel an, »aber ich möchte wieder ein normales Leben führen. Gebt mir bitte die Chance dazu.«

»Woher stammt dieses Geld?«, fragte Jolene verunsichert. »Du kannst mir nicht erzählen, dass du das von dort mitgebracht hast. So viel kriegt keiner, der wieder in die Gesellschaft zurückgeführt wird.«

»Ist das nicht egal, wenn man etwas Gutes damit bewirkt und einer alten Frau und ihrem verschuldeten Sohn hilft? Ich habe gehört, dass Brian beinahe ebenfalls im Gefängnis gelandet wäre.« Er hob gespielt schockiert seine Brauen. »Es wäre zu schade, wenn das

Gesetz doch noch seine Finger nach ihm ausstreckt, nicht wahr?«

»Drohst du uns etwa?« Sie zeigte zur Tür. »Dann kannst du gleich wieder gehen!«

»Muss ich denn drohen, damit du mir hilfst? In erster Linie bin ich nur ein armer Politiker, der zurück ins normale Arbeitsleben will.«

»Arm sieht für mich anders aus.« Sie hielt ihm das Geld unter die Nase, doch ehe er danach greifen konnte, presste sie es an ihre Brust.

Sein Grinsen wurde eine Spur fieser. Er hatte wieder einmal das bekommen, was er wollte. »Wusste ich es doch. Wir haben also einen Deal? Ich darf bleiben, so lange ich will?«

Sie kämpfte mit sich. Es war falsch, diesen Teufel bei sich aufzunehmen, aber sie brauchte dringend Geld, wenn sie das Motel weiter betreiben wollte. Weder Brian noch sie selbst gingen arbeiten. Ihr Sohn half Hank unbezahlt aus, weil er sein schlechtes Gewissen beruhigen wollte. Und mit einem Gast allein ließen sich die Kosten auf Dauer nicht decken.

Jolene fuhr herum, als sie ein Knarren eine Etage über sich hörte. Schlich diese Emilia etwa wieder über die Flure? Sie traute dem seltsamen Mädchen nicht, das von Außerirdischen und paranormalen Aktivitäten erzählte, als würde es sie geben. Wahrscheinlich hatten ihre Eltern sie deshalb weggeschickt, weil sie nicht mehr alle Tassen im Schrank hatte.

Sie fühlte sich nicht länger wohl bei diesem Gespräch. Das Haus hatte überall Augen und Ohren. Normalerweise war es Jolene, die an den Türen lauschte und überprüfte, ob sich heimlicher Männerbesuch auf den

Zimmern aufhielt. Das eine oder andere Geheimnis ließ sich außerdem dadurch aufschnappen.

Sie stützte sich auf ihren Stock und schaute möglichst böse drein. »Wenn ich es nur ein Mal erlebe, dass du wieder krumme Dinger drehst und mich in ein Verbrechen hineinziehst, kannst du was erleben.« Drohend hob sie die Gehhilfe. »Mir ist schleierhaft, wie du es als Sträfling zurück in die Politik schaffen willst, aber bitte, nur zu. Versuch dein Glück, nur erwarte meine Stimme nicht.«

Er lächelte noch immer und ließ sich nicht einschüchtern. »Ich wusste, dass du eine Frau bist, mit der man verhandeln kann. Und nun hol endlich den verdammten Whisky, den du im Schrank versteckst. Meine Rückkehr muss gefeiert werden.«

***

Emilia lauschte den Stimmen eine Weile vom Treppenabsatz aus. Sie hatte John Birming nicht nur als Erste in Pendle wiederentdeckt, sondern würde nun auch immer direkt erfahren, was er plante. Besser hätte es nicht laufen können. Als seine Zimmernachbarin würde sie seine Telefonate und Besuche überprüfen. Außerdem wüsste sie immer, wann er das Haus verließ und wiederkam.

Kein schlechter Ausgangspunkt, um doch noch Mitglied bei *Churchyard Crimes* zu werden. Wenn sie der Gruppe Informationen lieferte und sie vor Birmings Machenschaften beschützte, würden Thea, Myrna und Callan gar nicht anders können, als sie in ihrer Mitte willkommen zu heißen.

Birming war sicher nicht so ohne Weiteres zurückgekehrt. Einer wie der würde niemals Ruhe geben. Und woher stammte das Bündel Geldscheine, mit dem er die gierige Jolene überzeugt hatte? So viel stellte das Gefängnis ihm sicher nicht zur Verfügung.

Emilia durchsuchte ihren Schrank nach dem passenden Equipment. Zufrieden überprüfte sie die Technik, die einwandfrei funktionierte und eigentlich zum Abhören paranormaler Aktivitäten gedacht war. Daneben lag ihre Wärmebildkamera, mit der sie durch ihr Fenster filmen würde, sobald sich Birming im Schatten davonschlich. Auch etwas, das sie sonst für Wärmesignaturen von Verstorbenen benutzte. Nun würde es ihr dabei helfen, endlich ihren Traum von einer richtigen Ermittlergruppe zu verwirklichen.

Als es klopfte, fuhr sie herum. Emilia reagierte blitzschnell und räumte die Geräte zurück in den Schrank. Niemand, schon gar nicht Jolene, sollte sie sehen.

»Wer ist da?«

Als niemand antwortete, schlich sie zur Tür. Mit einem Ruck öffnete sie sie und sah … niemanden. Emilia blickte auf einen leeren Flur hinaus.

Sie wollte die Tür gerade wieder schließen, als ihr ein Notizzettel auf dem Boden ins Auge sprang. Jemand hatte ihr eine kurze Nachricht hinterlassen. Neugierig griff sie danach und ging zurück ins Zimmer. Mit klopfendem Herzen las sie:

Auf eine gute Nachbarschaft, neugieriges Mäuschen! ;)

6. Kapitel

Lancashire, 2024

»Callan, wirf mir mal die Gartenschere rüber!«, rief Thea, schlüpfte aus den dicken Handschuhen und wischte sich die klammen Finger an der Latzhose ab. Schweiß stand ihr auf der Stirn, den sie mit dem Handrücken wegwischte.

Seit sie auf dem Friedhof nebenan für die Beete und Grünanlagen zuständig war, kannte sie sich ein wenig aus und konnte Pläne für ihren eigenen Garten schmieden. Zuerst mussten allerdings die störenden Dornenbüsche weg, die das halbe Grundstück überwucherten. Danach sah sie weiter.

Obwohl es erst Frühling war, war es bereits heiß wie im Sommer. Das machte die Gartenarbeit zwar leichter, weil die Erde nicht mehr gefroren war, aber es trieb sie auch bis an ihre Grenzen.

»Das kannst du vergessen, oder soll ich dich umbringen? Bei meinem Glück steckt das Ding gleich in deinem Kopf.«

»Wieso riskierst du es nicht? Ich dachte, ihr Iren hättet immer etwas Glück in eurem Goldtopf.« Sie grinste, als er den Mund verzog.

Callan war schnell aus der Fassung zu bringen und noch schneller beleidigt, erst recht, wenn man ihn auf den imaginären Goldtopf am Ende des Regenbogens ansprach, ein typisch irisches Klischee.

Er brachte Thea die Gartenschere, und sie verwuschelte ihm die roten Locken. »Danke, mein Kleiner.«

»Wer ist hier klein?«, rief er und machte sich extra groß. Der schlaksige Teenager überragte sie ohnehin.

»Nun hab dich nicht so. Du weißt doch, dass Evans und ich es nicht ernst meinen. Wie oft hast du uns beide schon mit irgendeinem Unsinn aufgezogen?« Thea knuffte ihm in die dünne Seite. »Und dass du Ire bist, haben wir nicht erfunden.«

Callan richtete sich die Frisur, so gut es ging. Er sah sich um. »Viel weitergekommen sind wir bis jetzt ja nicht.«

»Nur die Ruhe, das wird schon noch. Es dauert lange, das widerspenstige Gestrüpp wegzuschneiden. Die Wurzeln sind außerdem tief im Boden verankert. Sobald mehr Platz ist, leihe ich mir den kleinen Bagger von Reverend Hughing. Was zum Grabausheben geht, sollte auch gut genug sein, um Büsche aus der Erde zu holen.« Thea deutete auf die dornigen Sträucher, die sich über viele Jahre ausgebreitet hatten. »Wenigstens sind wir im Haus mit dem Gröbsten fertig.«

»Hast du bemerkt, dass manche Wurzeln und Äste bereits angeschnitten wurden?«

»Was meinst du?«

»Hier, sieh selbst.« Er zeigte ihr eine Stelle im aufgewühlten Boden. Tatsächlich waren große Kerben und Schnitte an der Pflanze zu sehen.

»Das wird nur ein Tier gewesen sein, das hier seine Krallen gewetzt hat«, meinte sie, war aber selbst nicht zufrieden mit dieser Antwort.

»Bekomme ich eigentlich auch ein Zimmer, wenn ich volljährig bin?« Seine grünen Augen leuchteten.

»Um mit Evans und mir unter einem Dach zu leben? Überleg dir das gut, Kleiner. Du bereust es später vielleicht.«

Das Lächeln verschwand. »Nenn mich nicht so«, murmelte er und machte keine Anstalten, an seinen Platz zurückzugehen und weiterzumachen. Stattdessen sah er Thea mit diesem seltsamen Blick an, den sie bereits von ihm kannte.

Sie schloss die Augen und stemmte eine Hand in die Seite. Die Gartenschere hielt sie in der anderen. »Nun sag schon, was dir auf der Seele brennt. Man kann förmlich in deinem Gesicht lesen. Du nimmst doch sonst kein Blatt vor den Mund.«

Er verlagerte sein Gewicht mehrmals von einem Bein auf das andere. Nervosität kannte sie kaum von dem vorlauten Sechzehnjährigen, also musste es ein schwerwiegendes Thema sein. Thea ahnte, worum es ging, noch bevor er den Mund aufmachte, und wappnete sich.

»Sollte *er* uns nicht eigentlich dabei helfen? Immerhin ist das mal *sein* Haus gewesen, und *er* hat es so verkommen lassen.«

Thea atmete hörbar aus und sortierte ihre Gedanken. »Nun ... dann müsste ich ihn wieder in meine Nähe, in mein Leben lassen, und das möchte ich nicht.« Es war unmissverständlich, dass sie keinen Kontakt zu Nathan wollte. Jetzt jedenfalls noch nicht.

»Aber wenn ihr erst einmal sprecht, renkt sich das bestimmt wieder ein. Als Mum und ich Probleme hatten, haben wir auch darüber geredet und uns versöhnt.

Seitdem läuft es besser denn je, und mein Vater weiß inzwischen alles über Nathan und sie. Dass sie enge Freunde sind und sie sich bei ihm seinetwegen ausgeweint hat. Seit alles geklärt ist, geht es uns auch als Familie wieder richtig gut, und Dad ist häufiger zu Hause. Er will bei der Arbeit sogar kürzertreten und wieder mehr Zeit in Pendle verbringen.« Glücklich lächelte er.

»Ich bin nicht du, Callan«, sagte sie ruhig, aber bestimmt. »Nathan hat meine Mutter und mich verraten und im Stich gelassen, als wir ihn gebraucht haben. Ich kenne diesen Mann kaum, und er hat nie Geld oder auch nur eine Grußkarte geschickt. Meine Mutter ist an Krebs gestorben, aber selbst dann hat er sich nicht blicken lassen. Weder kam er zu ihrer Beerdigung noch auf mich zu, um mich zu trösten und mich zu unterstützen. Lieber saß er in seinem Herrenhaus«, wütend deutete sie auf das Chamberling-Anwesen, »und hat es sich mit deiner Mum und Reverend Hughing gemütlich gemacht. Außerdem ist er verrückt.«

»Verrückt?« Callan runzelte die Stirn. »Er kam mir recht normal vor.«

Thea lachte gezwungen. »Nennst du es normal, zwanzig Jahre auf ein Haus aufzupassen, um in einem geheimen Tunnelsystem darunter nach einem imaginären Schatz zu suchen oder irgendwelche alten Akten zu bewachen?«

»Aber es gibt den Schatz der Mönche!«, rief er und zog die Goldmünze aus seiner Tasche wie unzählige Male zuvor. Thea hatte aufgehört, mitzuzählen, wie oft er sie ihr schon gezeigt hatte.

Sie nahm Callans Hand und schloss seine Finger um das Fundstück. »Pack sie gut weg und rede am besten nie wieder darüber. Schlimm genug, dass du sie inzwischen dem halben Dorf gezeigt hast. Hier tauchen ständig Leute auf, die danach fragen. Ich muss ihnen jedes Mal erklären, dass du dir was eingebildet hast. Wenn ich Pech habe, werden Jolene und Lucretia bald wieder bei uns einbrechen und nach Gold suchen. Man hat dich reingelegt, Callan. Niemand hat diesen Schatz je mit eigenen Augen gesehen. Sicher hat mein Vater eine Münze fallen lassen, damit ein Narr wie du seine aberwitzigen Geschichten glaubt. Er hat immer schon gelogen, wieso sollte diese Geschichte also wahr sein? Sein ganzes Leben ist eine Lüge.« Sie zeigte auf seine geschlossene Hand. »Das hier ist nur eine alte Legende, die die Downings damals verbreitet haben, um sich wichtigzutun. Nathan sucht bloß eine Ausrede dafür, warum er so lange in Pendle war und sich nicht um seine Familie gekümmert hat.« Thea hatte sich einen Teil ihres Frustes von der Seele geredet. Sie schämte sich nicht vor Callan, aber sie wollte das Thema nun endgültig begraben und auch nicht wieder ansprechen. »Für mich ist er tot und bleibt es auch, ob er nun ein Grab hat oder nicht.« Sie zog sich wütend die Handschuhe über und riss nun deutlich heftiger an den Dornen als davor. Die Wut steigerte ihre Kräfte.

Callan betrachtete die alte Münze in seiner Hand und steckte sie enttäuscht weg. »Na ja, vielleicht ist die wenigstens was wert, dann kann ich sie verkaufen«, murmelte er. An seinem entschlossenen Gesicht erkannte sie, dass er noch nicht aufgegeben hatte. Das Thema ließ ihn einfach nicht los.

Thea hätte in seinem Alter vielleicht anders darüber gedacht. Außerdem erlebte er hier draußen kaum etwas, weil seine Freunde nicht in Pendle lebten und den Ort mieden. Angeblich sollte es hier spuken und vor Hexen wimmeln. Es gab allerlei abergläubische Menschen in Lancashire.

Das schlechte Gewissen nagte an Thea, als sie ihren Freund so enttäuscht sah. Vielleicht wünschte sich ein Teil von ihr, dass die Geschichte mit dem Schatz stimmte und Nathan einen guten Grund gehabt hatte, darauf aufzupassen oder ihn zu suchen. Aber welcher Mann ließ dafür Frau und Kind im Stich?

Thea war froh, als ihr Handy klingelte und sie ablenkte.

»Hey, mein Schatz. Was machst du gerade?«

Sie biss sich auf die Wange. »Ich habe nicht zurückgeschrieben. Es tut mir leid. Aktuell ist viel los, und wir versuchen, den Garten auf Vordermann zu bringen.«

Oakley lachte leise. »Ich kenne dich, Thea. Durch deinen Kopf wirbeln immer so viele Dinge gleichzeitig, aber denk daran, dass du auch noch eine Beziehung hast neben all dem Stress.« Bei ihm klang das nicht nach einem Vorwurf, aber sie schämte sich trotzdem, weil sie Oakley vernachlässigt hatte. »Ich könnte euch helfen, das weißt du.«

»Das ist lieb von dir, aber wir kommen zurecht. Callan ist fleißig, und später wird auch noch Evans dazustoßen. Wir schaffen das schon.«

»Ich weiß, dass ihr das tut. *Churchyard Crimes* hält nichts und niemand auf.« Sie hörte das Lächeln in seiner Stimme. »Pass auf dich auf und melde dich später.«

»Mache ich, Oak. Oder ich komme vorbei. Sind ja nur ein paar Schritte bis zu deiner Tür.«

Sie verabschiedete sich mit einem »Ich liebe dich« und legte auf.

»Mal was anderes neben eurem ganzen Telefonkitsch«, sagte Callan aus dem Nichts und riss sie aus ihren Gedanken.

»Was anderes klingt gut. Schieß los.«

Er legte die Harke aus der Hand. »Hast du gemerkt, dass sich Evans neuerdings komisch verhält?«

Thea hielt inne und grübelte. »Nicht dass ich wüsste. Sie ist noch genauso regelverliebt wie sonst.« Sie lachte leise und kniete sich hin, um ein paar Stränge aus der Erde zu reißen.

»Das meine ich nicht. Ich finde, sie wirkt so … nachdenklich.«

Thea hatte nichts bemerkt. Vielleicht war sie aber viel zu sehr mit ihren eigenen Problemen rund um Nathan beschäftigt gewesen. »Ich weiß von nichts. Frag sie doch einfach mal, wie du mich eben gefragt hast.«

»Wenn das mal so einfach wäre! Ständig geht sie uns aus dem Weg. Was macht sie denn gerade?«

Ein Ast schnitt Thea in den Arm. Sie sog zischend die Luft ein und machte eine Pause. Ihre Konzentration war fort, also setzte sie sich lieber und trank Wasser. Callan ließ sich neben ihr nieder und griff zur Cola. Auch auf seiner blassen, sommersprossigen Stirn standen Schweißperlen.

»Evans arbeitet an einem neuen Fall. Du müsstest doch längst davon gehört haben.«

»Nein, was ist denn los? Hat ein Birming wieder mal jemanden umgebracht und am Hill vergraben?« Er lachte über seinen eigenen schrägen Witz.

Thea riss die Augen auf. »Sag bloß, ich weiß mal etwas vor dir? Das wäre mir neu.«

Verunsichert starrte er sie an und ließ die Flasche sinken. »Ähm … anscheinend. Klärst du mich auf, oder muss ich raten?«

Thea ließ die Finger knacken und rutschte bis an die Stuhlkante. Sie senkte verschwörerisch die Stimme, als sie sagte: »Heute früh wurde unser Bürgermeister tot am Pendle Hill aufgefunden.«

»Patrick O'Doyle?«

»Nein, unser ehemaliger Gemeindevorsteher John Birming. Er wurde erschossen.«

Callan machte ein erschrockenes Gesicht. »Was? Das gibt es doch nicht! Und das sagst du mir erst jetzt und nur so nebenbei? Wieso ermittelt *Churchyard Crimes* nicht längst in dem Fall?« Er rieb sich die Hände. »Endlich wieder etwas Aufregung in diesem Kaff!«

»Evans hat mir nur kurz Bescheid gegeben, damit ich mich nicht wundere, wieso sie nicht auftaucht. Sie und Harrison haben die Leitung der Ermittlung übernommen.«

»Wieso sagt sie es dir und mir nicht? Immer müsst ihr euer eigenes Süppchen kochen!« Callan gestikulierte wild. »Warum grenzt ihr mich aus? Ich habe schon so oft geholfen.«

»Das hast du, und das wirst du auch weiterhin. Niemand grenzt dich aus, Callan, aber Evans und ich wohnen zusammen. Wir reden sowieso über alles. Sie hätte dich sicher als Nächstes angerufen, aber du bist minderjährig und solltest vielleicht nicht alles hören.«

Callan rollte mit den Augen. »Meistens verrät sie nichts zu ihren Fällen, weil das verboten wäre. Ich frage mich, warum sie bei dir eine Ausnahme macht.«

Thea rutschte wieder zurück und verscheuchte eine Fliege. »Ist das alles, was dir dazu einfällt? Das ist ein riesiger Fall für meinen Blog und unser Trio.«

»*Wenn* Evans dich ermitteln lässt. Ich wundere mich, dass du überhaupt davon weißt.« Argwöhnisch kniff er die Augen zusammen.

Thea fuhr verträumt mit dem Finger auf der Armlehne entlang und trank von ihrem Wasser. Das kühle Nass tat ihrer Kehle gut. »Nun ja, um ehrlich zu sein, hat sie es mir nur erzählt, weil ich den verängstigten Reverend Hughing beruhigen sollte. Er war abends am Hill spazieren und hat den Schuss gehört, der Birming getötet hat. Danach lief eine dunkle Gestalt in den Wald. Leider konnte er ihn oder sie nicht erkennen. Mehr Infos habe ich auch nicht.«

»Wie geht es Hughing?«

Thea war positiv überrascht, dass er als Erstes nach dem Reverend fragte. »Den Umständen entsprechend. Er hatte ziemliche Angst, glaube ich. Gerade erholt er sich im Pfarrhaus. Ich denke nicht, dass er in Gefahr ist. Hätte der Mörder ihm was antun wollen, hätte er das schon am Hill ohne Zeugen gemacht.«

»Und was, wenn er erst jetzt erfährt, dass Hughing ihn gesehen hat? Dann könnte er in Lebensgefahr schweben«, sagte Callan und wurde noch ein Stück bleicher.

Thea schüttelte den Kopf. »Mach dir keine Sorgen. Und zur Not ist ja noch Nathan da und kümmert sich um ihn. Er wohnt schließlich nur eine Etage darüber.«

»Habe ich da eben meinen Namen gehört?«

Thea und Callan fuhren erschrocken herum. Nathan stand vor ihnen und hielt eine Tüte mit Köstlichkeiten aus Fiona Healys Bäckerei hoch. »Wir haben viel zu viel, da wollte ich den Fleißigen mal etwas mitbringen.«

Callan sprang schwungvoll auf und nahm die Tüte lächelnd entgegen. »Au ja, die besten Stücke gibt mir Mum sonst nie. Meistens muss ich das essen, was übrig bleibt.« Plötzlich hielt er inne und sah zu Thea, als wollte er sich zuerst ihre Erlaubnis einholen.

Sie winkte gelassen ab. »Mach nur. Lass sie dir schmecken.« Sie drehte sich weg und hoffte, dass Nathan ging, doch er kam sogar näher.

»Kann ich euch nicht doch helfen?«

»Wir brauchen keine Hilfe, aber danke. Kümmere dich lieber um Hughing. Er sollte nicht allein sein, solange der Täter nicht gefasst wurde«, sprach sie in den Garten statt zu ihm.

»Na gut, wie du meinst. Ich dachte nur, weil es mal mein Haus war und ich ...«

Thea hechtete aus dem Stuhl, wenn auch weniger elegant als Callan. »Was hast du gedacht? Dass du hier aufkreuzen und so tun kannst, als wäre nie etwas gewesen? Du hast dich um Garten und Haus zwanzig Jahre lang nicht gekümmert, sondern nur um die Tunnel darunter – Gott weiß, warum! Glaub ja nicht, dass du einfach wieder hier einziehen kannst, sobald wir mit der Renovierung fertig sind! Die Arbeit haben Callan, Evans und ich nicht für dich gemacht!« Sie atmete schwer, weil sie der Zorn wieder einmal übermannte. »Du hast mir damals dein Haus überschrieben, und ich Dummkopf habe nie nachgefragt, wie es sein kann, dass ich ohne Totenschein und Sterbeurkunde von dir überhaupt etwas erben kann. Das hast du alles eingefädelt, um mich zum Narren zu halten und für deine eigenen kranken Zwecke einzuspannen. Was auch immer du erreichen wolltest, du bist gescheitert!«

»So ist das nicht gewesen, Thea. Bitte hör mir zu.« Er blieb erstaunlich ruhig, aber in seiner sonoren Stimme hörte sie ein Beben. Sie durchschaute ihn eben doch, obwohl sie ihn kaum kannte. Zudem stand ihm die Verzweiflung ins Gesicht geschrieben. Die Augen eines Menschen logen nie.

Sie wies zum Gartentor. »Jetzt nicht. Ich bin noch nicht so weit. Ich möchte dich auch nicht mehr auf *meinem* Grundstück sehen, Nathan!«

»Wieso nennst du mich nicht Dad?«

»Weil du keiner warst und keiner für mich bist. Ich kenne dich nicht.«

»Als ich dich auf dem Dach der Kirche gerettet habe, hast du das Wort trotzdem gesagt.«

Thea kaute wütend auf ihrer Lippe, bis sie Blut schmeckte. »Ist mir wohl in der Angst so rausgerutscht. Das war eine Extremsituation für mich. Und jetzt lass uns bitte allein.«

Sein Hundeblick war herzzerreißend, aber er nickte Callan einmal zu und ging.

»Meinst du nicht, dass du etwas hart zu ihm bist? Vielleicht hat er eine echt gute Erklärung für sein Verhalten. Hat nicht jeder eine zweite Chance verdient?«

»Wäre er dein Vater und hätte deine Mutter im Stich gelassen, als sie krank war, und sich keine Sekunde um dich geschert, würdest du anders darüber denken«, fauchte sie ihn an und bereute es sofort. Callan konnte am allerwenigsten für Nathans Verhalten. Zumal er ihn von früher kannte und sicher bessere Erinnerungen an ihn hatte als Thea. Für sie war er nicht mehr als eine dunkle Silhouette mit einem Koffer, die immer von einem Schwall Pfeifentabak umgeben gewesen war. »Wir müssen weitermachen, sonst werden wir hier nie fertig. Ich möchte mich nachher auf den neuen Fall konzentrieren und ihn auf meinem Blog veröffentlichen. Meine Follower warten sehnsüchtig auf frisches Material, und ein Mord an unserem ehemaligen Bürgermeister wird sie brennend interessieren, zumal ihnen der Name Birming noch von unserem ersten gemeinsamen Fall bekannt vorkommen müsste.«

Callan schwieg, und es entstand eine bedrückende Stimmung zwischen ihnen. Selbst hier mischte sich Nathan ein und störte Theas Seelenfrieden. Wieso blieb er nicht unsichtbar wie die letzten zwanzig Jahre und musste stattdessen immer wieder ihre Nähe suchen? Was plante er in Wirklichkeit mit ihr und dem Haus? Und wo zum Teufel kamen all diese Schnitte an den Pflanzen her, die am Vortag noch nicht da gewesen waren?

***

Am späten Abend kehrte Myrna heim. Sie wirkte erschöpft vom langen Tag in der Polizeiwache. Thea sah die dunklen Ringe unter ihren Augen. Außerdem dehnte sie ihren Körper ausgiebig nach dem vielen Sitzen, bevor sie ihr in den Salon folgte.

Thea hielt Myrna eine Flasche Ale hin. Es war das mit der Hexe auf dem Etikett, das man in Hanks Bar, dem

›Hills Inn‹, kaufen konnte. Thea wusste, wie gern Myrna es trank. »Langen Tag gehabt?«

»Und wie!« Erschöpft ließ sie sich auf die Couch fallen. Sie hatten es sich mit der Zeit richtig gemütlich gemacht in dem alten Herrenhaus, das man zuvor für ein Spukschloss hätte halten können.

Früher hatten hier Adelige und danach sogar Spione gelebt. Nun wohnten zwei Freundinnen darin, die unterschiedlicher nicht sein könnten. Dieses Haus hatte eine lange Geschichte zu erzählen, die man in der zweigeschossigen Bibliothek nachlesen konnte. Thea überlegte, ob sie selbst eines Tages ihre Geschichte aufschreiben und zu den anderen Büchern stellen würde.

»Willst du mir von dem Fall erzählen?« Sie versuchte, sich geschickt anzupirschen, doch Myrna durchschaute sie sofort. Es war offensichtlich, dass Thea nur aus einem Grund fragte: um Informationen für ihren True-Crime-Blog abzugreifen.

Myrna rieb sich über die Augen und lächelte müde. »Du kannst ruhig direkter fragen. Inzwischen habe ich es ohnehin aufgegeben, dich aus meinen Ermittlungen herauszuhalten. Außerdem hast du dich schon so oft als hilfreich erwiesen, dass man mir ganz offiziell erlaubt hat, dich einzusetzen, solange du dich an die Regeln hältst.«

»Was sowieso nie passieren wird.« Thea zuckte mit den Schultern. »Du kennst mich. Vertraust du mir trotzdem?«

Myrna sah sie eine Weile an. »Ja, ich denke, das tue ich, so verrückt es klingt«, sagte sie schließlich. »Aber ehe ich dich einweihe, musst du mir eine Verschwiegenheitserklärung unterzeichnen.«

Thea rollte mit den Augen. »Nicht das schon wieder!«

»Es ist nötig, bei dir erst recht. Sonst schreibst du auf deinem Blog darüber, und das würde unsere Ermittlungen gefährden.«

Thea gab sich geschlagen. Es brachte nichts, mit Myrna über den Nutzen dieser Erklärung zu diskutieren. »Na schön, alles, was nötig ist, damit ich Birming irgendwann danach auf meinen Blog bringen kann.«

»Es wäre, ehrlich gesagt, besser, wenn das nie passiert«, entgegnete Myrna sogleich. »Hier geht es um eine sehr brisante Ermittlung, die natürlich Stillschweigen voraussetzt. Nichts von dem, was du hörst oder siehst, darf je an die Öffentlichkeit dringen. Birming war Politiker und Straftäter. Das würde hohe Wellen schlagen, Thea. Zu hohe für Pendle. Wenn du dich nicht daran hältst, kann ich dich nicht als meine Assistentin einsetzen.«

»Du meintest wohl deine Partnerin.« Thea hob vielsagend die Augenbrauen.

»Jetzt geht das wieder los«, hörte sie Myrna murmeln. Jene holte ein DIN-A4-Blatt aus ihrer Tasche und reichte es ihr. »Dieser Fall steht unter strengster Geheimhaltung. Denk daran, wenn du das hier unterschreibst. Du verpflichtest dich hiermit, meinen Anweisungen zu folgen und niemandem vom Fall zu erzählen, also auch deinen Followern nicht.«

»Seit wann bist du denn so eine Spielverderberin?« Thea streckte ihr die Zunge heraus.

Myrna grinste und reichte ihr einen Füllfederhalter. »War ich immer schon, das weißt du doch. Regeln und Vorschriften sind dazu da, dass man sie befolgt. Man hat sie außerdem nicht umsonst aufgestellt. Callan nennt mich außerdem seit jeher eine Langweilerin. Er glaubt, ich habe nie Spaß im Leben.«

»Wo er recht hat«, murmelte Thea und krakelte auf das Blatt, ohne es durchgelesen zu haben. Myrna würde ihr schon keine Waschmaschine verkaufen. Dazu war sie wiederum viel zu korrekt. Thea konnte froh sein, ein Teil der Ermittlung zu werden, wie sie es immer gewollt hatte.

Myrna steckte es weg und sah ihr tief in die Augen, während sie ihre Aufgabe erläuterte. »Harrison und ich werden nicht die Zeit haben, alle Bewohner von Pendle zu Birming zu befragen. An dieser Stelle kommst du ins Spiel.«

Thea reckte stolz ihr Kinn. Sie war glücklich, ganz legal in die Ermittlung hineingezogen zu werden. Wenigstens etwas, das sie von Nathan ablenkte und später wichtig für ihren Blog werden würde. Ihre Follower würden es ihr schon verzeihen, wenn sie sich erst nach dem Fall mit Einzelheiten meldete.

»Darf ich wenigstens eine neue Ermittlung auf ›Churchyard Crimes‹ ankündigen?«

»Nein.«

Thea biss sich auf die Wange. Callan hatte recht. Myrna war plötzlich noch verschlossener und strikter als sonst. Was war da los? »Ist alles okay bei dir?«

Ihre Freundin sah auf. Sie wirkte ehrlich irritiert. »Was meinst du?«

»Stimmt was nicht zwischen Hank und dir? Hattet ihr Streit?«

»Nein, wie kommst du darauf?« Sie lachte, aber es klang angestrengt. Außerdem konzentrierte sich Myrna auf anderes als auf Thea. Sehr verräterisch.

»Willst du darüber reden?«

Endlich drehte sie sich wieder ihr zu. »Was soll das hier werden? Ein Verhör? Mir geht es bestens.«

»Ich dachte nur, weil ...«

»Manchmal denkst du eben zu viel, Thea!«

Stille trat ein. Man hörte nur den Wind, der an den Fensterläden rüttelte und hier und da noch durchs Haus pfiff. Ganz dicht würden sie das alte Gemäuer wohl nie bekommen.

»Es tut mir leid«, sagte Thea. Sie entschuldigte sich nicht oft, was auch Myrna wusste.

Sofort wurde deren Blick sanfter. »Schon gut. Ich bin nur überarbeitet. Zwischen Hank und mir ist alles in Ordnung. Jetzt, da er das Sorgerecht für Alison zurückhat und sich mit seiner Ex wieder versteht, können wir sogar heile Welt spielen und eine große glückliche Patchworkfamilie sein.«

»Und sein Bein?«

»Der Gips ist ab, und er humpelt nur noch ein wenig. Alles bestens.«

Thea hatte weiterhin das Gefühl, dass nichts in Ordnung war, aber für heute hatte sie genug nachgebohrt. Ihr Herz riet ihr, weiterzumachen und so lange zu stochern, bis sie fand, was sie suchte, aber ihr Verstand hielt sie zurück. Heute war wohl nicht der Tag für ein klärendes Gespräch. »Wirst du mich irgendwann einweihen?«

»Einweihen? In was?« Myrna fuhr erschrocken herum. Ihre Augen waren geweitet, ihr Mund stand offen, als wäre sie in Starre verfallen.

Thea war kurz perplex, fing sich aber. »Na, in euren Fall. Um dir zu helfen, muss ich alles wissen, was ihr bis jetzt herausgefunden habt. Ich will nicht umsonst unterzeichnet haben.«

Myrna schien aufzuatmen, was äußerst verdächtig war. Sie nickte, als würde sie sich erinnern. »Ach ja, richtig.« Dann erzählte sie bei Ale und Kerzenschein von ihrem Tag bei Katherine Birming im Gefängnis und im Büro.

Sie gingen danach rüber in die Bibliothek und zogen ihre häufig eingesetzte Pinnwand heran. Thea notierte alle Namen der Verdächtigen sowie den des Opfers auf Karteikarten und pinnte sie daran. Mit bunten Fäden wurden diese verbunden. Es würden Alibis, Motive und Zeugenaussagen dazukommen, wenn sie so weit waren.

»Diese Frau hätte ich zu gern durch die Mangel gedreht«, sagte Thea, als Myrna fertig war. »Katherine gibt mir bestimmt immer noch die Schuld an ihrer Verhaftung. Dabei war es Callans Plan gewesen, sie reinzulegen. Ich habe mich bloß in die Schusslinie begeben.«

»Wärst du dabei gewesen, hätten wir wohl gar nichts aus ihr herausbekommen. Sie hasst dich, wie allgemein bekannt ist, und hat dich eine Hexe genannt, die man auf dem Scheiterhaufen verbrennen sollte.« Myrna machte ein vielsagendes Gesicht. Seit sie die Flasche Ale geleert hatte, wirkte sie deutlich entspannter.

Thea überlegte, ihre Freundin noch einmal auf das Thema anzusprechen, beließ es aber dabei.

Sie hatte Callan für verrückt oder überempfindlich gehalten, weil Teenager eben so waren, doch Myrna benahm sich tatsächlich anders als sonst. Ihre Gelassenheit war irgendwie ... fort.

»Also haben wir bis jetzt ein paar Namen, aber noch nicht mehr Informationen als die, die uns ausgerechnet Katherine Birming gegeben hat. Ich werde mein Bestes geben, euch zu helfen.«

»Danke, Thea. Das hilft uns wirklich. Ach ja, das hier«, sie kramte wieder in ihrer Tasche und holte eine Polizeimarke heraus, die der von Myrna ähnlich sah, aber kleiner war, »ist das Abzeichen eines Hilfssheriffs. Das kannst du sicher gebrauchen, damit die Leute mit dir reden.«

Thea musterte das leicht verbeulte Stück Metall mit großen Augen. »Sieht antik aus.«

»Ist es auch. Heutzutage sehen die Abzeichen anders aus, oder es gibt einfach keine mehr. Jedenfalls wirst du damit Eindruck schinden können. In Pendle glauben sie an Hexen und Aliens, wieso also nicht an eine Totengräberin, die als Hilfssheriff arbeitet?«

Sie lachten gemeinsam. Endlich war die bedrückte Stimmung fort. Thea behielt ihre Fragen dennoch im Hinterkopf. »Danke, Evans. Das ist echt cool.« Sie hob das Abzeichen in die Höhe. »Von so etwas habe ich immer geträumt.«

»Du hast uns ein paarmal echt geholfen. Sogar dein Blog war hilfreich. Trotzdem kann ich es nicht verantworten, schon wieder völlig fremde Leute in eine Mordermittlung hineinzuziehen. Das verstehst du bestimmt. Es geht ...«

»... dabei um ihre eigene Sicherheit, ich weiß. Meine Lippen bleiben verschlossen, meine Finger still. Dieses Mal verspreche ich es dir wirklich. Auch ich habe aus unseren Ermittlungen gelernt.«

»Das will ich hoffen.« Dennoch streifte sie ein skeptischer Seitenblick. Es war nicht das erste Mal, dass Thea etwas versprach und womöglich nicht hielt. »Und Callan darf auch nicht in die Sache hineingezogen werden. Er ist noch minderjährig.«

Thea nickte. Wenigstens in diesem Punkt waren sie sich einig. »Das wird er nicht gern hören, weil er ein Teil von *Churchyard Crimes* ist und uns mehr als ein Mal geholfen hat, aber er ist gerade sowieso viel zu sehr damit beschäftigt, nach einem sagenumwobenen Goldschatz zu suchen.«

»Glaubt er das etwa immer noch?« Myrna machte große Augen. »Die Münze war bestimmt nur ein Glücksfund. Immerhin hatte eine Ratte sie im Maul. Die muss nicht einmal aus den Tunneln gekommen sein. Ich bin froh, dass wir hier keine Plage haben.« Sie schüttelte sich leicht. So tough Myrna auch war, so viel Angst hatte sie vor den Nagetieren.

»Lass uns schlafen gehen und das hier morgen weiterbearbeiten, wenn wir mehr wissen. Birming war nicht besonders beliebt im Borough. Sicher werden noch ein paar Feinde dazukommen.«

»Einschließlich dir, Thea«, sagte Myrna fast nebenbei und hob ihre Hände verteidigend, als sich ihre Freundin entsetzt zu ihr umwandte. »Was denn? Du hast den Mann und seine Frau hinter Gitter gebracht.«

»Das warst doch du!«

»Aber *du* wurdest zur Hauptakteurin, sie haben *deinen* Blog infiltriert und wollten *dein* Haus anzünden. Damals habe ich noch nicht hier gewohnt, falls du dich erinnerst.«

Thea sah ein, dass sie recht hatte. »Wieso vertraust du mir dann in diesem Fall und versorgst mich mit Informationen? Ich könnte genauso gut die Täterin sein.«

Myrna lächelte und legte ihre Hände auf Theas Schultern. »Weil du meine beste Freundin bist und ich ganz genau weiß, dass du dir selbst nicht noch mehr Arbeit aufhalsen würdest.« Sie nickte zu der Wand, hinter der sich die St. Benet's Church und ihr Friedhof befanden.

Thea grinste. »Da hast du auch wieder recht.«

Es lagen noch viele Aufgaben vor ihr. Gleich morgen früh würde sie sich um die restlichen Gräber kümmern und diese von Ästen und Blättern befreien, die Tannenzweige vom letzten Winter abdecken und frische Beete anlegen. Zudem musste sie der Beerdigung von Mrs Kelly beiwohnen und Reverend Hughing, sofern er wieder bei Kräften war, während der Zeremonie und mit allem Drumherum helfen. Als Totengräberin hatte sie immer zu tun.

Thea fragte sich, ob sie ihren Job wieder verlor, nun, da ihr Vater zurück war. Immerhin war er zwanzig Jahre lang der Totengräber gewesen. Sie würde bei Gelegenheit mit Hughing darüber sprechen, nur noch nicht jetzt.

***

Myrna wartete, bis Thea im Bett war, bevor sie das aufgerissene Kuvert unter dem Kissen hervorholte. Jedes Mal, wenn sie sich das Schreiben darin durchlas, zitterten ihre Hände. Was sollte sie nur tun? Wie sollte sie sich entscheiden?

Sie war heute wieder ziemlich angespannt gewesen. Ward gegenüber war sie deutlich lockerer als bei Thea und Callan und erst recht bei Hank, dem sie kaum ins Gesicht sehen konnte.

Ihr Handy summte. Es war ausgerechnet er. »Hey, du!« Sie merkte selbst, wie knapp die Begrüßung ausfiel. »Ich wollte gerade schlafen gehen.«

»Ich frage mich, wieso du nicht in meinem Bett liegst«, knurrte er und brachte sie zum Lachen.

»Mit Alison gleich nebenan? Nein, macht euch ruhig einen schönen Abend ohne mich. Ich habe sowieso noch viel Arbeit auf dem Tisch liegen. Mir schwirrt der Kopf.«

Hank antwortete nicht sofort, als müsste er sich erst sammeln. »Liegt es an meinem Kind? Meidest du mich deshalb? Habe ich was falsch gemacht?«

»Weder noch. Mach dir keine Gedanken. Der neue Fall beschäftigt mich.«

»Was ist denn los? Gerüchte machen die Runde, dass ihr eine Leiche gefunden habt.«

»Haben wir, aber mehr darf und kann ich dir noch nicht sagen. Wir sind dran. Das wird außerdem bald größere Kreise ziehen. Du wirst als Wirt der einzigen Kneipe im Ort sicher mehr davon zu hören bekommen, als dir lieb ist.« Sie lachte leise und wurde sofort wieder ernst. »Ich vermisse dich.«

»Ich dich auch. Mach dich bitte nicht kaputt, Myrna.« Er war der Einzige, der sie beim Vornamen nannte. »Ich liebe dich.«

Sie schluckte, als ihr Blick auf den wichtigen Brief aus London fiel, der ihr seit Monaten Bauchschmerzen bereitete und immer noch auf eine Antwort wartete. »Ich dich auch. Schlaf gut, Hank, und bis morgen.« Sie legte auf und presste das Smartphone eng an ihr wild pochendes Herz.

Tränen kitzelten in ihren Augen. Ob sie in dieser Nacht schlafen konnte, würde sich zeigen.

Myrna lenkte sich damit ab, auf Theas True-Crime-Blog namens ›Churchyard Crimes‹ zu lesen. Nach diesem hatten sie auch ihr kleines Ermittlertrio benannt. Die behandelten Fälle waren mal aus Theas direktem Umfeld und mal alte, ungeklärte Verbrechen aus unterschiedlichen Epochen. Zuletzt hatte sie über den Mord an der sechsjährigen JonBenét Ramsey geschrieben, einer US-amerikanischen Schönheitskönigin, die 1996 unter mysteriösen Umständen starb. Es wurde heiß diskutiert, ob die eigene Familie, zum Beispiel der große Bruder, etwas mit der angeblichen Entführung und Tötung des Kindes zu tun gehabt hatte. Bis heute ein Cold Case und Zündstoff für jede Menge Spekulationen. Erst recht, da kaum Spuren gesichert und viele Fehler bei der Ermittlung gemacht wurden. Solche Fälle stimmten Myrna traurig. Sie wurde sogar wütend, wenn sie davon las.

Myrna scrollte durch die verrückten Behauptungen von ›Wookieeboy‹ und ›Peach92‹, konnte Theas Antworten einsehen und auch selbst welche schreiben, wenn sie wollte. Sie hielt sich jedoch lieber im Hintergrund und verfolgte die spannenden Fälle stumm. Von Thea wusste sie, dass es Harrison und einige andere Einwohner von Pendle genauso machten.

Plötzlich stockte sie und scrollte noch einmal zurück. Myrna richtete sich kerzengerade auf. Sie schloss ihre

Augen und öffnete sie wieder, aber da stand es noch immer.

Theas erster und treuester Fan namens ›Wookieeboy‹, den ihre Freundin gemeinhin den ›UFO-Spinner‹ nannte, weil er meistens völlig abstruse und überirdische Lösungen in Betracht zog, hatte geschrieben:

JonBenét Ramsey schön und gut, aber was ist mit deinem ehemaligen Bürgermeister, der tot am Pendle Hill lag? Das kann doch nur das Werk von Hexen gewesen sein!

Bislang gab es keine Antwort. Thea hatte den Beitrag womöglich noch nicht gelesen. Myrna klappte den Laptop wütend zu und legte ihn weg. Am liebsten wäre sie direkt rübergerannt und hätte ihre Freundin zur Rede gestellt. Von wem sollte dieser Follower es sonst wissen, wenn nicht von ihr?

Myrna wusste, dass sie überspannt und ihre Zündschnur kurz war. Sie würde eine Nacht darüber schlafen und Thea morgen darauf ansprechen, bevor auch deren Ermittlungen starteten.

Die halbe Nacht lang starrte Myrna an die Decke. Das Gedankenkarussell wollte einfach nicht stillstehen. Erst dieser Brief aus London, der alles verändern könnte, dann der Fall, der ihr bereits am Anfang aus den Fingern zu gleiten drohte, weil jemand geredet hatte.

Sie konzentrierte sich fortan nur noch auf ein bestimmtes Gesicht, um wenigstens für ein paar Stunden zu schlafen: Hank. Sein warmes Lächeln, der modische Anchor-Bart, das Leuchten seiner treuen braunen

Augen ... Irgendwann drifteten Myrnas Gedanken endlich ab, und sie schlief ein.

7. Kapitel

Thea erkannte an Myrnas strenger Miene, dass sie etwas falsch gemacht hatte. Sie wusste nur nicht, was es dieses Mal war.

»Setz dich, wir müssen reden.« Sie schob ihr den Stuhl hin und danach eine dampfende Tasse Tee über den Tisch.

Thea tat besser, was sie wollte. Nichts war gruseliger als eine wütende Myrna Evans.

»Hast du schlecht geschlafen? Du siehst so aus.« *Das hätte ich jetzt lieber nicht sagen sollen!*

Myrna schnaufte leise und holte ihr Handy unter dem Tisch hervor. Sie tippte ein paarmal darauf und hielt es Thea hin, die ihre Hände an der Keramiktasse wärmte. »Was hast du dazu zu sagen?«

Sie beugte sich vor und kniff die Augen zusammen. »Das ist mein Blog. Was soll damit sein?« Doch Thea sah bereits, dass ›Wookieeboy‹ geschrieben hatte. Er blieb selten ruhig und musste sich zu jedem Thema äußern.

Myrnas finstere Miene verschwand. »Du bist eine schlechte Schauspielerin, Thea. Und du hast es doch eben gelesen. Woher hat er diese Info?«

»Das weiß ich doch nicht!«, rief sie und fuchtelte mit ihren Händen. »Er weiß immer alles, ohne dass ich ihm schreibe. Dieser Kerl ist verrückt oder besessen oder so. Ich habe ihm wirklich nichts verraten! Ich schwöre es dir!« Sie senkte ihre Stimme und grummelte: »Würde mich nicht wundern, wenn das mein Vater ist, der mir nachspioniert.« Sie verdrehte genervt die Augen. »Er versucht mit allen Mitteln, zu mir durchzudringen.«

Endlich lächelte Myrna wieder. Sie strich sich die kurzen hellen Haare zurück und stellte das Display aus. »Dieser Hardcore-Fan hat vertrauliche Informationen, noch ehe du im Einsatz warst. Hat er uns gehackt und belauscht uns heimlich hier im Haus? Am besten reden wir nicht mehr über den Fall, wenn wir hier sind.«

»Wie sollte er uns belauscht haben? Die Kameras habe ich doch abgenommen.«

»Was, wenn es in Wahrheit Callan ist, der ein Spielchen mit uns treibt? Er könnte eine Wanze versteckt haben. Du weißt, welchen Unfug er anstellt, wenn ihm langweilig ist.«

Thea runzelte die Stirn und lehnte sich zurück. Sie musste sich nicht länger darüber empören, weil ihr Myrna offenbar glaubte. »Du meinst, weil wir ihn nicht miteinbeziehen und auch jetzt außen vor lassen? Callan ist zwar schnell gekränkt, aber rächen tut er sich für gewöhnlich nicht. Er würde uns das eher eine Weile vorhalten und auf unserem schlechten Gewissen herumreiten. Zumal ich noch gar nicht ermittelt habe. Außerdem kenne ich ›Wookieeboy‹ seit mehreren Jahren. Damals war ich noch gar nicht in Pendle, und wir beide«, sie zeigte zwischen Myrna und sich hin und her, »kannten uns nicht. Callan kann es also nicht sein.«

Myrna schürzte die Lippen. »War nur so ein Gedanke. Jedenfalls ist er mir nicht geheuer.«

»Callan oder mein Follower?« Thea grinste schief, was Myrna ebenfalls schmunzeln ließ.

»Sowohl als auch.« Sie wurde wieder ernst. »Halte dich umso bedeckter und rede mit niemandem über den Fall, außer du musst, um die Befragung durchzuführen. Alle Infos landen direkt bei mir und Harrison.« Sie hielt das Handy hoch. »Wir bleiben ständig in Kontakt und tauschen uns aus. Achte darauf, dass niemand in deiner Nähe steht, wenn wir reden.«

Sie salutierte übertrieben. »Aye, aye, Inspector! Ich werde mich dieses Mal an alle Vorgaben halten.«

Myrna musste lachen. »Versprich nichts, was du am Ende nicht hältst. Ich kenne dich und deinen Drang, dich über die Gesetze zu stellen.« Sie räusperte sich. »Lass uns anfangen. Hast du schon was gegessen?«

»Wann soll ich das denn zwischen Bett und Bad geschafft haben?«

»Ich halte beim ›Café Healy‹, da kannst du dir was holen.«

»Und wenn Callan dort ist? Er sitzt oft bei seiner Mutter und macht Hausaufgaben.«

Myrna schob ihren Ärmel zurück und sah auf die Uhr. »Der sollte um diese Zeit in der Schule sein. Lass uns nicht länger herumtrödeln, Hilfssheriff.« Sie zwinkerte und war plötzlich wieder so gut gelaunt wie sonst.

Trotzdem wurde Thea das Gefühl nicht los, dass sie ihr die Fröhliche bloß vorspielte. Etwas zwischen ihnen hatte sich verändert seit ihrem letzten Mordfall. Lag es an Nathan und seiner Rückkehr? Ja, das musste es sein! Sie würde bei Gelegenheit noch einmal in Ruhe mit Myrna reden. Vielleicht hatte sie Angst, dass sie aus dem Haus ausziehen und wieder in Jolene Downings Cottage unterkommen musste, in dem es nach Katzenurin und alten Socken roch.

Vielleicht wusste Hank weiter und kannte Myrnas Geheimnis. Wenn jemand viel Zeit mit ihr verbrachte, dann ihr Freund.

»Beeil dich, da draußen läuft ein Mörder frei herum!«, rief Myrna an der Tür und holte Thea aus ihren Tagträumen zurück in die Realität.

Sie wurde das Gefühl nicht los, dass Myrna immer noch sauer auf sie war, obwohl sie dieses Mal wirklich nichts getan hatte. Thea konnte sich genauso wenig erklären, woher ›Wookieeboy‹ von Birmings Tod wusste. Es musste sich einfach herumgesprochen haben, wie es in dem kleinen Borough seit jeher der Fall gewesen war. Gerüchte verbreiteten sich hier wie ein Lauffeuer.

Sie bediente sich hastig am Obstkorb und steckte sich zwei Trauben tief in die Wangen, bevor sie ihr hinterhereilte. Thea musste aussehen wie ein Hamster. Dann schnappte sie sich ihren Laptop und klemmte ihn sich unter den Arm. Als sie Myrnas hochgezogene Braue sah, sagte sie: »Der ist nur für neue Informationen. Ich sammle sie und werde sie nach getaner Arbeit veröffentlichen, davor schweige ich wie ein Grab.« Sie deutete an, sich die Lippen zu verschließen und den Schlüssel wegzuwerfen.

Während sie zur Polizeiwache von Pendle fuhren, brachte Myrna sie auf den neuesten Stand. »Die Berichte aus Preston brauchen noch etwas, weil Sam Farrell nicht da ist und jemand anderes den Fall bearbeitet, aber es sieht alles danach aus, dass Birming mit einer Pistole erschossen wurde, nicht mit einem Gewehr. Das Kaliber erfahren wir noch. Der Mörder muss neun bis zehn Fuß vor ihm gestanden haben. Um ihn tödlich in die Brust zu treffen, brauchte er kein Profi zu sein. Das hättest selbst du geschafft.«

»Hey, was soll das denn heißen?« Empört blieb ihr Mund offen stehen.

Myrna lächelte entschuldigend. »Na ja, ich habe Übung, aber du?«

»Das hätten wir auch gleich alles an unsere Pinnwand hängen sollen«, murmelte Thea Richtung Fensterscheibe.

Myrna hatte sie dennoch gehört. »Damit jeder Bescheid weiß, der in dein Haus kommt? Nein, dieses Mal muss alles glattgehen.« Sie suchte Theas Blick und sagte mit Nachdruck in der Stimme: »Ich möchte nicht, dass es Stolpersteine in der Ermittlung gibt. Nicht dieses Mal.«

Dann hättest du mich nicht fragen dürfen. Thea schluckte und nickte. »Du machst mir echt Angst. Was ist auf einmal los mit dir? Wo ist dein Humor abgeblieben? Hat Harrison, die alte Spaßbremse, etwa auf dich abgefärbt?«

»Hatte ich denn je welchen? Callan und du habt oft genug betont, wie langweilig ich bin, weil ich nach Protokollen vorgehe und Regeln befolge.«

»Das hat uns ja auch nie weitergebracht. Ohne ein paar Regelverstöße hätten wir den einen oder anderen Mord nicht aufgeklärt.«

Thea sah einen Tränenschleier in ihren Augen. Myrna stieg aus und schmiss die Tür schwungvoll zu, ohne ihr zu antworten. Ein ungutes Gefühl breitete sich in ihrem Magen aus. War sie zu weit gegangen? Thea hatte ihr Mundwerk leider noch nie im Griff gehabt und ärgerte sich maßlos über sich selbst. Sie musste lernen, etwas einfühlsamer zu sein und die Zeichen besser zu deuten. Das wäre auch wichtig für die folgende Ermittlung.

Sie wurde heute einfach nicht schlau aus Myrna. Thea suchte in ihrem Handy nach Symptomen für eine Schwangerschaft. Vielleicht war es das, was ihre Freundin beschäftigte und für Stimmungsschwankungen sorgte. Myrnas Karriere war ihr immer immens wichtig gewesen. Ein Baby passte da sicher noch nicht hinein, zumal man sie vor einem Jahr nach Pendle versetzt hatte, um sie loszuwerden. Thea scrollte weiter, während sie Myrna in die kleine Wache folgte. Einige Punkte passten auf sie, andere auch wieder nicht. Myrna sollte mit dieser Sorge bloß auf keinen Fall allein sein, egal was es war. Dafür waren Freundinnen da.

»Hey, Harrison.« Thea begrüßte den bärtigen Kollegen mit den verwuschelten grauen Haaren mit einem kurzen Winken. Seine Augen verengten sich argwöhnisch, und sein Bauch spannte das Hemd der Polizeiuniform gefährlich. Der Sergeant hatte ihr noch nie über den Weg getraut, auch wenn sich das Verhältnis zwischen ihnen zuletzt gebessert hatte.

Als der putzige Jack Russell Terrier namens Harry hechelnd und mit wedelndem Schwanz auf sie zugelaufen kam, wich Thea automatisch zurück. »Bitte nimm ihn weg, ehe mein Hals anschwillt! Ihr braucht mich noch!«, rief sie verunsichert und hörte selbst, wie zittrig ihre Stimme klang.

Harrison unterdrückte sein Grinsen absichtlich schlecht und scheuchte Harry zurück ins Körbchen. Wenigstens hörte der Hund aufs Wort. Natürlich gefiel es dem muffeligen Sergeant, wenn die vorlaute und deutlich intelligentere Alethea Shaw ausnahmsweise eingeschüchtert war. Da er nicht mehr trank, konnte sie es ihm auch nicht heimzahlen. Stattdessen streckte sie ihm die Zunge heraus, als Myrna nicht hinsah.

Verdutzt blieb ihm der Mund offen stehen. Harrison holte Luft, aber Myrna kam ihm zuvor.

»Ich hab's gleich«, sagte sie und schmiss den Drucker an.

Lange würde sich Thea mit ihrer Allergie ganz sicher nicht in der Wache aufhalten. Sie konnte bereits jetzt nur noch flach atmen, weil sie sonst hätte husten müssen. *Zum Glück fahre ich nicht bei euch mit*, dachte sie erleichtert. Sie würde stattdessen allein in Pendle ermitteln. Alleingänge waren ohnehin mehr ihr Ding.

»Ich habe gleich noch zu tun, aber danach kann ich loslegen.«

Myrna reichte ihr eine Liste. »Die habe ich für dich aufgestellt. Alle Personen, die darauf stehen, müssen befragt werden. Wir möchten wissen, wo sie waren, als Reverend Hughing gegen zehn Uhr abends den Schuss gehört hat, wo sie die darauffolgende Nacht verbracht haben, bis Birmings Leiche gefunden wurde, ob und welche Schusswaffen sie besitzen und wie viel sie mit dem ehemaligen Bürgermeister zu tun hatten. Steht alles hier drauf.« Sie deutete noch einmal auf das Blatt Papier in Theas Hand.

Thea merkte es sich auch ohne Liste. Das waren ohnehin Standardfragen, die jeder mit einer simplen Lüge beantworten konnte. Sie würde wohl ab und zu davon abweichen müssen, wenn sie Erfolg haben wollte.

Myrna machte einen Schritt auf sie zu und sah ihr tief in die Augen. »Keine Einbrüche, nicht einfach in die Gärten laufen und durch Fenster schauen, und erst recht keine Verfolgungsjagden mit potenziellen Verdächtigen.«

»Ich doch nicht!«, rief sie und schmunzelte, als sie an die letzten Male zurückdachte, als sie Myrna fast um den Verstand gebracht hatte.

Harrison stand auf. Sofort flitzte Harry ihm hinterher. Myrna warf sich ihre Lederjacke locker über die Schulter. »Melde dich sofort, wenn was ist. Alles sammeln, und zu niemandem ein Wort, der nicht dazugehört.« Sie legte den Zeigefinger an die Lippen und wartete, bis Thea die Polizeiwache verlassen hatte, um sie abzuschließen. Danach stiegen die beiden in Myrnas Ford und fuhren davon.

Unschlüssig sah sie ihnen nach. Hier stimmte etwas ganz und gar nicht. Myrna hätte Thea niemals freie Hand gelassen, ohne ihr über die Schulter zu sehen. Aber womöglich hatte sie endlich genug Vertrauen gefasst.

Sie klappte die Liste noch einmal auf und las sich den ersten Namen durch, der ihr nur vage bekannt vorkam. »Matthew wer?«, fragte sie laut und kniff die Augen zusammen. »Parker? Der Mann von der Eisdiele?«

»Was sollte der schon mit John Birming zu tun haben?«

Thea erschrak. Vor ihr stand Callan mit verschränkten Armen und düsterer Miene. »Wusste ich's doch, dass ihr mich hintergeht.«

»Musst du nicht in der Schule sein?« Ein blöderer Konter hätte ihr nicht einfallen können.

»Wir haben Osterferien, was ihr zwei wissen könntet, wenn ihr euch für mich interessieren würdet.«

Thea schloss kurz die Augen. *Jetzt hast du den Salat! Er weiß, was du hier treibst!* »Tut mir leid, Callan, aber das ist streng geheim.« Sie steckte das Blatt zusammengefaltet in die Hosentasche. »Außerdem muss ich erst einmal weiter. Mrs Kelly verbuddelt sich nicht von allein, und ich muss zusehen, dass der Reverend wohlauf ist. Nicht dass wir die Beerdigung abblasen müssen.«

Als sie weitergehen wollte, stellte sich Callan in ihren Weg. Thea musste den Kopf in den Nacken legen, um ihm in die Augen zu sehen.

»Eine schlechte Ausrede, Thea. Ich habe euch beobachtet, seit ihr im Café wart. Du hilfst Myrna im Fall Birming.«

»Klingt ganz nach Stalking. Ich sollte deiner Mutter verraten, dass du uns verfolgst.«

Er rollte mit den Augen und plusterte die Wangen auf. »Machst du doch eh nicht. Wir drei haben schon so viel durchgemacht. Wieso lässt du dich auf ihre Spielchen ein und belügst mich nun auch noch? Ich habe dir doch gesagt, dass sie aktuell komisch drauf ist.«

»Auf ihre … Spielchen? Meinst du Evans?«

Noch ein Augenrollen. Er gab wieder einmal den Wissenden und wirkte dabei überheblicher denn je. »*Ó mo dhia.*«

»Was soll das schon wieder heißen?«

»Dass du blind bist, Thea Shaw. Denk doch mal nach, wieso sie dich jetzt nicht mitgenommen und statt-dessen allein gelassen hat.« Er machte ein vielsagendes Gesicht, das sie nur noch mehr aufregte.

»Na, weil ich einen Job zu erledigen habe, im Gegensatz zu dir. Der Reverend erwartet mich auf dem Friedhof.« Wieder einmal wusste ein Sechzehnjähriger mehr als sie, und das ärgerte Thea maßlos. »Du bist ganz schön frech für jemanden, der erst seit diesem Jahr ein Ale im ›Hills Inn‹ trinken darf.« Sie gab sich gewohnt cool, aber in ihrem Kopf begannen die Zahnräder zu rotieren. Sie stand sonst nicht so lange auf dem Schlauch.

»Sie hätte dich auch ohne Arbeit nicht mitgenommen. Gerade will Evans niemanden von uns sehen.«

»Das bildest du dir sicher nur ein, Callan. So eine ist sie nicht.« Trotzdem wurde sie unsicher. Sie gingen ein Stück. »Du meinst ... Evans hat mich belogen? Warum sollte sie das tun? Sie hat mich sogar diese Verschwiegenheitserklärung unterzeichnen lassen wie bei unserem ersten Fall. Dazu gab es dieses Abzeichen hier. Sieh selbst.« Sie zeigte ihm die metallische Marke.

Callan prustete los. »So eine könnte ich mir auch bei ›Sheamon & Forbes‹ in Preston besorgen.« Der Kostümverleih war weit über Lancashire hinaus bekannt. »Das hier«, Callan hielt das Abzeichen der Polizei einmal hoch, »ist rein gar nichts wert, und niemand wird deswegen mit dir sprechen, erst recht niemand, der etwas verbrochen hat. Dass ausgerechnet du auf den Schwindel hereinfällst ...«

»Gib schon her!« Sie nahm die Marke wieder an sich und steckte sie weg. Ihre Wangen waren heiß, sicherlich war sie rot angelaufen. »Du bist ja nur neidisch, weil sie dich gar nicht erst gefragt hat. Wie kommst du darauf, dass sie mich als ihre beste Freundin belügt? Wir wohnen sogar zusammen.« Thea fühlte sich getroffen, weil sie insgeheim wusste, dass er recht hatte.

Eventuell hatte sich Myrna auch deshalb so seltsam verhalten. Sie entfernte sich Stück für Stück von *Churchyard Crimes.*

Callan nahm ihr die Liste ab und ließ den Blick darüber wandern. »Hier steht niemand, der wirklich interessant ist und mit Birming zu tun hatte. Sie will dich wohl beschäftigen, bis die beiden zurück sind und selbst in Pendle ermitteln können. Unser Inspector ist ein gerissenes Biest.« Er grinste. Seine grünen Augen leuchteten. »Nur dass wir beide noch viel gerissener sind und unsere eigene Art haben, Verbrechen aufzuklären, nicht wahr?« Callans verschmitztes Lächeln steckte Thea sofort an.

Sie zerknüllte das Blatt und warf es in den nächsten Mülleimer. »Wo fangen wir an?«

»Bei Mrs Kellys Begräbnis, würde ich sagen. Du hast einen Job zu erledigen.«

8. Kapitel

Myrna hatte ein schlechtes Gewissen, ihre Freundin hereinzulegen, aber Thea hätte sonst auf eigene Faust ermittelt und den Fall auf ihrem Blog breitgetreten. Andererseits spielte sie mit dem Feuer, indem sie Thea einfach freie Hand ließ. Myrna fragte sich, ob sie das Risiko absichtlich einging.

»Die Eltern waren hysterischer als ihre Kinder«, murrte Ward auf dem Beifahrersitz. »Harry konnte sie glücklicherweise beruhigen.« Stolz sah er nach hinten zu seinem Hund, der den Kopf schief legte, während er ihn aufmerksam mit den dunklen Knopfaugen musterte. »Leider haben sie nichts weiter gesehen und sind gleich danach nach Hause gerannt. Personen sollen sich jedenfalls nicht in der Nähe aufgehalten haben.«

»Haben sie den Tatort verändert, zum Beispiel die Leiche berührt?«, fragte Myrna nach und konzentrierte sich auf die Straße.

»Angeblich nicht. Dazu wird uns das Labor mehr sagen können. Ich habe zur Sicherheit Fingerabdrücke von der ganzen Familie genommen. Dann haben wir was für den Abgleich.«

»Sehr gut, Harrison.«

Er lächelte zaghaft und sah wieder aus dem Fenster.

»Wir sind da«, sagte Ward nach einer Weile, der sein Smartphone in der Hand hielt und dort die Adresse der

Anwaltskanzlei ›Hawkins & Sons‹ nachgeschlagen hatte. »Das gläserne Gebäude da muss es sein.«

Myrna folgte seinem Fingerzeig. »Sieht nach Büros aus. Könnte stimmen. Lassen Sie uns nachsehen.«

»Alles in Ordnung bei Ihnen?«, fragte er nach und versetzte Myrna schon wieder in diesen Panikmodus wie bei Thea.

»Ja, was soll denn sein?«

»Nun …« Er kratzte sich am Hinterkopf und schien zu überlegen, was er sagen sollte. »Sie sind vorhin ganz anders mit Miss Shaw umgesprungen. Das kenne ich so gar nicht von Ihnen. Und allgemein wirken Sie sehr … angespannt. Sind Sie krank?« Er war immer kleinlauter geworden.

»Ich krank?« Sie lachte. »Nein, keine Sorge, mir geht es bestens. Lassen Sie uns einfach diesen Fall lösen, ja? Mich stresst höchstens, dass wir noch immer so wenig über Birming wissen, obwohl wir ihn schon einmal hinter Gittern gebracht haben.«

Er nickte mit zusammengepressten Lippen und konzentrierte sich danach auf Harry, der mit in die Kanzlei im sechsten Stock kam, in der es vor Menschen nur so wimmelte.

Ein gälischer Fluch entwich Harrison. »Was ist denn hier los? Gibt es was umsonst?«

Die Frau am Empfang hatte alle Hände voll zu tun. Nicht nur hier wollte jeder etwas von ihr, sondern auch am Telefon, das unentwegt schrillte.

Irgendwann wurde es ihr zu bunt, und sie legte den Hörer einfach neben die Gabel.

»Das könnte Miss Davies sein«, raunte Myrna ihrem Kollegen zu.

»Michelle Davies? Aber wieso galt sie dann als Konkurrentin für Birming? Ich meine … sie ist Sekretärin, wie mir scheint.«

»Das, mein lieber Ward, werden wir gleich herausfinden. Vielleicht irre ich mich auch.«

Sie stellten sich ans Ende der Schlange und warteten geduldig, bis sich das Büro leerte. Besser, sie bekamen nicht zu viel Aufmerksamkeit, bevor sie mit ihrer Befragung begannen.

Nach weiteren zehn Minuten, die Myrna wie eine Stunde vorkamen, hatten sie es an die erste Position geschafft und warteten darauf, dass sie angesprochen wurden.

Ein feiner Schweißfilm glänzte auf der Stirn der Angestellten. Sie war fahrig und stand neben sich, fast, als hätte sie zu viel Kaffee getrunken. Ihr schwarzes Haar hing ihr ins Gesicht, und sie versuchte mehrmals vergeblich, die lose Strähne einzusortieren. »Guten Tag, wie kann ich Ihnen helfen?« Sie rang sich ein Lächeln ab, das eher gequält als freundlich aussah. Myrna hatte Mitleid mit ihr.

Es war außer ihnen niemand mehr da. Jeden Moment würde die Kanzlei in die Mittagspause gehen und zuschließen.

Myrna und Ward wechselten einen Blick und zückten dann gleichzeitig ihre Polizeimarken. »Detective Inspector Evans, das hier ist mein Kollege Police Sergeant Harrison. Wir möchten bitte mit Mr Hawkins sprechen. Es ist dringend«, sagte sie und nickte zu einer großen Doppeltür, hinter der wahrscheinlich ein Besprechungsraum oder das Büro des Chefs lag. »Ist er gerade da?«

Erneut lächelte sie freudlos. »Bedaure, aber Mr Hawkins hat heute keine Zeit. Sein Terminkalender platzt aus allen Nähten. Plötzlich will jeder mit ihm sprechen. Sie haben ja gesehen, was hier los ist.« Sie kicherte und klang dabei hysterisch.

»Ist das immer so oder erst seit dieser Woche?«, fragte Ward nach und steckte seine Marke weg. Stattdessen zog er eine Tüte mit Leckerlis heraus und ließ Harry Sitz machen, ehe er ihm etwas gab und den Rüden mit einer Streicheleinheit belohnte, weil er brav ausgeharrt hatte, ohne zu winseln oder zu bellen.

Die Angestellte leckte sich über ihre Lippenstiftlippen und beugte sich vor. Sie wartete, bis wirklich niemand mehr auf sie achtete, bevor sie flüsterte: »Erst seit dieser Woche. Wir wissen nicht, was plötzlich los ist. Jedenfalls war schon viermal die Presse hier und wollte Interviews. Sicher hat das mit Mr Hawkins' erfolgreichem Fall vor Gericht zu tun. Er hat vor zwei Wochen einen jungen Familienvater vor dem Gefängnis bewahrt.«

Myrna erinnerte sich an einen Zeitungsartikel darüber, der nicht einmal eine halbe Seite gefüllt hatte.

»Sie glauben, es geht der Presse und diesen Neugierigen darum?« Myrna hob skeptisch eine Augenbraue.

»Worum denn sonst?« Sie lächelte verunsichert und zuckte mit den dürren Schultern. »Mr Hawkins hat wegen der vielen Interviewanfragen online und seiner alltäglichen Gespräche leider auch keine Zeit für eine Befragung seitens der Polizei. Das hat er mir ganz genau so gesagt, und ich werde den Teufel tun, ihn zu enttäuschen.«

Myrna wurde sofort hellhörig. »Hat Ihr Chef Ihnen vorab die Polizei angekündigt? Er konnte doch gar nicht wissen, dass wir vorbeikommen.«

»Ich ... Also ... Ich weiß ja auch nicht. Entschuldigen Sie mich, aber ich muss das hier noch beenden, sonst gibt es Ärger.« Sie wandte sich einfach ab und klickte mit spitzen Fingernägeln auf die Tastatur.

Das Geräusch machte Myrna fast wahnsinnig. Ihre Gelassenheit war seit dem Brief dahin. Sie war sonst immer die Besonnene von ihnen gewesen, aber heute war sie von jedem kleinen bisschen genervt. Auch Thea hatte ihre Launen bereits zu spüren bekommen. Wo sollte das noch hinführen?

»Wen wollen Sie hier eigentlich zum Narren halten, Werteste?« Wards Tonfall war harsch. Er hatte wohl genug vom Plaudern, was Myrna nachempfinden konnte. Sie hatten mit der Warterei bereits genug Zeit vertrödelt, weshalb sie ihn gewähren ließ und nicht eingriff. Früher oder später wäre ihr sonst der Kragen geplatzt. »Kommen wir zum Punkt, Miss Davies: John Birming ist tot. Er und Hawkins konnten sich nicht leiden, weil sie Konkurrenten um den Posten des Bürgermeisters waren. Wir müssen Ihren Chef sofort sprechen, ganz gleich, mit welchen schicken Moguln oder Bikinischönheiten aus aller Welt er telefoniert.«

Myrna verkniff sich das Grinsen.

Die Schwarzhaarige machte ein erstauntes Gesicht. »John Birming ist ... tot?« Sie wurde bleich und griff mit zittriger Hand zum Wasserglas statt zum Telefon. »Bedaure, aber ich sollte Mr Hawkins unter gar keinen Umständen stören.«

»Wussten Sie etwa nichts von Birmings Ableben, obwohl die Presse ständig hier aufschlägt? Was haben Sie geglaubt, weshalb die herkommen? Wegen dieses unwichtigen Gerichtsfalles von vor zwei Wochen? Wohl kaum.«

»Ich weiß es nicht genau. Die meisten wollten mit Mr Hawkins sprechen und wurden wieder weggeschickt. Manche haben ihre Karte dagelassen, andere sind richtig aufdringlich geworden. Ich habe heute alle Hände voll zu tun und mehrmals überlegt, ob ich den Sicherheitsdienst benachrichtige. Manch einer wollte sich sogar mit Gewalt Zugang zu seinem Büro verschaffen.« Gestresst wischte sie sich über die Stirn.

Myrna zückte ihr Handy, um sich ein paar Notizen und Gedanken dazu aufzuschreiben. Außerdem wollte sie ihre Finger beschäftigen. »Können Sie uns mehr Informationen geben, Miss Davies? Hat niemand Andeutungen gemacht oder sich anders verraten? Woher wussten diese Leute davon?«

»Oh, ich bin nicht Miss Davies. So hat mich Ihr Kollege auch schon genannt, aber ich heiße Tamara Johnson und arbeite erst seit Kurzem für ›Hawkins & Sons‹.«

»Und wo finden wir Miss Davies?«, fragte Ward.

»Das weiß ich leider nicht. Michelle hat vor einem Monat gekündigt, als Conrad sie nicht zur Vizechefin ernannte, wie er es ihr versprochen hat. Ich springe seit ihrer Kündigung ein.«

»Wissen Sie, warum er sein Versprechen nicht einhielt?«

Sie sah sich noch einmal um und öffnete gerade den Mund, als es in der Leitung knackte und jemand mit knarzender Stimme sagte: »Sie können die beiden durchlassen, Mrs Johnson. Ich habe ein paar Minuten, die ich für die Polizei aufbringen kann.«

Erstaunt starrte sie erst das Gerät auf dem Tisch und dann Myrna und Ward an. »Sie haben es gehört. Bitte gehen Sie durch, er wird Ihnen öffnen. Aber halten Sie sich kurz.«

»Das sollte machbar sein«, knurrte Myrna und ging voran. »Solange er die richtigen Antworten gibt«, sagte sie etwas leiser.

***

Thea hatte ihre Aufgaben so weit erledigt und setzte gerade ein paar letzte Blumen in die Beete, als sie das Friedhofstor quietschen hörte. Sie sah auf und seufzte stumm. Gerade hatten die McAllisters den St. Benet's Churchyard betreten. Die Ältere der beiden, Agnes, funkelte Thea so böse an, als hätte sie ein Verbrechen begangen, weil sie hier war. Bernard lächelte ihr schüchtern zu und senkte sofort den Blick, als seine Schwester herumfuhr. Sie kontrollierte ihn und hielt ihn klein, wie alle im Ort wussten. Auf dieses seltsame Geschwisterpaar hätte Thea heute gern verzichtet!

Sie konzentrierte sich wieder auf ihre Arbeit. Thea führte eine Liste darüber, wer welche Bepflanzung für den Frühling wünschte. Nun sahen die alten Gräber auf dem St. Benet's Churchyard wieder vorzeigbar aus.

Sie hörte Getuschel und sah noch einmal auf. Agnes und Bernie standen inzwischen am Grab ihrer verhassten Mutter und beobachteten Thea auffällig. Sie kniete noch immer im Dreck und pustete sich wütend eine

Strähne aus der Stirn. Es war offensichtlich, dass sie über sie sprachen.

»Was ist denn so komisch?«, fragte sie laut und fixierte insbesondere Agnes.

Deren wulstiges Gesicht lief sofort rot an. »Seit wann spricht die Totengräberin auf einem Friedhof? Der Reverend hat sich keinen Gefallen mit dir getan!«

»Agnes, lass gut sein«, raunte Bernie.

Thea hatte ihn trotzdem verstanden. Seine Schwester boxte ihm in die Rippen, und er hielt den Mund.

»Fühlst du dich nicht mächtig genug und musst deinen Bruder deshalb malträtieren?«, fragte Thea.

Agnes wischte sich das dünne aschblonde Haar aus dem verschwitzten Gesicht und ballte eine Faust. »Werde ja nicht frech, Städterin! Wir jagen dich sonst in das Loch zurück, aus dem du gekrochen kamst!«

Thea musste lachen. »Dieses *Loch*, von dem du sprichst, heißt London, aber ich will dir deine Vorstellung von mir in einer dunklen Höhle wirklich nicht nehmen. Du hast ja sonst nichts, über das du dich freuen kannst.«

Sie hatte erwartet, dass Agnes auf sie zukam und ihr die grobschlächtige Faust ins Gesicht rammte. Jedenfalls sah sie mit ihrer breiten Nase und der pulsierenden Ader am Hals wie ein Kirmesboxer aus. Man hätte die beiden McAllisters getrost für Zwillinge halten können, wobei nie sicher gewesen wäre, ob es sich bei ihnen um Frauen oder Männer gehandelt hätte. Agnes war Thea bereits in ihren ersten Tagen in Pendle unangenehm aufgefallen. Ihr Bruder hielt sich zurück und blieb höflich, soweit sie ihn kannte. Leider wurde er durch seine Schwester immer wieder in eine unangenehme Lage gebracht.

Thea spielte gern mit dem Feuer. Sie wusste, was für eine Abneigung Agnes gegen sie hatte. Dennoch ließ sie sich dazu hinreißen, sie noch weiter zu provozieren. Das hatte diese alte Kuh verdient! »Ich habe gehört, dass ihr eine saftige Strafe zahlen musstet, nachdem eure illegale Hundezucht aufgeflogen ist.«

Agnes presste die Lippen zu einem dünnen Strich zusammen, die Faust blieb geballt. »Was weißt du schon vom Geschäft? Deinetwegen hatten wir Ärger am Hals, aber der ist nun vorbei. Du wirst schon sehen, dass wir bald wieder mit den ganz großen Fischen schwimmen.«

»Natüüürlich.« Thea grinste breit und stand auf. Sie klopfte sich den Schmutz von der Hose. »Wenn du das sagst, muss es ja stimmen.«

Das war zu viel. Bernie konnte seine Schwester gerade noch zurückhalten. Wie ein Pitbull wollte sie sich auf Thea stürzen, die sich nicht vom Fleck rührte.

»Agnes, lass gut sein! Willst du noch mehr Ärger haben? Wir können uns das jetzt nicht leisten!« Zum ersten Mal hatte Bernie McAllister ein Machtwort gesprochen. Das war neu für Thea, und sie war beeindruckt.

»Hör auf deinen Bruder. Er scheint der Intelligentere in eurer Beziehung zu sein.« *Und das will was heißen!* »Kümmert euch lieber wieder um eure Schweinefarm!« Eigenartigerweise sahen sie den Tieren sogar ähnlich, als hätten sich die McAllisters im Laufe der Evolution immer weiter daran angepasst.

Agnes wollte sich abermals auf sie stürzen, aber ihr Bruder war stärker. Anklagend zeigte sie auf Thea.

»Wir sprechen uns noch! Du wirst schon sehen, was du davon hast!«

Thea hob die Hände voller Unschuld. »Ich habe nicht angefangen, aber das vergessen die meisten, wenn sie erst einmal in Rage sind. Soll ich eurer Mutter auch ein Blümchen einpflanzen? Ihr Grab sieht immer so trostlos aus.«

Agnes machte Anstalten, auf die Erde zu spucken, hielt sich aber zurück. Selbst eine scheußliche Person wie sie hatte Anstand, wenn sie auf einem Friedhof war. »Du wirst dir wünschen, selbst hier zu liegen«, zischte sie hasserfüllt.

»Werde ich früher oder später«, erwiderte sie entspannt. »Erzählt mir lieber, was ihr über John Birming wisst.«

»Was soll mit dem sein?« Agnes kämpfte nicht mehr gegen ihren Bruder an. Die Verwirrung war größer. Rote Stressflecken waren auf ihren Wangen und an ihrem Hals zu sehen. Ihren Blick aus den stechend hellen Augen hielt sie fest auf Thea gerichtet. Die Augen verschwanden beinahe in ihrem aufgedunsenen Gesicht. Agnes schnaufte von der Anstrengung, aber noch mehr schwitzte ihr Bruder.

»Sagt bloß, ihr habt es noch nicht gehört!« Thea gab sich schockiert und geheimnisvoll zugleich. Sie hatte die zwei längst am Haken.

»Nein, was denn? Jetzt rück endlich mit der Sprache heraus, sonst ...« Agnes hob die Hand, als wollte sie ihr eine Ohrfeige geben.

»Tut mir leid, das darf ich euch nicht sagen.« Sie provozierte diese Frau nur zu gern.

Das knallrote Gesicht der anderen sprach Bände. »Du kleine …«

Thea überlegte, wie viel sie wirklich preisgeben durfte, aber da es mittlerweile sogar auf ihrem Blog ausgeplaudert wurde, weil ›Wookieeboy‹ aus unerfindlichen Gründen Bescheid wusste, wüsste es bald auch ganz Lancashire. »John Birming wurde gestern früh tot am Pendle Hill aufgefunden. Ihr wisst nicht zufällig mehr darüber?«

Bernie wurde bleich. Er warf seiner Schwester einen Blick zu, doch diese beachtete ihn nicht, sondern hatte nur Augen für Thea. »Was willst du damit andeuten? Wir haben nichts mit seinem Tod zu tun!«

»Ach nein? Und wieso läufst du dann schon wieder rot an?«

»Weil du mich aufregst, du und deine Art. Ein Shaw ist wie der andere.« Es war üblich, dass sie gegen Theas Vater schoss, den Agnes genauso wenig leiden konnte. »Man sollte deinen alten Herrn verklagen für das, was er gemacht hat. Eine Frechheit ist das!«

»Zum ersten Mal sind wir uns einig.« Thea nahm ihr damit den Wind aus den Segeln und nutzte den Moment der Verblüffung, um sie weiter auszufragen. »Wann habt ihr Birming zuletzt gesehen und wo?«

»Das geht dich einen feuchten Dreck an«, knurrte Agnes.

Thea holte die wertlose Polizeimarke aus ihrer Tasche. »Ich bin offiziell zum Hilfssheriff ernannt worden. Ihr solltet besser mit mir reden, weil ich Inspector Evans sonst auf euch hetze, und das wollt ihr ganz sicher nicht.«

Beide kniffen die Augen zusammen.

Agnes fing sich als Erste. »Hilfssheriff? So etwas gibt es doch nur in Western. Aber meinetwegen, wir haben nichts zu verbergen.«

Das wäre mir neu.

Sie wechselte einen Blick mit Bernie, der eine Schnute zog und genauso einfältig aussah wie sonst. Der Hellste war er definitiv nicht. Thea erinnerten die beiden bisweilen an *Pinky and the Brain.*

»Wir waren gestern früh zusammen auf unserem Hof. Die Tiere mussten versorgt werden.«

»Gibt es dafür Zeugen?«

»Ja, uns und die Tiere.« Sie rollte mit den Augen. »Wir hatten keinen Besuch, falls du das meinst, aber da wir nichts getan haben, brauchen wir auch kein Alibi.«

»Und am Abend davor? Wo wart ihr da?«

»Da sind wir beide früh schlafen gegangen.« *Ich hoffe, nicht im selben Bett.* Thea hätte beinahe das Gesicht verzogen, als sie so darüber nachdachte. »War es das jetzt endlich? Mir wäre neu, dass eine Totengräberin zum Hilfssheriff ernannt wird und uns Fragen am Grab unserer Mutter stellen darf.« Sie packte ihren Bruder am Ärmel. »Komm, Bernie, wir gehen. Hier riecht es mir schon wieder zu sehr nach Tod.« Verächtlich beäugte sie Thea in ihrer schmutzigen Latzhose, bevor sie sich wegdrehte und den armen Bernie wie einen Hund hinter sich herzerrte.

Besorgt sah Thea den beiden großen, breitschultrigen Gestalten nach. Agnes schubste ihren Bruder durch das Tor und aus ihrem Blickfeld. Sicher würde sie all ihren Hass wieder an ihm auslassen. Zudem war er ihr heute zum ersten Mal über den Mund gefahren, was die aggressive Agnes nicht einfach so stehen lassen würde.

Thea seufzte schwer und beendete ihre Arbeit auf dem St. Benet's Churchyard. Sie würde gleich noch einmal nach Reverend Hughing sehen, bevor sie mit Callan loszog und ermittelte. Besser, wenn sie das erledigte, solange Myrna noch nicht zurück war.

9. Kapitel

»Ist das schon wieder für Nathan?«, fragte Callan, als er den vollen Picknickkorb sah. »Wann denkst du denn auch mal an mich?«

»Du wirst schon genug verwöhnt, *mo stór*. Sei so lieb und bring ihm die Köstlichkeiten rüber ins Pfarrhaus. Der Reverend kann sicher auch eine Stärkung gebrauchen.«

»Mach das doch selbst.« Er verschränkte die Arme vor der Brust. »Nathan arbeitet nicht mal, der braucht das alles gar nicht.«

»Callan, keine Widerrede, sonst mache ich an deinem nächsten Geburtstag nur Black Pudding statt Butter Pie.« Seine Mutter hielt ihm den vollen Korb hin.

Widerwillig nahm er ihn entgegen. »Na, dann habe ich ja Glück, dass ich gerade erst Geburtstag hatte.« Langsam wurde er richtig eifersüchtig auf Nathan Shaw, der momentan nicht auf dem Friedhof arbeitete und sich auch nicht um die Renovierung des Hauses kümmern musste.

Fiona bereitete ihm eine Leckerei nach der anderen zu, weil sie so glücklich über seine Auferstehung war. Fast tat sie so, als wäre er Jesus Christus höchstpersönlich.

Callan rollte mit den Augen, als sie nicht hinsah.

»Ich weiß, was du gerade machst.«

»Du guckst mich nicht mal an!«, rief er halb empört, halb amüsiert.

Fiona drehte sich um und stemmte eine Hand in die füllige Seite. Ihre rotblonden Locken waren zu einem Dutt nach oben gesteckt, und ihre freundlichen dunkelgrünen Augen lächelten mit ihrem Mund um die Wette. »Eine Mutter hat das im Gefühl und weiß immer, was ihre Kinder tun.«

»Du wusstest aber nichts davon, dass Liam und Brad die Wände in der Schule besprüht haben, oder davon, dass Sean sich heimlich mit einem Mädchen getroffen hat, als er gerade einmal dreizehn war.«

Ihre Mundwinkel fielen herab. »Werde ja nicht frech, junger Mann.« Sie hob drohend das Nudelholz. »Noch lebst du unter meinem Dach, und da bekomme ich sehr wohl mit, was du alles treibst.« Ihre Drohungen waren ohnehin nie ernst gemeint. Sie liebte ihren jüngsten Sohn über alles.

Na, zum Glück hast du nichts von den Trauerkränzen mitbekommen, die ich vom Friedhof gestohlen und im Internet verkauft habe. Ich kann froh sein, dass Thea nicht mehr wütend ist und der Reverend mir keine Strafe aufgebrummt und dir was verraten hat.

Callan sah auf die Uhr. Thea hatte jeden Augenblick Feierabend. Er drückte den Korb enger an seinen Körper und rannte hinaus. »Bis nachher, Mum! Ich bin spät zurück!«

»Nicht so schnell, du verlierst sonst noch alles!«, rief Fiona ihm hinterher.

Er beeilte sich auf seinem Weg zur Kirche. In der Ferne erkannte er schon das Chamberling-Haus, das schwarz und düster in den Himmel ragte. Von außen hatten sie es noch nicht verschönert, aber eigentlich sah es in Callans Augen perfekt aus, wie es war. Eine hübsche Spukvilla für Gruselfans war das allemal.

Callan sog scharf die Luft ein, weil er beinahe gegen eine schlanke Gestalt prallte. Er konnte gerade noch ausweichen. »Du hast mich erschreckt! Was stehst du hier so einfach herum?«

Emilia musterte ihn mit schief gelegtem Kopf. Ihre blonden Haare waren zu Zöpfen gebunden und an den Spitzen blau und rosa gefärbt. Ein wenig erinnerte ihn der Teenager an Harley Quinn aus *Suicide Squad*. Zum Glück trug Emilia nicht so knappe Kleidung wie Harley, sonst wäre er schon wieder rot angelaufen.

»Das ist eine öffentliche Straße, soweit ich weiß. Die Frage lautet eher, wieso du hier so schnell durch die Gegend rennst?«

»Ich muss zum Pfarrhaus.« Callan deutete auf den Korb.

»Ich dachte, *Churchyard Crimes* geht picknicken und nimmt mich nicht mit.« Ihre großen dunkelblauen Augen blitzten herausfordernd.

Callan schnaufte. »Nun geht das wieder los!« Sie gingen nebeneinander her. Emilia half ihm sogar, den schweren Korb zu tragen. »Du weißt, dass ich es nicht böse meine, aber diese Entscheidung liegt nicht allein bei mir. Und wenn ich überstimmt werde, kann ich nichts machen.«

Emilia kniff die Augen zusammen. »Deine bleiche irische Nase wackelt immer, wenn du lügst. Ihr wollt mich alle nicht dabeihaben, obwohl ich euch so gut geholfen habe.«

Er seufzte. »Eigentlich hast du uns mit deinen Aufnahmen nur auf die Spur eines Diebes gebracht, aber nicht auf die des Mörders, den wir eigentlich gesucht haben.«

»Sogar auf zwei Diebe, wenn man dich mitzählt.« Sie grinste frech und entblößte die markante Lücke zwischen ihren Schneidezähnen. »Aber Spaß beiseite, ich kann euch helfen.«

»Lass es lieber. Weder Evans noch Thea wollen deine Hilfe. Danke, dass du dich ins Zeug legst, aber sie hören kaum auf einen einzelnen Teenager, auf einen zweiten erst recht nicht.«

Emilia hielt inne. Da sie den Korb festhielt, musste auch er stoppen. »Du wirkst traurig, Callan. Was ist los?«

Er machte eine wegwerfende Geste und fuhr sich durch die Locken. »Ach, nichts. Ist schon gut.« Callan wollte nicht über seine Gefühle sprechen, schon gar nicht mit Emilia, die er kaum kannte. Außerdem würde sie ihn bloß wieder auslachen.

Er wollte weitergehen, aber sie blieb fest an einem Punkt stehen und ließ auch den Korb nicht mehr los. »Nun raus damit, sonst kann ich dir nicht helfen. Hattest du nachts Besuch?«

»Nachts ... *was*?«, rief er irritiert. »Wovon redest du schon wieder? Bestimmt nicht von einer Frau, oder?«

Emilia schmunzelte. »Natürlich nicht, sondern von den Geistern der Vergangenheit. Sie suchen uns in unseren Träumen heim, und manchmal bleibt einer bis zum Aufwachen da und passt auf uns auf. Zumindest, wenn er uns mag. Wenn er uns allerdings nicht mag, tja ...«

Callan schluckte. Seine Kehle war staubtrocken. »Was tja?«

Emilia stellte sich direkt vor ihn und reckte den Hals. Er spiegelte sich in ihren Augen. »Manch ein Verstorbener ist schlecht auf uns zu sprechen oder fühlt sich gestört. Und dann schickt er uns Albträume, lässt uns schweißnass aufwachen und den ganzen Tag mit einem unguten Gefühl im Magen verbringen.«

Callan verdrehte die Augen. »Du spinnst ja. Es gibt keine Geister und auch keine Ebene zwischen Leben und Tod.«

»Weißt du es oder denkst du es nur?«

»Ich weiß es.«

»Weil du den Übergang zum Tod schon einmal mitgemacht hast und deshalb davon berichten kannst? Bist du einer von denen, die sagen: Ich glaube nur das, was ich sehe? Das hätte ich bei euch Iren anders gedacht.«

»Du weißt es ja genauso wenig«, murrte er ertappt.

Emilia lächelte noch immer. Ein wenig unheimlich blieb sie. »Zumindest weiß ich, dass es mehr gibt, als wir Menschen uns vorstellen können. Unsere Gedankenwelt ist recht ... begrenzt. Wir sind ganz sicher nicht die einzige Spezies im Universum oder sehen alles, was vor unserer Nase passiert. Hast du denn noch nie an einem warmen Sommertag wie aus dem Nichts einen Schauer bekommen, weil dir plötzlich kalt war?«

»Das waren dann der Wind oder die Erinnerung an dich und deine Spinnereien.« Er wollte streng klingen, aber seine Stimme wackelte. Dieses Mädchen brachte ihn ständig aus der Fassung. »Los, wir müssen weiter. Ich komme sonst zu spät zum Friedhof.« Er zerrte am Korb. Da er stärker war, musste sie folgen.

»Ich weiß, wieso du so traurig bist.«

»Ach ja?«

»Niemand kauft dir deine Geschichte von dem Schatz ab. Nur ich glaube dir, dass es ihn gibt.«

Callan stoppte dieses Mal so abrupt, dass Emilia gegen ihn lief. Die kurze Berührung reichte aus, um ihm eine Gänsehaut zu verpassen – und das ganz ohne Geist in der Nähe. »Und du verkaufst mich nicht für blöd?«

»Wieso sollte ich?«

»Weil mir niemand glaubt. Sie lachen mich aus, was du auch gern tust. Also, wieso sollte ich dir trauen?« Er fixierte sie mit zusammengekniffenen Augen.

»Weil die Erwachsenen ihre Träume längst aufgegeben haben. Sie sitzen im Hamsterrad fest und kümmern sich höchstens darum, was sie zum Mittag kochen. Wir beide sind von einem anderen Schlag. Wir träumen und hoffen noch, mögen das Abenteuer und gehen zur Not ein Risiko ein, um unsere Ziele zu erreichen. Wir leben noch nicht in diesem Schneckenhaus namens Alltag.«

Callan musste ihr recht geben. Alle waren immer so verflucht unspontan und langweilig, müde und ausgelaugt. Sie alle liebten es, vernünftig und angepasst zu sein – Thea mal ausgenommen, doch sie glaubte ihm genauso wenig. »Was weißt du alles darüber?«, fragte er sicherheitshalber nach.

Sie stellten den Korb vorerst zwischen sich auf den Fußweg. Die beiden waren fast an der Friedhofsmauer angekommen.

»Oh, von dem Gold weiß ich, weil du im Pub davon erzählt und die Leute angefleht hast, dir zu glauben und den Schatz gemeinsam zu heben.«

»Von Flehen kann keine Rede sein«, nuschelte er kleinlaut. »Und allein gehe ich da nie wieder runter. Das ist saugefährlich. In den Tunneln versagt meine Technik. Besser wäre, wir würden das als Gruppe machen, aber Thea und Evans wollen nicht, weil sie es als unwichtig abtun, ein Hirngespinst, jetzt, da die wichtigen Akten geborgen wurden und Nathan nicht mehr dort herumgeistert. Sie würden den Zugang am liebsten dichtmachen.«

»Eine Schande! Dann sollten wir ihnen besser zuvorkommen.«

»Was meinst du damit?«

»Ach, nichts.« Wieder legte sie den Kopf schief. »Die anderen lachen über dich, aber mach dir nichts draus. Das sind alles festgefahrene Idioten, wie gesagt.« Sie machte eine bedeutungsschwangere Pause. »Ich weiß übrigens auch eine Menge über den Fall Birming, in dem *Churchyard Crimes* nun ermittelt, aber ihr wollt ja nie darüber reden und euch anhören, was ich zu sagen habe.« Sie verzog die Lippen zu einem Schmollmund. »Von dir hätte ich etwas anderes erwartet, Callan.«

»Spiel nicht mit mir, Ems. Raus mit der Sprache. Was hast du rausgefunden?«

»Was kriege ich dafür? Und sag jetzt bloß nicht, einen Kuss. Den kannst du gern behalten.«

»Den hättest du auch nicht bekommen.« Callan war genervt von ihrer Art und Weise. Jedes Mal brachte sie ihn auf die Palme. »Na schön, ich werde noch einmal ein gutes Wort bei Thea und Evans für dich einlegen. Vielleicht wirst du ja doch irgendwann Teil der Gruppe.«

Emilia klatschte freudig in die Hände. »Das wäre toll!« Ihr glücklicher Ausdruck wich einer finsteren Miene. »Aber ich bin nicht blöd. Du wirst das nie tun.«

»Ich beweise es dir. Du darfst nachher mit mir und Thea mitkommen und ermitteln. Was sagst du dazu?«

Nach einem kurzen Moment, in dem sie abzuwägen schien, erstrahlte sie. »Darauf lasse ich mich ein. Deal.«

Unschlüssig ergriff er ihre ausgestreckte Hand und schüttelte sie.

Emilia entzog ihm ihre daraufhin schnell wieder. »Igitt, du schwitzt.«

»Nun sag schon.«

Sie seufzte und sah sich um, doch niemand lauschte. Verschwörerisch beugte sie sich vor. »Ich weiß, dass John Birming gern nachts das Haus verlassen hat. Direkt vor seinem Tod ebenfalls.«

»Hat er einen Spaziergang gemacht?«

»Dafür wirkte er zu gestresst. Hat sich immer umgesehen und ist den Menschen ausgewichen. Nein, Callan, dieser Mann hatte ein Geheimnis.«

»Nichts Neues bei ihm. Weißt du, wohin er wollte? Hatte er eine Geliebte hier in Pendle? Das würde ich ihm nach all den Geschichten zutrauen. Katherine sitzt ja sowieso in Haft und stört ihn nun nicht mehr.«

»Keine Ahnung, wo er jedes Mal hin ist. Ein Mal bin ich ihm gefolgt, aber er hat solche Haken geschlagen, dass ich ihn trotz Wärmebildkamera verloren habe. Er hat darauf geachtet, dass man ihm nicht folgt. Eine Geliebte müsste er nicht verstecken.«

»Außer er hat Angst vor seiner Frau.«

Emilia riss die Augen weit auf. »Oder er sollte etwas für Katherine erledigen, von dem wir noch nichts wissen. Womöglich hat sie für ihn einen Deal ausgehandelt, und deshalb ist er zurück in Pendle. Hier soll er nun etwas für sie machen, was ihr durch die Haft unmöglich ist.«

»John wäre also ihr verlängerter Arm gewesen? Aber wer ist dann sein Mörder?«

»Das wird *Churchyard Crimes* früher oder später herausfinden.« Sie zwinkerte schelmisch.

Als sie weitergingen, hatte Callan das Gefühl, dass er gerade einen gewaltigen Fehler begangen hatte.

***

Thea wartete ungeduldig vor dem Friedhofstor auf Callan. Sie hatte sich im Pfarrhaus gewaschen und umgezogen, obwohl ihr die Nähe zu ihrem Vater unangenehm war. Zum Glück hatte er sie nicht in ein Gespräch verwickelt, als sie aus dem Bad gekommen war.

Thea sah auf die Uhr in ihrem Handy. Callan verspätete sich deutlich, was ungewöhnlich war. Immerhin hatte er Schulferien und sonst nichts vorgehabt.

Als sie ihn ausgerechnet mit dieser Göre Emilia Tremblay ankommen sah, schwante ihr Böses. »Was macht sie denn hier?«, zischte sie ihrem Freund zu, der sich verlegen durch die Locken fuhr.

»Ich stehe direkt vor dir!«, fauchte Emilia und funkelte sie böse an.

»Ja, tut mir leid, das ist wahr.« Thea hasste es selbst, wenn man in der dritten Person über sie sprach, obwohl sie alles hörte. »Dieselbe Frage also an dich: Was machst du denn hier?«

»Ich werde mit euch ermitteln.«

»Das kannst du gleich wieder vergessen.« Thea lachte auf. »Hast du ihr das etwa versprochen, Callan?«

»Ich musste, sonst bekommen wir ihr Wissen nicht«, sagte er knapp und zuckte mit den Schultern. »Gib Ems eine Chance.«

»Ems, ja?« Thea hob erstaunt ihre Augenbrauen. Sie war nicht begeistert davon, dass dieses vorlaute, nervtötende und völlig verrückte Mädchen Teil der Gruppe werden wollte. »Wenn du mir sagst, was mit deinen Eltern ist und ob wir uns strafbar machen, wenn wir mit dir um die Häuser ziehen, gern.«

»Das ... ist doch egal. Meine Eltern haben mir Geld gegeben und mich auf Reisen geschickt.«

»Ganz allein? Erzähl das der Polizei, die ich gleich rufen werde. Sicher bist du irgendwo ausgebüxt und einfach in den Zug gestiegen. Immerhin bist du nun schon das dritte Mal bei Jolene untergekommen und bleibst ziemlich lange für einen Teenager. Was willst du wirklich hier?«

»Du weißt, was ich will.«

»Geister jagen? Hexen finden? Aliens fassen?« Thea lachte auf. »Mach dich nicht lächerlich. Ich erkenne eine Lüge, wenn ich sie sehe. Vielleicht bist du wirklich eine Spinnerin, aber das hat dich nicht nach Pendle geführt.«

»Du weißt gar nichts über mich!«, zischte Emilia mindestens so feindselig.

Callan ging dazwischen. »Beruhigt euch bitte! Es ist doch nichts passiert! Wir haben alle dasselbe Ziel und wollen John Birmings Mörder entlarven.«

Da hatte er recht. Die beiden ließen voneinander ab. Endlich hatte Thea die Achillesferse gefunden: ihre Eltern.

Emilias Tonfall war schon viel ruhiger, als sie sagte: »Ich schwöre, dass ich keine Straftat begangen habe und hier sein darf, aber es ist … kompliziert. Du müsstest das am besten wissen. Eltern sind nicht immer einfach.«

Thea fasste sich ein Herz. Sie war gar nicht so anders als der Teenager, dessen bunte Haare und verrückter Kleidungsstil einen krassen Kontrast zu ihrem Schwarz bildeten. Vielleicht mochte sie sie deshalb nicht. »Na schön, du darfst mitkommen und dir Notizen machen, aber sonst nichts. Erst beobachten und danach mit uns darüber reden, was dir aufgefallen ist.« Diese Aufgabe war einst Thea zuteilgeworden. Sie fragte sich, was Myrna und Harrison wohl gerade machten.

***

Conrad Hawkins war ein sportlicher Mann um die fünfzig mit früh ergrautem Haar und tiefen Geheimratsecken. Er steckte in einem Anzug, wie man es von einem Staranwalt erwartete. Sein Gesicht sah nach Solariumbräune aus, und seine Zähne waren ziemlich sicher gebleacht. Er war Myrna sofort unsympathisch.

»Bedaure, aber über John Birming weiß ich nichts, was ich nicht schon der Presse erzählt habe. Er war mein Konkurrent. Natürlich hätte ich seinen Posten gern gehabt, aber da er straffällig geworden ist, hätte ich ihn doch sowieso bekommen. Wieso sollte ich ihn also umbringen?«

»Mr Birming hat vor mehreren Leuten den Wunsch geäußert, in die Politik zurückzukehren«, sagte Ward und beruhigte Harry, der angesichts des schmierigen Anwalts knurrte. Er hatte eben ein Gespür für Menschen.

»Also wissen die Zeitungen und das Fernsehen von seinem Tod? Wer hat geplaudert?« Myrna machte sich Notizen in ihrem Smartphone.

»Das müssen Sie herausfinden, aber ich war es nicht.« Er hob abwehrend seine Hände und lächelte süffisant.

Myrna hätte ihm das Grinsen am liebsten aus dem Gesicht gewischt, blieb aber ruhig. Sie hatte sich immer unter Kontrolle und wäre zu gern einmal ausgeflippt wie Thea oder Callan. Die beiden mussten ihre Emotionen nicht andauernd unterdrücken. So langsam hatte Myrna das Gefühl, dass sie bald platzte. »Wann haben Sie John Birming das letzte Mal gesehen?«

»Als wir in einem Wettstreit standen, das ist aber schon über ein Jahr her. Danach lief der Kontakt nur noch über E-Mails und Telefonate ab. Und na ja, danach wurde er auch schon verhaftet. Schlimme Sache mit dieser Hellen Farsby.«

»Hope Fernsby.« Harrison schickte dem Anwalt einen tödlichen Blick über den breiten Tisch. »Sie hieß Hope Fernsby.«

»Wie auch immer. Waren das Ihre Fragen, Inspector?« Er legte seine Fingerspitzen aneinander und suchte Myrnas Blick. »Ich müsste dann weitermachen. Seit Johns Ermordung platzen meine Auftragslisten aus allen Nähten.«

»Weil die Leute etwas über ihn in Erfahrung bringen wollen«, erwiderte sie. »Nicht weil Sie so ein guter Anwalt sind.«

»Ganz egal, aber in jedem Fall bekomme ich Aufmerksamkeit, die ich im Wahlkampf brauche. Nun ist der Posten des Bürgermeisters von Lancashire wieder frei. Natürlich werde ich kandidieren.«

»Sie hatten ein Motiv für die Tat. Besitzen Sie Waffen?«

»Blödsinn! Wie gesagt, wäre John keine Gefahr mehr gewesen. Und meine Pistolen sind alle angemeldet. Ich habe einen Waffenschein dafür.« Er lachte überheblich, weil er sich zu sicher war. »Er hat sich sein eigenes Grab geschaufelt, als er diese Frau geheiratet hat.«

»Wo waren Sie am Abend des 8. April?«, fragte Myrna einfach weiter, um wenigstens voranzukommen.

»Erst im Büro und später zu Hause. Meine Frau wird es Ihnen bestätigen. Ich habe keinen Zwischenhalt in Pendle gemacht, falls Sie das denken. Und die Tatwaffe ist auch nicht bei mir.«

»Weil Sie jemanden beauftragt haben, Birming umzubringen? Ein Mann wie Sie hat doch sicher viele Kontakte, als Politiker bestimmt auch zu dunkleren Kreisen.« Ward provozierte den Mann absichtlich.

Myrna nickte unauffällig. Sie hätte genauso nachgehakt.

Hawkins war nicht aus der Ruhe zu bringen. »Das müssten Sie mir dann schon nachweisen. Ich bin ein offenes Buch für Sie. Suchen Sie ruhig, Sie werden nichts finden.«

Er war Myrna eine Spur zu selbstsicher. Jemand, der ihnen derart entgegenkam, hatte definitiv etwas zu verbergen. Fragte sich nur, ob es ein Mord war oder etwas anderes.

Myrna scrollte durch ihre Notizen. »Ihre ehemalige Sekretärin und rechte Hand Michelle Davies arbeitet nicht mehr für Sie, haben wir gehört?«

»Sie war nicht meine rechte Hand. Das hat sie sich eingebildet, weil sie meine Unterlagen kontrolliert und ausgebessert hat, aber in meinen Augen war sie nie mehr als eine Hilfskraft. Als sie unverschämt wurde, habe ich sie gebeten, zu gehen.«

»Sie hat also nicht von selbst gekündigt?«

»Doch, aber erst nach meiner Abfuhr. Diese Frau konnte den Hals nicht vollkriegen.«

»Wissen Sie, was sie heute macht und wo wir sie finden können? Sie hält sich im Netz recht bedeckt, die Adresse ist veraltet. Katherine Birming nannte uns Miss Davies' Namen sogar noch vor Ihrem als Konkurrenz für John.«

Endlich hatte sie ihn getroffen und riss Stück für Stück seine Maske herunter. Es freute Myrna, dass ihm die Gesichtszüge kurz entglitten. »Da sehen Sie's, diese Katherine Birming hatte keine Ahnung. Eine Verbrecherin ist das, mehr nicht.«

»Sind nicht alle Politiker Verbrecher?«, fragte Ward grinsend. In dem Moment knurrte Harry wieder und bellte einmal.

»Meine Sekretärin wird Ihnen Michelles Adresse geben. War es das dann? Ich bin ein viel beschäftigter Mann.« Er deutete zur Tür. Das war ein klarer Rausschmiss.

Sie bedankten sich, holten sich die Adresse und verließen das Gebäude. Aus Hawkins würden sie nicht mehr herausbekommen.

Draußen wunderte sich Myrna, dass Thea immer noch nicht geschrieben hatte. Sicher legte sie gerade erst los mit den Befragungen, weil sie vorher noch gearbeitet hatte. Ihr Job als Totengräberin auf dem Friedhof von Pendle ging natürlich vor.

»Glauben Sie, er war es?«, fragte Myrna ihren Kollegen, während sie eine Runde mit Harry um den Block gingen.

»Er hatte ein Motiv und genug Geld, um Killer anzuwerben. Ich traue ihm nicht, und mein Hund tut es auch nicht. Einer wie der geht über Leichen.«

Myrna überlegte. Der Wind wehte ihnen um die Ohren. Sie war wieder einmal immens froh über ihre kurzen Haare. »Wieso war sich Birming so sicher, wieder ins Geschäft einzusteigen? Das wissen wir immer noch nicht.«

»Aber wir werden es herausfinden.«

»Lassen Sie uns mit Michelle reden, dann sehen wir weiter. Vielleicht weiß sie etwas. Und danach klappern wir noch diesen Patrick O'Doyle ab. Er wohnt und arbeitet in Longridge und hat Birming erst assistiert und später vertreten, als dieser seines Postens enthoben wurde. Wenn er Angst um seinen Job hatte, wäre das ein Motiv für die Tat.«

Ward rieb sich die Hände. »Auf zu Michelle Davies. Ich bin fast noch gespannter, was sie über Conrad Hawkins zu sagen hat als über John Birming.«

10. Kapitel

Thea kontrollierte, dass die anderen hinter ihr standen, als sie bei Jolene Downing klingelte. Callan hatte ihr den Tipp gegeben, bei ihr anzufangen. Immerhin hatte Birming hier gewohnt. Wenn die Alte nicht gerade bei einem Spaziergang war, würde sie ihnen gleich öffnen.

Es tat sich nichts.

»Soll ich aufschließen?« Emilia zückte bereits den Schlüssel. »Ich wohne schließlich auch hier.«

»Noch ein Versuch, dann ziehen wir erst einmal weiter. Wir dürfen nichts überstürzen.«

»Wow, du klingst glatt wie Evans«, meinte Callan. »Früher wärst du einfach in dieses Haus gestürmt, und es wäre dir egal gewesen, was Jolene dazu sagt.«

»Das stimmt, aber jetzt trage ich die Verantwortung für euch. Ihr seid minderjährig und dürft euch eigentlich nicht an einer Mordermittlung beteiligen.«

»Wir können gut auf uns selbst achten. Pass du lieber auf, dass du Jolene davon überzeugst, dass sie mit uns redet.«

Thea schloss die Augen und beruhigte sich nur langsam wieder. Emilias besserwisserischer Tonfall schnitt ihr durchs Gehör und sorgte dafür, dass ein Vulkan ganz tief in ihr kurz vor dem Ausbruch stand. Sie hätte sie am liebsten in diesem Haus eingesperrt und wäre mit Callan allein weitergezogen, aber nun hatte sie zugesagt, also würde sie ihr Wort halten. Zumal Emilia interessante Informationen über Birming versprochen hatte.

Nach dem zweiten Klingeln riss Jolene die Tür auf. »Ich kaufe nichts!«, brüllte sie Thea an. Dabei trafen Speicheltröpfchen auf ihr Gesicht.

Angewidert wischte Thea sich die Wangen trocken. »Du musst nicht gleich spucken. Wir haben Fragen zu einem Mieter.«

»Ich habe nur zwei, und einer steht hinter dir.« Misstrauisch kniff sie die Augen zusammen. »Was wollt ihr von Birming?«

»Er wurde tot am Pendle Hill aufgefunden, starb wohl schon am 8. April gegen zweiundzwanzig Uhr. Hast du was bemerkt?«

Jolene schien kurz aus der Fassung gebracht worden zu sein. Ihr Umschwung wirkte echt. »Birming ist tot?« Dann wurde sie wieder zu der zänkischen Hexe, die Thea kannte. »Und wer zahlt mir jetzt die Miete? Ich habe extra keine neuen Gäste aufgenommen, weil die Zimmer bis auf Weiteres belegt waren.«

Thea zuckte mit den Schultern. »Das wissen wir auch nicht, aber ich könnte dir helfen, einen neuen Mieter zu finden, wenn du uns im Gegenzug ein paar Fragen zu Birming beantwortest.«

»Mit einer Shaw mache ich keine Geschäfte«, fauchte sie und wollte ihnen die Tür vor der Nase zuschmeißen.

»Jolene, warte!«, rief Emilia. »Ich kann sowieso rein, also ist es doch egal, ob wir hier draußen oder im Haus sprechen.«

»Was willst du von mir? Dir habe ich erst recht nichts zu sagen. Du bist mir noch Miete schuldig.«

»Zahle ich gleich morgen früh.«

»Natürlich, und auf dem Hill fliegen Hexen.« Sie rollte mit den Augen.

Emilias eigene wurden groß. »Richtig! Woher weißt du das? Ich habe sie auch gesehen!«

»Auweia«, murmelte die alte Frau und sah Hilfe suchend zu Thea. »Wie hältst du die bloß aus?«

»Gar nicht, aber nun ist sie da, Callan sei Dank.«

Er grinste dümmlich und zuckte mit den Schultern.

»Haut ab und lasst mich allein. Ich muss jetzt meine Rechnungen durchgehen. Das nimmt Zeit in Anspruch. Mit euch rede ich nicht.«

Thea machte einen letzten Versuch. »Dann bleibst du eben auf deinem leeren Zimmer sitzen. Mir egal. Du kennst mein Angebot.« Sie drehte sich weg und nahm die beiden Teenager mit sich. *Drei, zwei, eins ...*

»Komm zurück! Wir sind noch nicht fertig!«, rief Jolene hinter ihnen her.

Thea wandte sich mit einem Lächeln um. Dass es so einfach werden würde, hätte sie nicht gedacht. »Na also.«

Jolene ließ sie ein und schmiss die Tür wütend zu. »Aber erwartet keine Nettigkeiten von mir. Es gibt nichts zu trinken und auch keine Kekse.«

Sie verteilten sich an ihrem Esstisch. Thea warf Emilia einen vielsagenden Blick zu, die zum Glück begriff und sich Stift und Papier für Notizen schnappte.

Jolene ließ sich mit einer dampfenden Tasse gegenüber nieder und kostete genüsslich von ihrem Tee, doch ihnen bot sie keinen an.

Callan öffnete den Mund, aber Thea war schneller. »Erzähl uns von dem Tag, an dem du John Birming das erste Mal wieder in Pendle gesehen hast.«

»Du meinst, nach seiner kurzen Haft? Das weiß ich noch genau. Er lief einfach nur durch den Ort, als wäre es das Normalste der Welt, aber man konnte die Fußfessel an seinem Bein erkennen. Meinem geschulten Auge entgeht so etwas nicht.« Stolz hob sie das Kinn.

»Ich habe ihn auch gesehen. Das muss derselbe Tag gewesen sein«, meinte Emilia leise und schloss sofort wieder den Mund. Sie wusste anscheinend, wann Kommentare angebracht waren und wann nicht. Wieso hielt sie sich sonst nie daran?

Jolene fixierte Thea. »Jedenfalls hat er mich gegrüßt, aber ich habe ihn ab da absichtlich übersehen. Dieser Mann war Luft für mich.«

»Warst du sauer auf ihn?«

»War ich, aber nicht aus persönlichen Gründen. Mir waren die Fernsbys ziemlich egal. Außerdem hatte er nicht mich bestohlen, betrogen oder verletzt.«

»Aber wieso warst du dann wütend? Das muss doch einen Grund gehabt haben.«

Jolene überlegte und schürzte die Lippen. »Eigentlich war ich nur sauer, dass er so schnell wieder aus dem Knast kam. Lu fand das noch viel dramatischer. Sie hat immer darauf geachtet, dass alles in Pendle seinen rechten Weg geht, und nun kommt dieser Straftäter zurück und nistet sich bei uns ein.«

»Sprechen wir von derselben Lucretia, die in mein Haus eingebrochen ist und sich in den Tunneln verirrt hat?« Thea tat, als würde sie nachdenken, und legte sich den Zeigefinger ans Kinn. »Ach ja, das wart ihr ja gemeinsam.«

»Das sind doch alte Kamellen«, knurrte Jolene. »Willst du nun was hören oder nicht?«

»Nur zu, mach ruhig weiter. Wann hast du ihn dann wiedergesehen?«

»Ab und zu auf der Straße.«

»Weißt du, wo er bis dahin untergekommen ist?«

»Keine Ahnung, sollte ich? Es hat mich nicht interessiert, also habe ich auch nicht gefragt. Er sollte mich mit seinen Machenschaften in Frieden lassen.« Sie schüttelte den Kopf, als wollte sie eine lästige Fliege verscheuchen.

Jolenes graues Haar war noch strähniger als vor ein paar Monaten. Sie sah sichtlich gealtert aus, seit ihr Sohn Brian in die Bredouille geraten war, doch nun gab es keine Geheimnisse mehr im Hause Downing. Zumindest hoffte Thea das. Sie hatte gleich bemerkt, dass das gruselige Porträt ihres Vaters nicht mehr über dem Kamin hing. Ein gutes Zeichen.

»Aber sein Geld hat dich interessiert.« Callan mischte sich nun zum ersten Mal ein.

»Na und? Von irgendetwas muss ich ja leben! Als hättet ihr alle eine weiße Weste!«

»Ist ja gut, Jojo, reg dich nicht auf, sonst kriegst du noch einen Herzinfarkt wie deine Freundin«, entgegnete er. »Apropos Lucretia: Sie konnte Birming genauso wenig leiden. Hätte sie ein Motiv gehabt, ihn umzubringen? Zum Beispiel, weil sie wieder Ruhe nach Pendle bringen wollte?«

»Das glaubst du doch wohl selbst nicht. Lu war genauso unwissend wie ich, als ich sie heute Morgen

getroffen habe. Wir haben uns sogar über Birming unterhalten. Hätte sie ihn umgebracht, hätte sie das niemals verstecken können. Sie ist eine sauschlechte Lüg-
nerin.«

Thea musste ihr recht geben. Lucretia würde es niemals schaffen, einen Mord geheim zu halten. Dennoch
würde sie Oakley später fragen, ob sie sich seltsam verhielt. Wenn es jemand wusste, dann ihr Sohn. Thea
freute sich außerdem auf eine lange Umarmung und
leidenschaftliche Küsse, um sich von diesem anstren-
genden Tag abzulenken. Sie seufzte leise.

»Alles in Ordnung? Du bist auf einmal so rot«, sagte
Jolene und musterte sie genauso fragend wie Callan
und Emilia.

Thea riss sich zusammen und nickte. »Alles bestens.
Machen wir weiter. Wo warst du am 8. April abends gegen zehn?«

Jolene trank von ihrem Tee und ließ sich mit der Antwort Zeit. »Da war ich in meinem Bett. Ich gehe immer
um diese Zeit schlafen.«

»Kann das jemand bezeugen?«

»Glaubt ihr, dass ich meinen eigenen Mieter um-
bringe, um danach auf meinen Kosten sitzen zu bleiben?«

»Die beste Art, um von sich abzulenken. Vielleicht
wolltest du ihn sowieso loswerden.« Herausfordernd
beugte sich Thea vor.

Jolene kaute auf ihrer Lippe. Offenbar fühlte sie sich
in die Enge getrieben. »Ich möchte, dass ihr jetzt geht.
Alle, auch du.« Sie zeigte auf Emilia.

»Aber ich habe doch gar nichts gesagt!«, rief diese empört.

Tatsächlich war Emilia erstaunlich ruhig geblieben und hatte der Unterhaltung aufmerksam gelauscht. Einzig ihr Stift hatte Geräusche von sich gegeben. Vielleicht hatte sich Thea doch in ihr getäuscht, und es steckte eine brauchbare Ermittlerin in ihr.

»Trotzdem. Ich kann eure Visagen nicht länger ertragen. Geht mir aus den Augen.«

Sie befolgten ihren Wunsch dieses Mal lieber. Thea brannten noch so viele Fragen unter den Nägeln, aber fürs Erste war es genug. Außerdem gab es noch einige Nachbarn, die sie sprechen mussten. Es würde ein langer Tag für sie alle werden.

***

Michelle Davies stellte sich als schlanke Mittvierzigerin mit Pagenschnitt und strenger Brille heraus. Sie hatte Krallen anstatt Fingernägel und liebte schrille Farben, wie es schien.

»Kommen Sie rein, ich möchte nicht im Treppenhaus reden«, sagte sie mit rauchiger Stimme und bot ihnen Plätze an einer weiß lackierten Kücheninsel an.

Die Barhocker waren so unbequem und winzig, dass Ward Mühe hatte, darauf zu sitzen. Letztendlich blieb er stehen und stützte sich auf die Insel, um sich die wichtigsten Informationen zu notieren.

»Kommen wir gleich zum Punkt. Sie haben es sicher schon gehört: John Birming, ehemaliger Bürgermeister von Lancashire und verurteilter Straftäter, ist tot.«

»Stimmt, er wurde erschossen, oder? Bevor Sie fragen: Das habe ich im Internet lesen können. Inzwischen weiß es die halbe Welt.«

»Sie scheinen nicht sehr getroffen zu sein«, sagte Ward und beäugte die vermögende Dame, die eine Champagnerflasche aus dem Kühlschrank holte.

»Im Gegenteil, ich trauere sogar um ihn, aber ich habe mir angewöhnt, meine Gefühle vor anderen zu verbergen.«

»Sie trauern?«, fragte Myrna nach. »Standen Sie sich nahe?«

Michelle sammelte sich und strich verträumt über ihr Bleistiftkleid. Dann schien sie sich zu besinnen und goss drei Champagnerflöten voll.

Ward leckte sich über die Lippen, blieb aber standhaft, und auch Myrna lehnte dankend ab. »Wir sind noch im Dienst.«

»Zu schade, Sie verpassen was.« Michelle stürzte alle drei Gläser hintereinander hinunter und verzog das Gesicht. »John war so etwas wie mein Mentor.«

»Und Hawkins?«

»Der war nur ein Arsch. Er hat mir Versprechungen gemacht und wollte mich groß machen, wenn ich das tue und schaffe, was er von mir verlangt. Als es dann so weit war, hat er mich fallen lassen und weiterhin wie die Sekretärin behandelt, dabei hatte ich ihm alle wichtigen Fälle an Land gezogen, seine Werbekampagnen gesteuert und auch vor Gericht ausweglose Fälle für seine Kanzlei gewonnen. Ich habe mein Studium nicht mit der Bestnote abgeschlossen, damit ich mich für einen alten Mann verausgabe und keine Lorbeeren für meine Mühen ernte. Nein, danke, nie wieder.« Sie machte eine schnippische Handbewegung, bei der Ward ihren spitzen Fingernägeln ausweichen musste.

»Und Birming? Wie passt er da hinein?«

»Er hat mich auf meinem Werdegang unterstützt und bestärkt. John war ein Freund, kein Feind. Ich hatte keinen Grund, ihn umzubringen.«

Ward ließ den Block sinken. »Katherine Birming hat auch von John als Ihrem Mentor gesprochen. Sie sollen danach zu einer starken Konkurrentin für ihn geworden sein.«

Michelle stutzte kurz, dann lachte sie hell auf. »Katherine war sogar eifersüchtig auf unser gutes Verhältnis. John verstand sich prächtig mit mir, und das wollte seine Frau nicht einsehen, weil er ihr Spielzeug war, das sie nicht teilen wollte.«

»Hatten Sie eine Affäre mit Mr Birming?«

»Nein.« Die Antwort kam wie aus der Pistole geschossen. Weder zitterte ihre Stimme noch ihr Körper. Myrna sah keine Anzeichen für eine Lüge. Selbst ihre Halsschlagader blieb ruhig. Doch diese Frau hatte ihr Verhalten in der Öffentlichkeit minutiös geprobt und perfektioniert. Man konnte ihr nicht trauen.

»Sie sind also auch am Gericht tätig wie Mr Hawkins?«, fragte sie weiter, um das Gespräch am Laufen zu halten.

»Bin ich, aber er hat mich nie zu schätzen gewusst, also habe ich gekündigt und meine eigene Kanzlei eröffnet.«

»Und nun machen Sie auch Wahlkampf wie er?«

Sie stellte die leeren Gläser in die Spüle und sah aus dem Fenster im dritten Stock des Appartementkomplexes. »Nicht erst seit gestern. John und ich waren auch dabei ein Team. Ich habe ihm Tipps gegeben, wie er seine Kampagnen verbessern kann, er gab mir welche für meine Reden. Ich habe mir gegen ihn aber nie Chancen ausgerechnet, sondern wollte nur Conrad ärgern.«

Myrna nickte bedächtig. »Da kommt es ja gerade recht, dass Mr Birming nun tot ist. Plötzlich gab es tatsächlich Chancen auf einen Sieg.«

Michelles blaue Augen schickten ihr Blitze. »Für diesen Posten würde ich nicht morden. Ich verdiene mehr mit meiner Kanzlei.«

»Manchen geht es nicht um Geld, sondern um Macht. Sie hätten auch Mr Hawkins etwas bewiesen. Übrigens rennen ihm die Presseleute gerade die Tür ein. Geht es Ihnen ähnlich?«

»Dem muss ich nichts mehr beweisen, weil er genau weiß, was er an mir hatte, und er das bald zu spüren bekommt. Ohne mich werden ihm nach und nach die Mandanten wegbrechen. Das braucht nur etwas Zeit. Und was die Presse betrifft: Kaum jemand kennt meine Privatadresse, also lassen sie mich hier zum Glück in Ruhe. In der Kanzlei sieht es seit heute früh ähnlich aus wie bei Conrad, nur dass meine Kunden bleiben werden.« Sie klang sehr selbstsicher, aber das musste man in diesem Beruf auch sein, erst recht als Frau in einer Männerdomäne.

»Wo waren Sie am 8. April gegen zehn Uhr abends und in der darauffolgenden Nacht?«, fragte Ward und warf Harry ein Leckerli zu. Diesmal knurrte er nicht, weil er Miss Davies offenbar leiden konnte.

Sie griff zum Smartphone und suchte nach ihrem Terminplaner. »Da war ich bei einem Meeting und anschließend in einem Flieger nach London.«

»So spät noch?«

Sie lächelte zum ersten Mal an diesem Nachmittag. »Es fand auf der anderen Seite der Welt statt. In New York war helllichter Tag, als man hier schlief.«

Eine Sackgasse jagte die nächste. Myrna hoffte nun auf Patrick O'Doyle.

Wie aufs Stichwort stellte sich ein Mann mit kurzen braunen Haaren an Michelles Seite und legte den Arm um sie. Er war schlank und genauso groß wie sie, trug ebenfalls eine Brille und machte den Eindruck, als wäre er gerade aus ihrem Bett gestiegen. Zumindest glaubte Myrna das wegen seines Morgenmantels.

Dieses Mal knurrte Harry wieder, obwohl er trotz Katzen in der Nähe die ganze Zeit ruhig geblieben war. Manchmal konnte man die Tiere von Zimmer zu Zimmer huschen sehen.

»Wir wussten nicht, dass Sie Besuch haben«, meinte Ward. »Mit wem haben wir die Ehre?«

»Mit dem Mann, den Sie sowieso noch besucht hätten, nehme ich an. Mein Name ist Patrick O'Doyle, und ich habe John Birming während seiner Abwesenheit vertreten.«

Myrna erinnerte sich an ein Foto, auf dem er deutlich gepflegter aussah und einen Anzug trug. Es waren dieselben Gesichtszüge und Augen. Sie hätte es gleich erkennen müssen.

»Nun, Mr O'Doyle, dann befragen wir Sie direkt hier, wenn Sie erlauben.«

»Nur zu, wir haben nichts zu verbergen«, sagte Michelle, griff wie selbstverständlich nach seiner Hand und hielt sie fest. Man merkte, dass sie ihre Kraft aus ihm schöpfte.

Patrick nickte dazu. »Sehr gern. Ich habe Ihnen sowieso gelauscht und weiß, worum es geht. Dass John tot ist, schockiert mich.« Zumindest sah er erschrockener aus als seine Freundin. »Aber ich habe ihm nichts getan. Er hat Michelle so sehr geholfen und ihren Weg in die Politik erst geebnet. Da bringe ich ihn doch nicht um.«

»Vielleicht waren Sie eifersüchtig. Liebe ist die stärkste Emotion und sorgt immer wieder für Mord und Totschlag.«

Patrick goss sich nun selbst ein Glas Champagner ein, trank es jedoch in kleinen Schlucken im Gegensatz zu Michelle. »Das wäre Unsinn. Ich kam gut mit John aus und er mit mir. Außerdem wusste ich von seinem Übereinkommen mit Michelle. Ich meine, dass die beiden sich gegenseitig gepusht haben. Das war nie ein Problem für mich.«

»Ich kann es bestätigen.« Michelle legte wieder ihre Hand auf seine und sah ihm verliebt in die Augen. »Patrick könnte keiner Fliege was zuleide tun. Ich vertraue ihm.«

»Und was, wenn es hier um den Posten des Bürgermeisters ging? John Birming hat im ganzen Ort angekündigt, wieder in die Politik zu gehen. Sie könnten sich bedroht gefühlt haben.«

Er lachte rau und rieb über seine Wange. »Das halte ich für ein Gerücht. Was hätte denn passieren müssen, dass er bereits im Frühling kandidieren darf?«

»Das, werter Mr O'Doyle, fragen wir uns auch.« Myrnas graue Zellen arbeiteten auf Hochtouren, aber auch ihr wollte keine Antwort auf diese Frage einfallen.

Michelle stützte sich auf die Kücheninsel und raunte: »Es gab Gerüchte über die Birmings, schon vor ihrer Verhaftung.«

»Was für Gerüchte?«

»Es wurde spekuliert, dass die beiden einer verbotenen Nebentätigkeit nachgehen, aber beweisen konnte man ihnen nie etwas. Darauf kam man, weil die zwei wie aus dem Nichts steinreich waren. Und mal ehrlich: Wenn du so viel Erfolg hast, was willst du dann als Bürgermeister in Lancashire? John hätte längst eine höhere Stelle haben können, vielleicht in London oder Birmingham.«

»Doch er blieb hier«, murmelte Myrna und grübelte.

»Denken Sie mal darüber nach. Vielleicht ist was dran an den Gerüchten. Er hat mir nie etwas gesagt, aber es könnte stimmen. In diesem Dorf namens Pendle würde man nicht nach einem heimlichen Nebenverdienst suchen. Er konnte im Grunde genommen tun und lassen, was immer er wollte.«

Patrick wartete auf einen passenden Augenblick. »Sie fragen mich sicher noch nach meinem Alibi?«

»Richtig.« Auch Myrna war wieder im Hier und Jetzt angekommen.

»Ich war in Michelles Wohnung und habe ihre Katzen und Pflanzen versorgt, weil sie nicht im Land war. Dafür habe ich einen Schlüssel und darf jederzeit über Nacht bleiben, wenn ich will.«

Michelle nickte dazu.

»Gibt es Zeugen dafür – bis auf die Katzen?«, fragte Harrison.

Beide drehten ihre Köpfe zu einer unauffälligen Kamera in der Zimmerecke. »Gibt es«, sagten sie wie aus einem Munde.

***

Oakley zog Thea in seine Arme und hielt sie eine Weile fest.

Sie musste kichern. »Du tust ja fast so, als hätten wir uns ewig nicht gesehen.« Sie wischte ihm das lange schwarze Haar über die Schulter, das er sonst in einem Zopf trug, und sah ihm tief in die eisblauen Augen. Immer wieder aufs Neue verlor sie sich darin und verliebte sich noch einmal neu in ihren Freund.

»Du weißt, dass jede Sekunde ohne dich Verschwendung ist.«

»Würg!«, rief Callan aus dem Hintergrund.

Emilia machte das passende Gesicht dazu.

Oakley schien die beiden erst jetzt zu bemerken. »Nanu? Dass du unseren Nerd mitbringst, ist mir nicht neu, aber Emilia?« Er musterte sie mit hochgezogener Augenbraue.

»Lange Geschichte. Dürfen wir reinkommen? Wir wollen mit dir und deiner Tante … ähm … Mutter reden.« Thea musste sich immer noch daran gewöhnen, dass Lucretia und Oakley nicht Tante und Neffe waren. Er hatte es selbst erst vor Kurzem erfahren.

»Geht es um einen Fall?« Er machte einen winzigen Schritt rückwärts und entfernte sich dadurch von ihr. Sofort spürte sie die Kälte. »Bitte regt Lu nicht auf. Sie ist noch immer angeschlagen von ihrem Infarkt auf dem Friedhof und muss Tabletten schlucken.«

»Keine Sorge, wir haben wirklich nur ein paar Fragen zu John Birming.«

Sein Gesicht wurde bleich. Das kantige Kinn spannte sich an. Oakley verschränkte die tätowierten Arme fest vor der breiten Brust und atmete hörbar aus. »Und ihr meint wirklich, dass sie das nicht aufregt? Ich habe vorhin durch Zufall von Johns Tod erfahren und ihr noch nichts davon gesagt. Was ist denn genau passiert?«

»Einzelheiten dürfen wir nicht ...«

»Er wurde erschossen!«, rief Emilia dazwischen. Als sie Theas entsetzten Blick sah, sagte sie: »Was denn? Das weiß doch sowieso schon jeder. Es spricht sich nun einmal rum.«

Sie ließ von ihr ab, weil sie wusste, dass sie selbst nicht anders gehandelt hätte. Es wirkte tatsächlich so, als wäre sie in Myrnas Rolle geschlüpft und Emilia in ihre.

»Er...schossen?«, hauchte er bestürzt. »Kommt bitte rein. Ich rufe Lu. Sie ist oben.«

»Sagst du immer noch nicht Mum zu ihr?«

»Manchmal ja, manchmal nein. Irgendwie hatte ich ja schon eine Mutter. Dass ich jetzt noch eine habe, ist gewöhnungsbedürftig, aber ich bin sehr glücklich darüber.« Sein Lächeln steckte Thea an.

Sie warteten im Wohnzimmer auf die kleine Frau mit den kurzen grauen Haaren. Thea war froh, dass sie sie nun nicht mehr färbte. Ihr Gesicht wirkte dadurch gleich weniger blass und eingefallen.

»Was wollt ihr denn hier?« Schon wieder so ein zänkischer Tonfall, aber sie waren nichts anderes von Jolenes Busenfreundin gewohnt. Als sie zu ihrem Sohn sah, verschwand der garstige Ausdruck sofort.

»Mum«, sagte er absichtlich, um sie zu beruhigen. »Die drei haben nur ein paar Fragen zu John Birming.«

»Ach der!« Sie machte eine wegwerfende Geste. »Der kann mir gestohlen bleiben!«

»Wie passend, dass er tot ist.« Thea wartete ihre Reaktion ab, die prompt kam.

»Er ist tot?« Lucretia riss die Augen auf und klatschte freudig in die Hände. »Gott sei Dank! Dieser Mann hat nur Unheil über Pendle gebracht. Ohne ihn wird wieder Ruhe einkehren.«

»Klingt ganz nach einem Motiv«, sagte Callan und setzte sich ungefragt. »Hast du was zu trinken da? Ich sterbe vor Durst.«

»Habe ich, aber nicht für dich. Seid ihr hier, um mich festzunehmen, oder was soll das hier werden?«

Oakley legte den Arm um sie. Thea schmunzelte, weil er mehrere Köpfe größer war als sie. Fast wirkten sie wie Vater und Tochter statt Mutter und Sohn. »Niemand will uns etwas Böses.«

»Ich vertraue darauf«, erwiderte sie und hatte ein Lächeln für ihn übrig. In Oakleys Gegenwart war sie ein anderer Mensch. Der knurrende Unterton blieb. »Stellt eure Fragen und verschwindet dann.«

Thea räusperte sich. »Wann hast du Birming zum letzten Mal gesehen?«

»Vor ein paar Tagen.«

»Auch am 8. April, seinem Todestag?«

»Keine Ahnung. Wann ist er denn genau gestorben?«

»Abends gegen zweiundzwanzig Uhr. Der Reverend hat einen späten Spaziergang gemacht und den Schuss gehört.«

»Also wurde er erschossen? Tragisch.« Sie sprach ohne jegliches Gefühl in der knarzigen Stimme. »Ich besitze keine Waffen und lasse die Finger davon. Die bringen nur Unglück. Und außerdem war ich den ganzen Abend mit Oakley zusammen im Haus. Wir haben den Dachboden ausgemistet.«

Thea sah zu ihrem Freund, der mit einem Nicken ihr Alibi bestätigte. »Danach bin ich rüber zu Hank gegangen, weil im Pub eine Band spielte, die ich mag. Da war es aber schon fast Mitternacht.«

»Hast du um diese Zeit jemanden auf der Straße gesehen oder etwas gehört?«

»Nein, da war niemand, nicht einmal ein Fuchs. Die Wege waren leer. Na ja, bis auf einen Mann am Friedhof. Er stand im Schatten und hat Pfeife geraucht.«

Theas Laune sank in den Keller. »Ich kann mir vorstellen, wer das war. Danke, Oak.« Sie hatte es verdrängt, aber natürlich musste sie auch ihren Vater befragen, der als Verdächtiger infrage kam.

»Nicht dafür, Schatz.« Oakleys smartes Lächeln ließ sofort wieder die Sonne aufgehen.

Also hatte Lucretia ein Alibi, wenn sie nicht mit ihm unter einer Decke steckte, aber das konnte sich Thea schlecht vorstellen. Oakley hätte kein Motiv für die Tat gehabt, und sie vertraute ihm.

»Darf Evans später eure Fingerabdrücke nehmen?« Diese Frage hatte sie bei Jolene vergessen. Sie hatte an so viele Dinge nicht gedacht, die Myrna sicher gefragt hätte. Es gehörte eben nicht nur eine gute Auffassungsgabe zu diesem Job.

Oakley und seine Mutter wechselten einen Blick und zuckten mit den Schultern.

»Wenn ihr wollt. Aber macht nicht wieder meine Kleidung dreckig. Diese Tinte ist schrecklich!« Eigentlich hatte Lucretia Miller immer etwas zu motzen.

»Danke, das wäre dann erst einmal alles. Wir kommen auf euch zurück, wenn wir noch Fragen haben«, sagte Thea und beendete das Verhör.

Zumindest glaubte sie das, denn auf einmal meldete sich Callan zu Wort. »Deine Freundin Jolene besitzt aber eine Waffe, eine alte Militärpistole. Wir haben sie selbst gesehen, als sie damit in die Tunnel gegangen ist. Sie stammt doch von ihrem Vater aus dem Zweiten Weltkrieg, oder?«

»Ja, und? Soll das etwa die Mordwaffe sein?«

»Das wissen wir nicht. Der Bericht der Ballistik folgt erst noch.«

»Dann habe ich euch nichts weiter zu sagen. Raus aus meinem Haus!« Sie wies ihnen den Weg.

Draußen knuffte Thea Callan gegen die Schulter.

»Aua, wofür war das denn?«

Emilia kicherte amüsiert, was seine Laune nicht verbesserte.

»Das war dafür, dass du diese Information nicht gleich herausgerückt hast. Wir hätten Jolene danach fragen können. Das war wichtig.«

Er rieb sich den Oberarm und machte ein wehleidiges Gesicht. »Das fiel mir erst eben wieder ein. Wir könnten Jolene noch einmal befragen.«

»Wohl kaum. Sie wird uns jetzt nicht mehr die Tür öffnen. Der Moment ist vorüber.«

Ein Räuspern ließ sie aufhorchen. »Kann ich etwas dazu sagen?« Emilia meldete sich wie in der Schule.

Thea plusterte die Wangen auf und entließ die Luft ganz langsam, um ruhig zu bleiben. Sie hatte sie beinahe vergessen. »Na schön, was willst du?«

Das Mädchen konnte kaum stillstehen vor Aufregung. »Ich könnte nach der Waffe suchen. Immerhin wohne ich bei den Downings. Eine Pistole, sagt ihr?«

Callan nickte. »Ja, eine alte. Das war eine Luger, falls dir die was sagt. Zumindest glaube ich das. Kaliber 7,65 mm oder 9 mm Parabellum je nach Alter. Mit Griffsicherung und ohne Kniegelenksperre wäre es das neuere Modell und damit das größere Kaliber.«

Erstaunt musterte Thea ihn. Sie selbst hatte keinen blassen Schimmer von Pistolen. Genauso gut hätte er Chinesisch sprechen können.

Er lächelte schief. »Ich habe mich früher mal für Waffen interessiert, bevor ich mich auf Computertechnik spezialisiert habe.«

»Du steckst voller Überraschungen, Callan Healy.«
»Endlich hast du es erkannt.«

11. Kapitel

Als Letzten auf der heutigen Liste befragten sie Hank, den Wirt im ›Hills Inn‹. An diesem Abend war nicht viel los, denn es gab weder Live-Musik noch Rabattaktionen.

Candice und Brian hatten bereits Feierabend, und so war Hank allein. Perfekt für ihre Befragung.

Auch die Teenager durften bleiben, solange Thea auf sie achtgab. Callan empörte sich zwar, weil er schon sechzehn war, doch Hank verwies auf ein Schild, auf dem der Zutritt erst ab achtzehn gestattet war.

»Das ist doch neu! Als ich das letzte Mal hier gewesen bin, war es dir egal.«

Hank warf das Handtuch in die Spüle und stützte sich auf den Tisch. »Inzwischen ist es mir aber nicht mehr egal. Dank Birming hat man mir das Amt auf den Hals gehetzt.«

»Sicher, dass er dahintersteckt?«

»Wer sonst? Dieser Lackaffe kann zum Teufel gehen!« Er schickte noch einen Fluch hinterher.

Thea lächelte. »Was für ein Zufall, dass er am Pendle Hill erschossen wurde. Reverend Hughing hat eine große Gestalt davoneilen sehen. Die Statur würde auf dich passen, Hank.«

Er lächelte warmherziger, als Thea erwartet hätte. Immerhin konfrontierte sie ihn mit einem Mord. »Ich habe nichts damit zu tun, aber so gut wie jeder hat ihn gehasst.«

»In deiner Kneipe hörst du bestimmt viel«, sagte Emilia und setzte sich wie selbstverständlich auf einen Barhocker. »Mit so einem attraktiven, einfühlsamen Mann redet doch sicher das halbe Dorf.« Kokett spielte sie mit einer Haarsträhne.

Thea fasste sie bei der Schulter. »Vorsicht, Femme fatale, du spielst mit dem Feuer. Evans ist mit ihm zusammen, und sie willst du nicht zum Feind haben.«

»Ich weiß, aber ich mag es nun einmal heiß.« Sie zwinkerte dem Wirt zu, der sie irritiert anstarrte. Es war ihm sichtlich unangenehm, von einem Teenager angebaggert zu werden.

Hank suchte lieber Theas Blick. »Ähm … jedenfalls wird hier viel geredet. Vor einiger Zeit war Birming sogar im Pub und hat ein Ale getrunken. Lucretia Miller hat ihn daraufhin beschimpft, und danach hat er sich zu Callan an den Tisch gesetzt. Deshalb gehe ich davon aus, dass er mich verpfiffen hat. Auf mich könnte eine Geldstrafe zukommen, weil Minderjährige in meinem Pub waren.« Sein Gesicht verfinsterte sich.

Hank hatte also auch ein Motiv, Birming umzubringen. Eigentlich hatte so gut wie jeder eines, was die Sache nicht einfacher machte.

Thea sah Callan an. »Du warst hier und hast mit Birming geredet? Wieso hast du das mit keiner Silbe erwähnt?«

Er setzte eine unschuldige Miene auf. »Weil das schon so lange her ist. Danach kam es nie wieder vor, weil ich gar nicht mehr in den Pub gegangen bin.« Callan wirkte, als wäre ihm etwas peinlich. Thea blickte noch nicht durch.

»Ja, weil du betrunken warst und in euren Vorgarten gereihert hast.« Das war es also!

Entsetzt riss er die Augen auf. »Bist du mir etwa nachgeschlichen?«

Emilia zuckte mit den Schultern. »Eigentlich wollte ich nur zum Hill und eine Beschwörung durchführen. Da habe ich dich torkeln sehen.« Ihr Grinsen brachte ihn erst recht um den Verstand.

»Du bist eine Stalkerin!«

»Und du ein Idiot!«

»Ruhe jetzt!«, rief Thea dazwischen. »Wir sind hier mitten in einer Befragung! Wenn ihr euch nicht benehmen könnt, müsst ihr nach Hause gehen!«

Die Teenager diskutierten mit tödlichen Blicken weiter. Thea hoffte, dass keiner der beiden tot umfiel, sonst hätte Hank wirklich Ärger am Hals.

»So, und nun noch mal ganz von vorn«, sagte Thea mit mehr Nachdruck in der Stimme zu Hank. »Birming war also in deiner Kneipe, hat ein Ale getrunken und sich Beschimpfungen gefallen lassen. Wie war er drauf?«

»Entspannt wie immer. Einem Politiker schaut man eben nicht in die Karten. Er wusste ganz genau, wie er auf andere wirkt.« Hank nickte zu einem Tisch. »Sie saßen dort drüben.«

»Danke. Hast du ein Alibi für den Abend des 8. April?«

Er musste nicht lange nachdenken. »Da habe ich gearbeitet. Das können an die dreißig Leute bestätigen. Ich bin zwischendurch nicht rausgegangen. Es war viel los, und wir hatten Musiker da. Brian und Candice waren auch hier. Ihr könnt sie also von eurer Liste streichen.«

»Und es kann nicht sein, dass jemand, insbesondere Brian, mal eben durch die Hintertür verschwunden ist?«, fragte sie nach.

Hank schüttelte den Kopf. »Nein, das hätte ich sofort gemerkt. Sie waren nicht mal rauchen, weil nonstop Arbeit anfiel. Dafür haben die beiden auch einen saftigen Bonus bekommen. Und in der Mitarbeitertoilette gibt es keinen Ausgang. Ich habe zur Not alles auf Band.« Er zeigte auf eine kleine Kamera an der Decke. »Da ich Alkohol ausschenke, gibt es hier ab und zu Raufereien oder Vandalismus. So ist das in diesem Beruf eben. Um mich abzusichern, habe ich mir mehrere Kameras gekauft. Die Gäste werden am Eingang darauf hingewiesen, dass sie gefilmt werden.«

»Wir kommen darauf zurück, wenn wir die Aufnahmen brauchen.« Thea nickte. »Dann könnten wir auch überprüfen, wer wann zur Gästetoilette ging. Dort gibt es einen Ausgang, wie wir wissen.«

»Macht das. Ich lösche nichts und lege euch die Bänder bereit.«

»Danke, Hank. Wir melden uns, wenn wir noch was wissen wollen.« Sie klopfte zum Abschied zweimal auf die Theke.

Callan und Emilia taten es ihr gleich. Das Mädchen schickte Hank einen Luftkuss obendrauf, den dieser geflissentlich ignorierte.

»Wartet! Ich habe auch eine Frage an euch!«, rief er und hielt sie an der Tür auf.

»Nur zu, frag ruhig.« Thea wartete gespannt.

Hank kratzte sich verlegen am Hinterkopf und fuhr sich nervös über den braunen Anchor-Bart. »Wisst ihr zufällig, was in letzter Zeit mit Myrna los ist? Sie benimmt sich so abweisend, als hätte ich was verbrochen. Sehen tue ich sie auch kaum noch. Auf mich wirkt es, als würde sie mir aus dem Weg gehen. Hat sie einen anderen?«

»Sie benimmt sich uns gegenüber genauso seltsam.« Thea schenkte ihm ein aufmunterndes Lächeln. »Das wird sich schon wieder einrenken. Einen anderen Mann habe ich jedenfalls nicht bemerkt. Ich glaube nicht, dass sie dich hintergeht, denn dafür ist sie viel zu korrekt und verliebt. Mach dir keine Sorgen, Hank.«

Er nickte, wirkte aber nicht zufriedengestellt. Also hatte es sich Myrna sogar mit ihrem eigenen Freund verdorben.

Sie verließen den stickigen Pub.

***

Myrna kam erst spät nach Hause. Es war längst dunkel, als sie die Tür zum Chamberling-Anwesen aufschloss und Thea in der Bibliothek vor der Pinnwand vorfand. Mit verschränkten Armen stand sie da und starrte angespannt auf das Board, das voller aussah als in Myrnas Erinnerung.

»Hey«, sagte sie und stellte sich daneben. Ihr Blick blieb bei Namen wie Jolene und Lucretia hängen. »Du hast also doch nicht die Leute befragt, die ich dir aufgelistet habe.« Keine Frage, sondern eine Feststellung. *Ich habe nichts anderes erwartet!*

Mit einem Ruck drehte sich Thea zu ihr um. In ihrem Gesicht stand Enttäuschung. Sofort zog sich Myrnas Magen zusammen. Sie wusste es! Myrna machte sich auf ein Donnerwetter gefasst, als Thea die wertlose Polizeimarke aus der Tasche holte und sie ihr an die Brust drückte.

»Die kannst du gern wiederhaben, ist eh zu nichts gut.«

»In Pendle hätte es damit klappen können, in Preston und London eher nicht«, murmelte Myrna und senkte beschämt ihr Haupt. Sie fühlte sich schlecht, weil sie ihre Freundin belogen hatte.

»Warum, Evans? Ich dachte, wir wären ein Team.«

Sie seufzte schwer und setzte sich auf den Stuhl gegenüber der Tafel. »Es tut mir leid. Ehrlich. Ich wollte sichergehen, dass du keinen Unsinn anstellst, dich aber auch gebraucht fühlst. Du weißt, dass ich immer zwischen den Stühlen stehe. Einerseits würde ich gern mit dir ermitteln, andererseits darf ich es nicht. Aber ich habe sowieso geahnt, dass du deinen eigenen Kopf durchsetzen und meine Befehle missachten würdest. So war es immer und wird es immer bleiben. Da hilft auch keine Verschwiegenheitserklärung.«

Thea hob ihr Kinn und verschränkte erneut die Arme. Das war ihre Form des Trotzes. »Die hätte dir sowieso nichts genützt, oder hast du meine Unterschrift immer noch nicht überprüft?«

Myrna suchte den Zettel in ihrer Tasche. Statt ihres Namens hatte Thea nur ein

Von wegen!

darunter gekritzelt. Myrna konnte nicht anders, als laut loszulachen. Das alles war viel zu verrückt, um ernst zu bleiben. »Also haben wir uns gegenseitig betrogen. Was sind wir nur für Freunde?«

»Sag du es mir. Ich würde gern weiterermitteln, aber auf meine Weise. Außerdem hatte ich Mitstreiter.« Sie breitete den Arm aus wie ein Zauberer, ehe die Assistentin die Bühne betrat.

Callan und Emilia stellten sich dazu.

»Du hast sie eingeweiht und mitmachen lassen?« Myrna wusste selbst nicht, ob sie beide meinte oder nur Emilia. Mit Callan hatten sie diese Diskussion schon einmal geführt. »Sie sind minderjährig, Thea!«

»Na und? Solange das hier nicht offiziell ist, ist es doch egal.«

Myrna war außer sich. Sie glaubte wieder einmal, im falschen Film zu sein. »Aber es könnte gefährlich werden! Da draußen läuft ein Mörder frei herum, der wahrscheinlich zur direkten Nachbarschaft gehört, und du hast nichts Besseres zu tun, als Kinder hineinzuziehen?«

»So jung sind wir nun auch wieder nicht!« Emilias Einschreiten sorgte immerhin dafür, dass Thea und Myrna nicht mehr diskutierten. »Akzeptiert endlich, dass wir unseren eigenen Kopf haben und sowieso ermitteln werden. Ihr könnt uns doch gar nicht davon abhalten.«

»Außerdem haben wir schon eine Menge zusammengetragen.« Callan zeigte auf die volle Pinnwand. »Was hast du beigetragen?«

»Ich habe gerade eben erst das Haus betreten«, erwiderte sie gepresst. Myrna kniff sich in die Nasenwurzel und dachte nach. Ergeben warf sie die Hände in die Luft. »Na schön, wie ihr wollt. Ich werde niemanden bestrafen, aber Emilia geht jetzt sofort nach Hause. Ich habe noch viel mit Thea und Callan zu besprechen.«

»Aber wir gehören alle zu *Churchyard Crimes*!« Das Mädchen verzog sein Gesicht.

Myrna schob sie in den Flur. »Wir ja, du nicht. Bitte lass das Ermitteln in deinem eigenen Interesse sein.« Sie schloss die Tür vor ihrer Nase und drehte sich schnaufend zu Thea. »Das hat man davon, wenn man dir mal die Führung überlässt. Prompt haben wir neue Mitglieder.«

Diese zeigte sofort auf Callan. »Er ist schuld und hat sie angeschleppt. Ich wollte das nicht.«

»Besten Dank!«, zischte er. »Nun werden wir nie erfahren, was sie alles über Birming weiß, weil ihr sie vergrault habt.«

»Sie hatte Informationen für uns?« Myrna rieb sich über die Augen. »Das hat sie sich bestimmt ausgedacht. Sie bildet sich Dinge ein und glaubt an Geister, aber eine Mordermittlung lässt sich nun einmal nicht mit Beschwörungen lösen.«

»Sie hat uns schon einmal geholfen, als es um Hughings Konkurrenten ging. Emilia ist nicht dumm und weiß, was sie tut, auch wenn sie abgedreht ist.«

Thea kniff die Augen zusammen. »Klingt fast so, als wärst du verliebt.«

Er wandte sich ab. »Blödsinn! Ich finde nur, dass sie nicht jedes Mal Unsinn redet. Außerdem hat sie mir erzählt, dass sie ein paarmal nachts beobachten konnte, wie Birming das Haus verlassen hat.«

»Und wohin wollte er?«

»Das wusste sie nicht.«

»Oder sie verheimlicht uns was und will die Information für sich behalten«, meinte Myrna skeptisch. »Ich traue ihr nicht. Sie scheint immer mehr zu wissen als wir, obwohl sie erst seit letztem Winter in Pendle ist. Was machen eigentlich ihre Eltern? Sie ist minderjährig und kam zum dritten Mal allein her. Eigentlich müsste ich das Jugendamt benachrichtigen.«

Callan hob die Hände, als wollte er sich ergeben. »Oder wir halten einfach alle die Füße still und rufen kein Amt an.«

Thea gab ihm recht. »Ich glaube, sie hat kein gutes Verhältnis zu ihren Eltern und würde nicht wollen, dass sie herkommen.«

»Also ist sie ausgerissen? Dann müsste ich sie erst recht anrufen.«

»Ich denke, es steckt mehr dahinter. Vielleicht ist sie deshalb auch so scheußlich. Ich erkenne mittlerweile viel von mir in ihr.« Thea lächelte vage. »Ich war auch mal so anstrengend wie sie.«

»Was du nicht sagst!«, rief ausgerechnet Besserwisser Callan und brachte Myrna und Thea zum Lachen.

»Wieso stehst du eigentlich plötzlich so auf Emilias Seite? Außerdem nennst du sie beim Spitznamen. Ist da was im Busch?« Thea ließ ihre Augenbrauen vielsagend auf und ab wandern.

»Ach, bist du also doch in sie verliebt?« Nun machte Myrna auch noch mit. »Vielleicht hätte ich sie doch nicht rauswerfen sollen.«

Callan errötete und sah weg. »Ihr seid blöd, alle beide. Lasst uns lieber ermitteln. Ich bin gekränkt genug, weil ihr mich nicht mitmachen lassen wolltet.«

Myrna nahm sowohl Thea als auch Callan in den Arm. »Daran bin nur ich schuld. Ich wollte wieder einmal alles unter Kontrolle bekommen, habe aber einen Keil zwischen uns getrieben. Ich weihe euch gleich morgen komplett ein.«

Der Umschwung sorgte für verwirrte Gesichter, aber ihre Freunde schienen sich zu freuen. *Dann eben alles oder nichts*, dachte Myrna bedrückt und versuchte, glücklich auszusehen. *Das Schicksal wird entscheiden, wie es weitergeht.* »Heute ist es recht spät. Lasst uns morgen nach dem Frühstück weitermachen und Emilia noch mal zu Birming befragen.«

»Sie wird verlangen, dass sie Teil der Gruppe wird. Ich musste ihr versprechen, ein gutes Wort bei euch einzulegen und sie mitzunehmen. Sonst wird sie nicht reden«, erklärte Callan.

Myrna seufzte lang gezogen. »Dann muss es ohne sie gehen. Wir brauchen sie nicht und sollten sie nicht unnötig in Gefahr bringen. Behaltet immer im Hinterkopf, dass wir es hier mit einem eiskalten Mörder zu tun haben, der direkt neben uns wohnen könnte und vor nichts zurückschreckt. Wenn er oder sie erfährt, dass Emilia zu viel weiß, bringt er sie vielleicht auch noch um.«

»Traust du es denn einem von uns zu?«, fragte Thea. »Einem Nachbarn?«

Myrna dachte eine Weile darüber nach, kam aber immer zum selben Schluss. »Ich traue der Menschheit so gut wie alles zu. Ihr habt nicht gesehen, was ich in meiner Laufbahn gesehen habe. Da waren Großmütter, die ihre eigenen Enkel vergiftet oder Männer, die ihren Frauen die Haut vom Körper gezogen haben.«

Callan schüttelte sich leicht, aber Theas Augen wurden mit jedem Wort größer. Sie schien richtig begeistert. Kein Wunder, denn sie befasste sich gern mit schaurigen Kriminalfällen auf ihrem Blog.

»Was ich damit sagen will: Ja, es könnte durchaus der nette Nachbar von nebenan gewesen sein. So gut wie jeder hatte ein Motiv, unseren verhassten Ex-Bürgermeister zu erschießen. Wir werden morgen an diesem Punkt weitermachen, sobald Harrison und ich den Labor- und Obduktionsbericht ausgewertet haben.« Sie deutete zur Tür.

»Ich verstehe. Aber fangt ja nicht ohne mich an.« Callan hob warnend einen Finger. »Ich bin pünktlich um neun hier«, sagte er und winkte kurz, bevor er verschwand.

Ruhe kehrte ein. Thea wechselte einen Blick mit Myrna. »Und dir ist es wirklich recht, wenn wir wieder mitmachen?«

»Ihr tut es ohnehin.« Sie zuckte beiläufig mit den Schultern. Die Müdigkeit zerrte an ihr. Sie freute sich auf ihr Bett und ein gutes Buch, um abzuschalten.

»Du benimmst dich immer noch seltsam, Evans«, sagte Thea. Ihre Augen blickten besorgt drein. »Selbst Hank weiß nicht, was mit dir los ist. Er sagt, du gehst ihm aus dem Weg.«

»Ihr habt mit ihm gesprochen?«

»Mussten wir, weil Birming im ›Hills Inn‹ gewesen ist und dort Thema Nummer eins war. Hank sprach davon, dass sich Birming vor einer Weile an Callans Tisch gesetzt hat. Wir sollten besser nachhaken. Vielleicht weiß unser Nerd mehr, als er ahnt.«

»Gute Idee. Ich werde mich jetzt hinlegen. Der Tag war lang genug.« Wie aufs Stichwort gähnte sie. »Macht euch nicht so viele Gedanken. Ich werde mit Hank sprechen und das Missverständnis aufklären.«

Theas Miene blieb starr. Sie betrachtete Myrna weiterhin, als würde sie ihr nicht glauben. Obwohl es keinen Grund dafür gab, fühlte sie sich ertappt, und ihr Mund wurde trocken.

Sie verließ die Bibliothek, bevor Thea nachhaken konnte. Noch nie war sie so unsicher wie heute vor ihr gewesen und hatte das Gefühl, ihr Selbstbewusstsein verloren zu haben. Es wirkte fast, als müsste sie Thea Rede und Antwort stehen. Und was sollte sie nur mit Hank machen? Sie liebte ihn über alles, und dennoch konnte sie ihm zurzeit nicht unter die Augen treten.

Erschöpft schloss sie die Zimmertür und lehnte sich von innen dagegen. Myrna fuhr zusammen, als sie die Bettdecke bemerkte, die eine andere Farbe hatte als die von heute früh. Es roch außerdem nach frisch bezogenem Bett.

Hektisch suchte sie das Laken und den Boden nach ihrem Brief ab, aber er war verschwunden. Thea musste ihn gefunden haben. Kein Wunder, dass sie sie mit ihren Augen geradezu durchbohrte. Wenn Myrna Glück hatte, hatte sie ihn noch nicht gelesen und ließ sie selbst erklären, was es damit auf sich hatte.

Sie wollte nicht abwarten und sprintete die Treppe hinunter. Thea saß im Ohrensessel in der Bibliothek und las ein Buch. »Suchst du den hier?«, fragte sie, ohne aufzusehen, und hielt das weiße Kuvert hoch.

»Du hast in meinen Sachen gewühlt?« Myrnas Brustkorb hob und senkte sich in rascher Folge. Sie war enttäuscht und wütend zugleich.

Endlich sah Thea sie an. »Ich habe nicht reingesehen, falls du das meinst. Er ist mir wirklich nur in die Hände gefallen. Ich war in deinem Zimmer, um dir eine Freude zu machen und dein Bett neu zu beziehen. Ich weiß doch, wie sehr du das nach einem langen Arbeitstag magst.« Sie atmete hörbar aus. »Meine Neugier bringt mich schier um, weil Scotland Yard der Absender ist, aber wir sind Freunde, und Freunde betrügen einander nicht.« Sie rollte mit den Augen. »Na ja, außer mit der falschen Unterschrift, aber das war nur ein kleines Flunkern angesichts deiner Lüge.«

Myrna sank auf dem Stuhl zusammen und streckte die Hand aus. »Darf ich bitten?«

Thea reichte ihr das Kuvert ohne Murren. Sie vertraute darauf, dass sie ihr alles erzählte.

Myrna musste sich zunächst sammeln. Sie überlegte, ob sie ihr Geheimnis tatsächlich heute schon preisgeben sollte. Sicher wären alle enttäuscht von ihr, insbesondere Hank. Aber sie konnte Thea vertrauen. Jene würde ihrem Liebsten nichts verraten und das Geheimnis selbst vor Callan bewahren, wenn sie sie darum bat. Thea nahm ihre Freundschaft sehr ernst, wie Myrna wusste.

Sie wischte sich eine Träne aus dem Augenwinkel. So verunsichert war sie lange nicht mehr gewesen.

»Bist du schwanger?«, fragte Thea aus dem Nichts.

Myrna riss die Augen auf. Das erstaunte sie nun doch. »Schwanger? Ich? Gott bewahre! Vielleicht eines Tages, aber Kinder habe ich für meinen Teil eigentlich schon abgehakt, und das ist auch vollkommen in Ordnung.«

Thea runzelte die Stirn. Sie wirkte nun weniger defensiv und rückte sogar näher heran. Der Sessel schabte unangenehm über den Boden. Mit großen Augen betrachtete sie Myrna. »Was ist es dann? Es muss mit diesem Brief zu tun haben, oder? Steckst du in Schwierigkeiten, Evans? Kann ich dich irgendwo rausboxen? Gemeinsam schaffen wir das schon.«

Perplex starrte Myrna sie an. Sie wusste im ersten Moment nicht, was sie sagen sollte, weil Thea sie mit Fragen bombardierte. Das musste alles in ihr geschlummert haben, seit sie den Brief gefunden hatte. Vielleicht noch viel länger.

Ein gequältes Lachen bahnte sich seinen Weg durch Myrnas Kehle. Es ging anschließend in ein Heulen über. Plötzlich löste sich all der Kummer, der sich seit dem Winter wie ein großer Stein auf ihr Herz gelegt hatte. Ihre Kehle war wie zugeschnürt, als Thea sie hochzog und Myrna in den Arm nahm und tröstete.

So standen sie eine Weile da. Thea strich ihr das Haar liebevoll zurück und wischte ihre Wangen trocken. Sicher war ihr Make-up verschmiert.

»So, und nun mache ich dir einen starken Kaffee. Schwarz, wie du ihn liebst. Und dann reden wir endlich und klären zuerst den Fall Evans, bevor wir uns wieder auf den Fall Birming konzentrieren. *Churchyard Crimes* braucht dich und deinen kühlen Kopf nämlich.«

Mit tränennassen Augen sah Myrna auf. Sie lächelte, weil sie endlich den Mut fand, darüber zu reden.

Sie setzten sich Hand in Hand auf Sessel und Stuhl. Myrna sortierte ihre Gedanken, ehe sie sprach. In dieser alten, nach Pergament und Geschichte riechenden Bibliothek bekam ihre Stimme etwas Erhabenes. »Meine Vorgesetzten wollen mich befördern.«

»Das ist doch etwas Gutes … oder nicht? Du hast dir den Posten des Chief Inspector immer gewünscht und jahrelang darauf hingearbeitet. Siehst du, deine Arbeit zahlt sich endlich aus.«

Myrna konnte ihre Freude leider nicht teilen. »Du hast recht, es war immer mein Traum, dass man meine Arbeit anerkennt und mich befördert. Ich war fast schon besessen davon. Die Sache hat nur einen Haken.«

Theas Augen wurden größer, als sie verstand. Ihre Stimme war kaum mehr als ein Hauchen. »Du musst dafür nach London zurück, oder?«

»Das ist die Voraussetzung. Sie wollen mich wieder in der Hauptstadt einsetzen. Mein Exil hat ein Ende«, sagte Myrna erstickt. »Aber das würde bedeuten, dass ich meine Freunde und Hank verlasse. Ich kann und werde nicht ständig pendeln. Das würde sich in meinem Beruf nicht gut machen. Und nun weiß ich nicht, was ich tun soll.«

»Warst du deshalb so abweisend zu uns und hast Hank von dir weggeschoben?«

»Es tut mir leid. Ich war euch allen unfair gegenüber. Das hattet ihr nicht verdient. Ich werde es Hank morgen sagen. Meine Angst davor, dass ich euch enttäusche, war zu groß, um einfach mit euch zu reden.«

»Wir sind Freunde, Evans. So etwas macht mich traurig, bringt mich aber nicht aus der Fassung. Außerdem ist es dein großer Traum, ein Chief Inspector zu sein. Du solltest diese Chance ergreifen und nach London gehen.«

Myrna war überrascht, dass Thea sie ermunterte. »Aber was wird dann aus *Churchyard Crimes*? Was wird aus meiner Beziehung? Hank wird wohl kaum mit mir nach London gehen. Er ist hier aufgewachsen und leitet ein Familienunternehmen mit langer Tradition. Seine Tochter lebt auch nicht weit entfernt. Ich möchte euch nicht gleich wieder verlieren. Ihr seid die ersten Menschen, die ich Freunde genannt habe.«

»In der Stadt wirst du auch welche finden. Nun weißt du ja, wie es geht.« Thea zwinkerte frech, aber in ihren Augen erkannte Myrna den Schmerz. »Außerdem wolltest du immer deine Eltern beeindrucken, die auf dich herabgesehen haben, weil du keine Anwältin geworden bist wie dein Bruder. Das hast du mir selbst erzählt.«

Stimmt, aber ist Karriere wirklich alles im Leben? Sollten mir die Menschen, die mir nicht guttun, nicht lieber egal sein?, überlegte sie für sich.

Myrna sah ihr an, dass Thea sich nur zusammenriss. In Wahrheit war sie traurig. Sie war eben eine echte Freundin, die Myrnas Träumen nicht im Weg stehen wollte. Sie vermisste Thea schon jetzt schmerzlich. Diese Chance würde nicht noch einmal kommen, das wusste sie. Myrna musste sie ergreifen, so hart es auch war. Noch einmal zog sie Thea in eine Umarmung. »Danke! Für alles!«

Jene drückte sie nach einer Weile weg und wischte sich über die Augen. »Wir sollten das lassen, sonst heule ich noch und gelte als emotional.« Und schon rollten Tränen über ihre Wangen.

Sie lachten, während sie weinten. Ein schöner Moment, der sie noch enger zusammenschweißte. Myrna war unendlich dankbar für diese Freundschaft, die sie so nie erwartet hätte, als sie nach Pendle gekommen war.

»Und nun zu dir.«

Thea sah irritiert auf. »Was meinst du?«

»Wieso läufst du immer davon?«

»Ich laufe davon?« Ihr schien ein Licht aufzugehen. »Du sprichst von Nathan.«

Myrna nickte. »Es wird Zeit, auch diese Wogen zu glätten und über deinen Schatten zu springen. Er hat es ein paarmal probiert, aber du blockst ihn ab.«

»Weil er es verdient hat.«

»Aber du brauchst diese Antworten, um endlich ruhig zu schlafen. Ich kenne dich, Thea. Normalerweise bist du auch viel zu neugierig, um dich zurückzuhalten. Wieso ausgerechnet bei ihm? Willst du denn nicht wissen, was es mit dem Labyrinth und Callans Goldfund auf sich hat? Warum er deine Mutter und dich verlassen hat? Weshalb er sich hat für tot erklären lassen?«

»Ja, will ich!«, schrie Thea, die ihren Fragenhagel offenbar nicht mehr aushielt. Sie ging ein paar Schritte durch den Raum. »Natürlich will ich das alles, aber es tut auch weh!« Thea drehte sich um und sah sie aus traurigen Augen an. »Ich habe einfach Angst, dass mich die Wahrheit noch mehr zerreißt als das, was ich bisher von ihm dachte. Er war ein Fremder für mich, den ich auf Abstand halten konnte, doch nun tritt er plötzlich wieder in mein Leben, obwohl ich es nicht will.«

»Willst du es wirklich nicht, oder fürchtest du dich bloß vor deinen eigenen Gefühlen und davor, dass du ihm vielleicht verzeihen könntest?«

Myrna hatte den Nagel auf den Kopf getroffen. Das sah sie an ihrer entgleisten Miene. Sie zog ihre Freundin dieses Mal von sich aus in eine Umarmung. »Niemand kann die Zeit zurückdrehen und etwas ungeschehen machen. Höre ihm wenigstens einmal zu. Danach kannst du immer noch entscheiden, ob du Nathan eine zweite Chance gibst oder nicht.« Sie lächelte hoffentlich aufmunternd genug, um Thea Kraft zu schenken. Myrna wollte ihr gern etwas zurückgeben. »Es könnte wichtig für dein ganzes weiteres Leben sein, seine Sicht der Dinge zu erfahren. Sauer kannst du dann immer noch sein, aber deine Fragen wären immerhin beantwortet.« Sie zwinkerte und brachte Thea endlich wieder zum Lächeln.

»Du hast recht.« Sie nickte entschlossen. »Lass uns erst diesen Fall lösen, dann kümmere ich mich um ihn. Mir graut es zwar vor dem Gespräch, aber ich kann nicht ewig davonlaufen. Zumal wir ihn irgendwann befragen müssen. Wenn ich Pech habe, ist mein Vater auch noch ein Mörder.«

»Richtig so.« Myrna nickte bedächtig. »Und nun konzentrieren wir uns wieder auf unsere Ermittlung.« *Immerhin könnte das mein letzter Fall bei* Churchyard Crimes *sein*, fügte sie wehmütig hinzu.

***

Emilia wartete darauf, dass Jolene das Licht löschte. Danach kontrollierte sie, ob die alte Frau auch wirklich in ihrem Zimmer war, ehe sie die Treppe hinunterschlich und sich im Erdgeschoss nach der Pistole des alten Downing umsah. Wo könnte sie sie versteckt haben? Sie hoffte, dass Jolene die Pistole nicht in einem hochmodernen Waffenschrank eingeschlossen hatte, schon gar nicht in ihrem Schlafzimmer, aber das würde nicht zu ihr passen, da sie nicht einmal mit ihrem Dinosaurier-Computer zurechtkam.

Emilia lauschte auf jedes Geräusch. Sie hatte sich vorab die knarrenden Stufen gemerkt und diese ausgelassen. Lautlos war sie nach unten geglitten und gab keinen Mucks von sich. Brian war nicht zu Hause und würde hoffentlich noch lange nicht wiederkommen, und außer Emilia gab es keine weiteren Mieter in diesem Haus. Sie war also erst einmal allein, solange Jolene oben blieb.

Emilia suchte Schränke und Kommoden ab, griff aber nur in Staub, alte Wäsche und Gardinen. Die Taschenlampenfunktion ihres Handys sorgte für ausreichend Licht, sodass sie alles erkennen konnte, würde aber außerhalb dieses Hauses niemandem auffallen. Als ihre Finger gegen einen Besteckkasten stießen, klirrte es laut. Hektisch löschte sie das Licht, presste sich gegen die Wand im Esszimmer und lauschte mit angehaltenem Atem in die Dunkelheit. Nichts regte sich. Sie war nicht aufgeflogen.

Erleichtert atmete sie aus. Ein kühler Windzug streifte ihre Wange. Emilia erschrak zu Tode, als sich neben ihr ein Schatten löste und menschengleich durch den Raum bewegte. Sie kauerte sich lautlos neben der Kommode zusammen, die sie eben noch durchwühlt hatte. Das fahle Licht des zunehmenden Mondes sorgte für einen schwachen Schein im Zimmer, der gerade einmal ausreichte, Schemen zu erkennen. Jemand

war mit ihr im Haus! Jemand, der hier nicht hingehörte!

Emilia wartete ab, was passierte. Sie hockte auf dem
Boden und hoffte, dass er sie in der Finsternis nicht entdeckte.

Sollte sie ihn überraschen und mit ihrer Handylampe
blenden? Was, wenn er bewaffnet und gefährlich war?
So tough, wie sie sich sonst präsentierte, war sie leider
nicht in der Wirklichkeit. Emilia hatte furchtbare
Angst in diesem Moment. Sie wünschte sich, dass
Callan hier wäre, doch natürlich tauchte er nicht wie
durch ein Wunder auf. Sie überlegte, ob die Person aus
Fleisch und Blut bestanden hatte oder ein unruhiger
Geist gewesen war.

Die Frage wurde beantwortet, als sich ein Beinpaar direkt vor Emilia stellte. Sie konnte nicht länger an sich
halten und kreischte drauflos. Ihr Schrei musste die
Wirkung einer Sirene gehabt haben, denn der Fremde
ließ vor Schreck einen harten Gegenstand auf ihren
Kopf fallen, weshalb sie noch einmal schrie und ihre
schmerzende Stirn betastete. Der andere wurde hektisch und warf sich plötzlich selbst zu Boden. Dabei
streifte ein kalter, glitschiger Stoff ihr Gesicht und ließ
sie noch lauter schreien.

Emilia stellte nun doch die Lampe an, aber er war
weg. Die Terrassentür stand einen Spaltbreit offen. Sie
war sich sicher, dass sie vorhin noch geschlossen gewesen war.

»Was soll das hier werden? Wieso brüllst du so und
weckst das ganze Haus auf?«, keifte Jolene und machte
Licht. Sie trug Lockenwickler und einen ausgeleierten
rosa Bademantel.

»Hier war jemand«, erklärte Emilia keuchend und zeigte mit zitterndem Finger auf die offen stehende Terrassentür. »Die war zu, als ich runterkam.«

»Was wolltest du hier unten?«

Emilia war schockiert. Sie rieb sich über die große Beule, die der unbekannte Gegenstand auf ihrer Stirn hinterlassen hatte. Es schmerzte wahnsinnig. Beinahe hätte man sie bewusstlos geschlagen. »Ist das das Einzige, was dich interessiert? Ich wollte mir ein Glas Wasser holen und dich nicht wecken.«

»Im Wohnzimmer?«

»Nein, in der Küche, aber als ich Geräusche gehört habe, war da diese dunkle Gestalt und hat mir etwas auf den Kopf gehauen.«

Jolene schluckte ihre Lüge zum Glück. Sie nickte angespannt und überprüfte die Tür. »Alles gut, kein Einbruch.«

»Nicht anfassen!«, rief Emilia. »Die Polizei will sicher Fingerabdrücke nehmen.«

Jolene zuckte zurück. »Ist ja gut! Du musst nicht gleich hysterisch werden. Was klebt dir da im Gesicht?«

Emilia fasste sich an die Wange. Ihre Finger waren nicht voller Blut, wie sie vermutet hatte, sondern schwarzbraun verschmiert. »Igitt, was ist das?« Sie würgte. »Das stinkt!«

»Dann wasch dich oben.« Jolene hatte kein Mitleid mit ihr und sah sich in Ruhe um. »Was kann er gesucht haben?« Plötzlich schien ihr etwas einzufallen. Sie hastete zu einer Schatulle, die Emilia trotz Taschenlampe nicht gleich gesehen hatte. Unscheinbar stand sie in einer Vitrine.

»Hat er dich beklaut? War da Schmuck drin?«, fragte sie nach und wischte noch immer über ihre Wange, um den dunklen Schnodder loszuwerden, der sie fast erbrechen ließ.

Jolene war kreidebleich. Sie drehte sich ganz langsam zu ihr um und leckte sich einmal über die spröden Lippen. »Nein, aber die Pistole von meinem Vater ist weg.«

12. Kapitel

Myrna wartete gespannt mit Ward auf die Berichte aus Preston. Sie hoffte, dass der Fall John Birming Priorität in allen Abteilungen hatte. Immerhin ging es um einen Promi, einen Politiker und Straftäter. Der Mordfall Birming füllte mittlerweile die Schlagzeilen, und auch auf Theas Blog war es gestern nicht still geblieben.

›Wookieeboy‹ hatte geschrieben:

Er ist an einem verfluchten Ort gestorben! Der Pendle Hill ist nicht sicher für Sterbliche! War die Kugel aus Silber? Was für ein Wesen war John Birming wirklich?

›Peach92‹ blieb, wie immer, etwas realistischer:

Du mit deinen wirren Fantasien! Ich habe die Vermutung, dass er von einem neidischen Konkurrenten ermordet wurde. Das ist naheliegender. Diese reichen Säcke haben doch alle Waffen zu Hause und die Möglichkeit dazu.

›Wookieeboy‹ hatte wiederum noch eine eigene Theorie aufgestellt:

Ich denke, er wollte sich den Goldschatz der Mönche unter den Nagel reißen. Wieso sucht eigentlich niemand danach? Das Thema wird seit Callans Fund totgeschwiegen. Da soll doch was vertuscht werden!

Er sah überall Feinde und Verschwörungen, aber das kannten sie von Theas Superfan der ersten Stunde und ausgemachtem ›UFO-Spinner‹ bereits.

Myrnas Freundin hatte sich zwischendurch ebenfalls zu Wort gemeldet. Nach ihrem langen Gespräch über Myrnas Brief und das Angebot von Scotland Yard hatten sie sicher beide noch eine Weile wach gelegen.

Sie hatte geschrieben:

Bitte beruhigt euch! Wir ermitteln in dem Fall, aber bis jetzt sieht alles nach einem Täter aus Fleisch und Blut aus. Ich kann jetzt noch keine Details nennen.

›Peach92‹ fragte:

War es Katherine aus dem Gefängnis? Sie könnte ihren Mann doch ermordet haben, oder? Was hatte er für Feinde? Wir wollen auch miträtseln!

Später erfahrt ihr mehr. Ihr wisst, dass ich euch nicht im Stich lasse. Bitte habt etwas Geduld.

Seit wann denn das??? Wir haben Churchyard Crimes viele Male vorangebracht und möchten nun nicht plötzlich ausgeschlossen werden! Hat man dich mundtot gemacht, Thea?

›Wookieeboy‹ schien sauer zu sein.

Sie antwortete mit einem traurigen Smiley und den Worten:

Niemand vertuscht irgendetwas. Wir haben viele Verdächtige, aber noch keine Beweise. Das dauert alles. Ich halte euch auf dem Laufenden.

Wie langweilig! Da kann man ja gleich selbst ermitteln, wenn ihr es noch nicht einmal schafft, Birmings Schritte zu verfolgen oder den Schatz zu bergen …

Das waren ›Wookieeboys‹ abschließende Worte, ehe er offline gegangen war. Wie immer war er beleidigt gewesen und schmollte jetzt bis zum nächsten Tag, an dem er wieder wüste Verschwörungstheorien verbreiten würde.

Myrna lächelte, weil sich Thea also wirklich an ihre Absprache hielt. Die Ermittlung war zu wichtig, um sie im Internet breitzutreten.

Sie hatte Birmings Familie überprüft, aber bis auf einen entfernten Cousin war da niemand mehr. Das Alibi von Michelle Davies passte, doch sie könnte jemanden mit dem Mord beauftragt haben, genau wie Conrad Hawkins. Und selbst das Alibi von Stellvertreter und aktuellem Bürgermeister Patrick O'Doyle war nicht stichfest. Er hatte zwar Michelles Pflanzen gegossen und die Katzen gefüttert, während sie weg gewesen war, aber es gab zahlreiche tote Winkel. Er hätte sich also davonschleichen, nach Pendle fahren, Birming erschießen und wieder zurückfahren können, ohne dass es jemand bemerkt hätte.

»Denken Sie über unsere Verdächtigen nach?«, fragte Harrison und fütterte seinen Hund.

»Wenn ich Ihnen einen Tipp geben darf, geben Sie ihm nicht zu viel von diesem künstlichen Kram. Hunde und Katzen mögen es wild«, sagte sie.

Irritiert blickte er erst zu ihr, dann zu Harry. »Soll ich ihn im Wald etwa selbst jagen lassen?«

Myrna schmunzelte. »Nein, aber die Tiere brauchen diesen ganzen Krimskrams nicht. Ich habe mal gelesen, dass Katzen beispielsweise am besten nur mit Fleisch gefüttert werden sollen.«

Er fuhr sich über den Bart. »Ich werde beim nächsten Einkauf daran denken.«

Eine E-Mail ploppte auf. Beinahe wäre Myrna von ihrem Stuhl gefallen, weil sie die Beine hochgelegt hatte. »Hier ist was!«

Ward eilte sofort zu ihr. »Obduktion oder Labor?«

»Beides.« Schnell öffnete sie den ersten Anhang, der sich um das Opfer drehte. Sie überflog die Zeilen und vergrößerte die Bilder von Birmings Brust und Gesicht. »Keine Anzeichen für eine Gewalteinwirkung. Bis auf das Loch in seiner Brust war er unversehrt.«

»Also keine Schlägerei, sondern ein gezielter Schuss.«

»Sehen Sie die Angaben zum Winkel, in dem die Kugel in seine Brust eingetreten ist? Der Schütze muss größer als er gewesen sein.«

»Oder er hat gekniet und wurde hingerichtet.« Ward deutete ein Durchschneiden der Kehle an, was Myrna unpassend fand, doch sie behielt ihre Meinung für sich. »Eine Exekution.«

»Man hat Grasflecken an seiner Hose gefunden, aber die sehen nicht danach aus, als hätte er gekniet. Sie sind wohl entstanden, als er hinfiel und liegen blieb.« Myrna klickte von Foto zu Foto.

Ward presste seinen Finger auf den Bildschirm und hinterließ einen Fettfleck. »Da steht was zur Munition, die verwendet wurde. Die Waffe muss eine alte Luger gewesen sein ...«

»Kaliber 7,65 mm oder 9 mm Parabellum je nach Alter. Mit Griffsicherung und ohne Kniegelenksperre wäre es das neuere Modell und damit das größere Kaliber«, sagte jemand an der Tür und erschreckte sie beide.

Es war Emilia, die die Klinke noch in der Hand hielt.

»Lauschst du etwa schon wieder? Ich habe dir doch eingebläut, dass du das lassen sollst.«

Sie zuckte mit den Schultern. »Dann redet eben nicht so laut. Man hört euch bis auf die Straße.«

Das bezweifelte Myrna, bat sie aber herein. »Woher weißt du von dem Kaliber, mit dem Birming erschossen wurde?«

»Ist es also eines von denen?«

»Das größere, ja. 9 mm Parabellum.«

»Gehört zu einer alten Militärpistole?«

»Wieder ja. Also?«

Harrison zog sich an seinen Platz zurück und ließ die beiden nicht aus den Augen.

Emilia blieb stehen. Sie hielt ein schmutziges Papiertaschentuch in der Hand. »Jolenes Pistole, die auf diese Beschreibung passt, ist gestern Nacht gestohlen worden.«

Myrna runzelte die Stirn. »Aber da war Birming längst tot.«

Wieder ein Schulterzucken. »Ihre Pistole fehlt und könnte die Tatwaffe sein. Gestern ist jemand ins Haus eingebrochen. Na ja, hinten schließt Jolene auch nie zu. Es war klar, dass das irgendwann passiert. Und ihre Waffe hatte sie nicht weggeschlossen, sondern offen zugänglich in einer Vitrine. Sehr leichtsinnig von ihr.«

»Ihr habt den Raub heute früh bemerkt?«

»Nein, schon gestern Nacht, als es passiert ist. Ich war im selben Zimmer wie der Unbekannte.«

»Was wolltest du dort im Dunkeln?«

Emilia kaute auf ihrer Lippe. »Na ja, ihr wolltet mich nicht mitmachen lassen, also musste ich selber ermitteln.«

Myrna barg das Gesicht in den Händen und seufzte lautstark hinein. »Also hast du dich in Gefahr begeben? Das war *Churchyard Crimes* nun wirklich nicht wert. Setz dich bitte, wir haben zu reden. Ich brauche eine genaue Beschreibung, das Geschlecht, Größe, Haarfarbe ... einfach alles.«

»Habe ich nicht. Es war stockdunkel. Birming starb bei Neumond. Der Täter muss das gewusst haben, wenn er sich extra die dunkelste Nacht des Monats für seine Tat aussucht.«

Gar nicht mal so dumm, dachte Myrna und notierte sich das. »Und da der Mond gerade erst wieder zunahm, konntest du nichts sehen. Wonach hast du denn gesucht?«

»Nach Jolenes Waffe.«

»Du weißt aber, dass du sie nicht hättest berühren oder wegnehmen dürfen, weil dich das verdächtig gemacht hätte?«

An ihrem betroffenen Gesicht sah Myrna, dass sie Spuren verwischt und unbrauchbar gemacht hätte. »Na, dann haben wir ja fast Glück gehabt, dass dir ein Dieb zuvorgekommen ist. Erzähl mir alles.«

Emilia berichtete Myrna jedes Detail, an das sie sich erinnerte. Die Person musste groß gewesen sein, was zu Birmings Mörder passen würde.

»Und dann ist er oder sie gestürzt.«

»Ist er ausgerutscht oder gestolpert?«

»Nein, ich glaube, er hat sich absichtlich auf den Boden geworfen.«

Harrison rollte mit seinem Bürostuhl herüber. »Wenn ich mich mal einmischen darf ...«

»Natürlich, nur zu.« Myrna erteilte ihm das Wort.

»Emilia hat ausgesagt, dass sie am Kopf von einem Gegenstand getroffen wurde. Das Ergebnis sehen wir.« Er deutete auf die auffällige Beule an ihrer Stirn. »Er muss also hart und schwer gewesen sein. Vielleicht war es die Pistole von Jolene?«

»Und warum schmeißt er sich danach auf den Boden?«

Er hob einen Finger und sorgte für ihre volle Aufmerksamkeit. »Na, eben weil er sie fallen gelassen hat und mitnehmen wollte. Er muss sich erschreckt haben, als Emilia losschrie. Ich hätte wahrscheinlich auch alles fallen lassen, wenn ich plötzlich eine Alarmanlage gehört hätte. Er hat dort unten wahrscheinlich nach der Waffe gesucht. Ob er sie gefunden hat, wird die Spurensicherung klären, die wir heute noch hinschicken.«

»Und durch seinen Kniefall hat er vielleicht DNA oder andere brauchbare Spuren hinterlassen. Gar nicht mal übel, Harrison.«

»Danke, Inspector.«

Emilia sah von einem zum anderen. »Was bedeutet das für Jolene?«

Myrna wurde ernst. »Kaliber und Alter der gestohlenen Waffe passen zum Projektil, das in John Birmings Brust gefunden wurde. Er war sofort tot. Der Mörder hat ihn wahrscheinlich zum Hill gelockt und dort erschossen. Mehr kann und darf ich dir nicht sagen.«

»Kann ich mitkommen, wenn ihr sie verhaftet?«

»Zuerst nehmen wir deine Fingerabdrücke. Die Kollegen müssen wissen, was du alles berührt hast und ob du an der Schatulle warst, von der du uns erzählt hast.«

»Ist gut, aber danach darf ich mitkommen?«

Myrna und Ward wechselten einen genervten Blick. Sie würde nie lockerlassen.

»Ja, darfst du, aber du kannst jetzt nicht ins Haus. Das ist Sperrgebiet, verstanden?«

»Ist gut. Hauptsache, ich sehe die alte Schachtel mal in Handschellen.«

Sie klingt ganz wie Thea, dachte Myrna schwermütig. »Was hast du da?« Sie zeigte auf das schmutzige Taschentuch.

»Die eklige Jacke des Verbrechers hat mich gestreift. Sie war ganz glatt und glitschig.« Emilia schüttelte sich kurz. »Das hier habe ich danach aus meinem Gesicht gewischt. Ihr könnt euch vorstellen, wie angewidert ich war.«

»Danke, das werden wir untersuchen lassen. Könnte zu unserer Probe von Birmings Ärmel passen. Was schreibt das Labor eigentlich darüber?«

Ward übernahm die Berichte, während Myrna testweise an dem Tuch roch und ihre Nase rümpfte. »Das stinkt wirklich übel! Hast du eine Idee, was das sein kann?« Die Frage war an Emilia gerichtet.

»Nein.«

»Sie vielleicht?«

Auch Ward schüttelte den Kopf. »Im Bericht steht was über Gärungs- und Fäulnisprodukte. Wir hatten es wohl mit Tierkot an seinem Ärmel zu tun. Das Labor muss noch ermitteln, wessen Darmbakterien und Sekrete es genau sind.« Er verzog das Gesicht.

»Dann müssen wir seine Probe mit dieser hier vergleichen. Vielleicht hat sich unser Täter in Hundekot gewälzt, bevor er John Birming berührt und erschossen hat.«

Myrna suchte daraufhin nach einem Beweisbeutel. Harrison war es, der die Asservatentasche aufhielt und das Tuch sicher verstaute.

Zu dritt fuhren sie in die Camelot Avenue. Thea und Oakley standen gerade im Garten und unterhielten sich.

Myrna konnte ihrer Freundin kaum in die Augen sehen. Ward klingelte bei Jolene, während Emilia im Hintergrund blieb und die Szene genauso wie Thea und Oakley beobachtete.

»Jolene Downing, wir verhaften dich wegen des dringenden Tatverdachts, John Birming am Abend des 8. April mit der Militärpistole deines Vaters am Pendle Hill erschossen zu haben.« Ward leierte auch noch den

Rest der üblichen Formalien herunter und zückte die Handschellen.

Die Alte starrte ihn an, als hätte er den Verstand verloren. »Bitte was? Das soll doch wohl ein Scherz sein!«

»Verzeih mir, Jolene, aber ich muss das tun. Die Indizien sprechen gegen dich. Du kannst einen Anwalt hinzuziehen und musst nichts dazu sagen, wenn du nicht willst.«

Jolene wehrte sich gegen die Handschellen, bis Myrna Harrison bat, sie wegzulassen. Das wäre sowieso unnötig. Wohin sollte eine alte Frau mit einer Gehhilfe schon flüchten?

Ein hasserfüllter Blick streifte ihren Kollegen und sie, obwohl sie nur ihrer Pflicht nachgingen.

Myrna sah, dass Jolene, bevor sie ins Auto stieg, einen verzweifelten Blick in Richtung Thea warf. Ihre Lippen formten die Worte: *Hilf mir!*

Emilia dagegen freute sich tierisch.

Myrna verdarb ihr nur zu gern den Spaß. »Du kommst am besten auch mit.«

»Ich? Wieso denn ich?« Emilia zeigte erstaunt auf sich selbst. »Braucht ihr mich als Zeugin?«

»Nein, im Gegenteil. Du warst im Haus, hattest Zugang zur Waffe, kanntest Birming persönlich, wenn auch nur kurz, und hättest dir den Einbrecher ausdenken können. Und dein Alibi für die Tatzeit haben wir auch noch nicht überprüft.«

»Und mein Motiv soll welches sein?«

»Vielleicht wolltest du für einen eigenen Kriminalfall sorgen, bei dem du uns hättest beweisen können, was in dir steckt.«

»Ich bin minderjährig! Ihr dürft mich nicht verhaften!«

»Soll ich deine Eltern anrufen und sie dazu bitten?«

Das ließ sie verstummen und folgsam werden. »Ich war in Jolenes Haus und habe Videos gemacht.«

»Also kein Alibi.«

Emilia rutschte neben Jolene auf die Rückbank. Harrison bewachte die beiden, während Myrna das Haus mit einem Polizeiband absperrte und die Tür versiegelte.

Lucretia kam in diesem Moment aus dem Haus daneben gelaufen und trommelte verzweifelt an die Autoscheibe. »Jolene! Was machen die mit dir? Ich hole dich da raus! Jolene, hörst du mich?«

»Ist ja gut!«, grollte ihre Feindfreundin. »Ich komme bald zurück. Mach hier nicht so einen Aufstand wegen nichts.« Ihre Stimme klang dumpf durch das Glas.

»Wir verhören sie erst einmal nur und sehen dann weiter.« Myrna versuchte Lucretia damit zu beruhigen, aber erst deren Sohn schaffte es, sie vom Auto wegzuziehen.

Sie brachten ihre Verdächtigen weg, um sie noch einmal auf dem Revier zu befragen. Theas skeptischer Blick war Myrna natürlich nicht entgangen.

***

Emilia wurde noch am selben Nachmittag verhört und wieder auf freien Fuß gesetzt, weil die Indizien gegen sie weniger erdrückend waren als gegen Jolene, die fürs Erste in der Arrestzelle von Pendle blieb. Auf einen Anwalt hatte sie verzichtet.

Emilia durfte Pendle nicht verlassen und musste sich auf Kosten der Polizei eine andere Bleibe suchen, solange das Haus der Downings abgesperrt war. Dort wuselten überall Mitarbeiter der Spurensicherung in weißen Schutzanzügen herum, nahmen Proben und suchten Hinweise auf einen Einbrecher. Von der Waffe fehlte jede Spur.

Thea besuchte Jolene am folgenden Morgen in der Arrestzelle von Pendle, die winzig war und höchstens Platz für zwei Gefangene bot. Sie hatte Jolenes gehetzten Blick und den stummen Hilfeschrei gestern deutlich gesehen.

»Da bist du ja endlich. Hol mich hier raus.« Keine sehr freundliche Begrüßung. »Mein Hintern ist schon ganz platt von dieser harten Liege, und mein Rücken schmerzt höllisch.« Sie drückte sich die Hände hinein und dehnte sich, bis es laut knackte. »Das machen die extra, um mich kleinzukriegen, aber auf ein Geständnis können sie lange warten.« Sie kicherte leise. Ihr graues Haar war zerzaust, und sie hatte einen irren Blick.

»Du bist dehydriert. Niemand will dich hier foltern und ein Geständnis erzwingen. Ich sage Evans gleich Bescheid, dass sie dir Wasser bringen soll.« Thea stellte sich vor die Gitterstäbe und betrachtete sie mit den Händen in den Hosentaschen. »Dass es mal so mit dir endet, dachte ich mir.«

»Mach keine Witze, Göre! Das hier ist ernst!«

»Weil es deine Waffe war, mit der Birming getötet wurde?«

Jolene griff ans Gitter und hielt sich daran fest. Sie sah müde und krank aus. »Ich habe ihn nicht ermordet.«

»Aber es waren Kugeln darin?«

»Ja, leider.«

»Wieso war sie nicht weggeschlossen?«

»Weil ich dachte, dass das alte Ding sowieso nicht mehr funktioniert. Konnte ich ja nicht ahnen, dass damit gleich jemand ermordet wird.« Sie rollte mit den Augen.

»Du wärst nicht so blöd, deine eigenen Mieter umzubringen. Das hast du selbst gesagt. Es passt nicht zu einer geldgierigen Hexe wie dir.«

»Besten Dank, du Tochter eines Betrügers!« Jolene spie die Worte regelrecht aus.

Thea fühlte sich nur leicht getroffen. »Für mich bist du vieles, aber ganz sicher nicht dumm. Warum wolltest du ausgerechnet mich sprechen und hast den Anruf dafür sausen lassen? Du hättest deinen Anwalt anrufen können, dann wärst du vielleicht längst auf freiem Fuß.«

Jolene drückte sich gegen das Gitter. Sie sah aus wie ein gehetztes Tier in einem Käfig. »Ich kann dich nicht ausstehen, aber wenn mir jemand helfen kann, dann du. Ich weiß, dass du dem Inspector bei den letzten Fällen geholfen hast und nicht immer den überkorrekten Weg gehst wie sie. Diese Evans sieht in mir doch sowieso eine Schuldige. Bei der habe ich längst verloren, erst recht, wenn die Tatwaffe gefunden wird.«

»Was macht dich so sicher?«

»Denkst du, der Täter wischt erst meine Fingerabdrücke ab, bevor er sie benutzt?« Jolene lachte rau. Ihre Kehle musste staubtrocken sein.

»Ich hole dir schnell was zu trinken. Wir reden ein anderes Mal. Lange wirst du ohne Beweise nicht hier sitzen, also mach dir keine Sorgen.«

Jolene fasste durchs Gitter und packte Thea mit erstaunlicher Kraft, ehe sie gehen konnte. »Bitte hilf mir, sonst kommt Brian wieder auf die schiefe Bahn! Ich darf nicht hier in dieser Zelle bleiben! Das wäre nicht gerecht!«

Thea seufzte. »Brian ist älter als ich. Der wird schon keine Dummheit mehr begehen nach dem letzten Schrecken. Hank hat ihn gut im Griff.« Vorsichtig löste sie Jolenes verkrampfte Finger aus ihrem Ärmel. »Hast du Birming erschossen?«

»Nein!«

»Wer dann? Wer wusste alles von der Waffe?«

»Diese Emilia vielleicht.«

»Noch andere?«

Jolene überlegte fieberhaft. »Ich weiß es nicht. Lucretia und Callan auf jeden Fall, aber denen traue ich den Mord nicht zu. Lu ist viel zu kindisch und ängstlich, und Callan ist zwar nervtötend, aber auch kein Verbrecher. Das würde er Fiona nicht antun. Außerdem wüsste ich nicht, was er gegen Birming hätte haben sollen.«

Das leuchtete Thea ein. »Warum denkst du, dass ich dir glaube?«

»Weil du ...« Sie biss die Zähne fest aufeinander und kämpfte mit sich. Jolene schloss ihre Augen und atmete hörbar aus. »Weil du wahrscheinlich der schlaueste Mensch in ganz Pendle bist. Wolltest du das hören?«

Thea grinste von einem Ohr zum anderen. »Na also, es geht doch. Endlich weiß ich, wie du wirklich über mich denkst.«

»Bilde dir bloß nichts darauf ein, Alethea Shaw«, knurrte Jolene. »Am Ende war dein Vater der Mörder. Wirst schon sehen.«

Sie bohrte gern in dieser Wunde, aber das juckte Thea kaum. Aus Jolenes Mund waren seit ihrer Ankunft nur Drohgebärden, Abscheu oder Lügen gekommen.

»Soll ich dir nun helfen oder nicht?«

»Ja!«

Thea legte sich eine Hand muschelförmig ums Ohr. »Ich verstehe dich so schlecht.«

»Hilf mir! *Bitte!* Soll ich noch auf die Knie fallen? Das eine ist schon kaputt!«, keifte die Gefangene und verdrehte ihre Augen.

»Geht doch. Ich melde mich bald mit Fortschritten.« Thea sah auf ihre Handyuhr. »Ich muss los zu einem Treffen von *Churchyard Crimes*. Harrison wird dir Wasser bringen.« Sie ging, bevor Jolene sie wieder ärgerte.

13. Kapitel

Churchyard Crimes fand sich nach einem unruhigen Morgen vor der Pinnwand in der Bibliothek wieder. Während sich Myrna mit Kaffee volldröhnte, um wach zu bleiben, saß Callan am Laptop und versuchte, an Infos über John Birming und seine drei Konkurrenten zur Wahl des neuen Bürgermeisters zu kommen. Myrna drückte heute beide Augen zu, wenn er mal wieder illegal unterwegs war. Das wunderte Thea, sie schob es jedoch auf die vorangegangenen, sehr emotionalen Gespräche.

Sie erläuterte als Erste, was sie bis jetzt gesammelt hatten, und deutete auf die jeweilige Stelle in ihrem Fadennetz. »Es gibt zahlreiche Verdächtige, die aber fast alle ein Alibi haben. Conrad Hawkins wurde auf der Kamera vor seinem Haus eingefangen, und zwar genau um zehn Uhr abends, als in Pendle ein Mord verübt wurde.«

»Er könnte immer noch einen Killer beauftragt haben. Genug Geld und Einfluss hat er. Genauso die anderen beiden. Dass Michelle in New York war, kommt mir auch viel zu praktisch vor. Nur Patrick O'Doyle war eine Weile nicht auf den Kameras in ihrer Wohnung zu sehen. Hätte er das gemacht, wenn er einen Auftragsmörder bezahlt hätte?«

»Dann wäre er eher die ganze Zeit schön im Bild geblieben. Aber er könnte es stattdessen selbst getan haben«, antwortete Myrna grübelnd.

Sie stellte sich mit verschränkten Armen neben Thea und fixierte die beiden Karten. Dann zeigte sie auf eine dritte. »Michelle könnte gelogen haben, als sie Birming als ihren Mentor und Freund bezeichnete. Sie hat angedeutet, dass Katherine und er einer Nebentätigkeit nachgegangen sind, über die man nicht spricht. Um was es sich dabei handelte, konnte oder wollte sie nicht sagen. Patrick hingegen könnte aus Eifersucht auf den Nebenbuhler und angehimmelten Bürgermeister gehandelt haben. Oder er wollte dessen Job nun dringend behalten, weil er sich sicher war, dass Birming die kommende Wahl gewinnt.«

»Fragt sich immer noch, wie es Birming schaffen wollte, zurückzukehren. Die Fußfessel hätte sein Comeback normalerweise verhindert. Er musste sich also sicher gewesen sein, sie bald loszuwerden. Hat er im Gefängnis einen Deal ausgehandelt?«

»Nicht dass ich wüsste. Und aus Katherine ist auch nichts mehr rauszubekommen. Harrison ist gerade bei ihr und hat geschrieben, dass der Besuch umsonst war. Sie grinst nur siegessicher und trauert kein Stück um ihren Mann.«

»Ich könnte diese Frau erwürgen!«

»Vorsicht mit solchen Drohungen.« Myrna lächelte schief. »Lass uns weitermachen. Wir stecken ganz schön fest.«

Sie schwiegen und lauschten dem Klappern von Callans Tastatur.

»Da wären noch Jolene Downing und ihr Sohn Brian«, sagte Thea schließlich. Sie zeigte wieder auf die entsprechenden Karten, die über bunte Fäden mit Birming verbunden waren. »Ihn können wir streichen, denn er hat ein Alibi für den Abend.«

Myrna bestätigte mit einem Nicken. »Brian hat nachweislich im ›Hills Inn‹ gearbeitet. Das konnte ich auf den Aufnahmen sehen. Außerdem hat er nur die Mitarbeitertoilette benutzt, in der es keinen Ausgang gibt. Er legt sich für Hank richtig ins Zeug und trinkt nicht mehr, hat sich also die meiste Zeit unter Kontrolle. Jolene ist unsere Hauptverdächtige. Sie hat kein Alibi, konnte Birming nicht leiden, und die Tatwaffe könnte die alte Pistole ihres Vaters sein, die gestohlen wurde.« Myrna senkte die Stimme. »Was für ein Zufall, dass sie nun weg ist, als es brenzlig für Jolene wurde.«

»Du meinst, dass sie jemanden beauftragt hat, sie zu stehlen, um uns diese Geschichte aufzutischen?«

»Es wäre möglich. Sie hat kalte Füße bekommen und musste die Pistole schnell loswerden, weil damit ein Mord verübt wurde.«

Thea war gegen diese Theorie. »Ich glaube nicht, dass sie ihn umgebracht hat. Was hätte sie davon gehabt? Dann auch noch mit ihrer eigenen Pistole? Hätte sie dafür nicht irgendwo eine andere besorgen oder Birming einfach erschlagen können? Ich halte sie für vieles, aber nicht für dumm«, wiederholte sie ihre Worte aus der Arrestzelle. »Dann eher Lucretia, aber die bekommt durch Oakley ein Alibi und umgekehrt. Mein Freund hat ganz sicher nichts damit zu tun. Genauso wenig wie Hank und Candice aus dem Pub.«

»Was wissen wir über Nate Custer, Brians ehemaligen besten Freund und Unruhestifter? Könnte er zurückgekehrt sein?«

Thea lachte kurz auf. »Um dann Jolenes Waffe zu stehlen, von der er nichts wusste? Wenn er schlau ist, ist er über alle Berge und bleibt weg. Er kam sowieso nicht von hier, sondern aus Barnoldswick.«

»Brian könnte ihm von der Pistole erzählt haben.«

Callan räusperte sich. »Wenn ich auch etwas sagen darf …?«

»Nur zu, du bist Teil der Gruppe«, sagte Myrna und lächelte freundlich. Sie sprang heute erstaunlich sanft mit ihm um und zeigte sich offen für neue und andere Theorien. Endlich hatte sie mit ihm und auch mit Hank über den Brief gesprochen. Das verlockende Angebot von Scotland Yard und der drohende Abschied schwebten über ihnen wie ein Damoklesschwert, aber alle drei gingen professionell damit um. Thea fühlte sich zerrissen, was sie Myrna nicht spüren ließ.

»Ihr geht es immer nur um Geld. Wieso sollte sie ihren eigenen Mieter erledigen?«, fragte Callan und wiederholte damit Jolenes Aussage.

»Vielleicht hat er sie wegen Brian erpresst«, sagte Myrna. »Wäre doch möglich, dass er mehr als die Fahrerflucht seines Kumpels zu verbergen hat. Willst du mitkommen, wenn wir die Zwillinge befragen, oder lieber Reverend Hughing durchleuchten? Er war an jenem Abend am Pendle Hill und ist unser einziger Zeuge. Vielleicht erinnert er sich an was.«

Callan riss seine Augen weit auf. »Und das ist keine Finte? Du meinst das ernst? Ich darf allein jemanden befragen?«

»Natürlich. Ich bin ja keine Langweilerin oder so etwas.«

Sie verfielen alle in Lachen. Die Stimmung zwischen ihnen war besser denn je.

Thea war froh, dass Myrna von einem Wir sprach. Sie schloss Callan und sie nun nicht mehr aus, sondern ließ es einfach geschehen. Thea fragte sich, ob sie dadurch mit dem Feuer spielte und ihre wichtige Beförderung gefährdete.

»Aber war dir das sonst nicht zu riskant?«, fragte Callan kritisch.

»Bei Hughing bin ich entspannter als bei jemandem wie Agnes McAllister oder die Familie Birming. Normalerweise sollte man niemals allein eine Befragung durchführen. Wir bleiben aber nonstop in Kontakt und melden uns alle Viertelstunde über den Gruppenchat. Der Standort wird in dieser Zeit bitte live geteilt.«

»Gruppenchat?«, riefen Thea und Callan wie aus einem Munde.

Myrna sah gespielt erstaunt von einem zum anderen. Sie fasste sich theatralisch ans Herz. »Was? Ihr wisst noch nichts von unserem neuen Chat bei *WhatsApp*?« Sie grinste leicht.

Für einen kurzen Augenblick herrschte Totenstille, dann stürmten sie zu ihren Handys und überprüften die Aussage. Thea fand eine Chatgruppe mit dem Namen ›Churchyard Crimes‹ darin, zu der Myrna sie eingeladen hatte. Sofort tippte sie auf ›Annehmen‹.

»Dann kann es ja losgehen. Harrison wäre normalerweise bei uns, aber er ist noch in Preston. Ich hätte ihn dir sonst an die Seite gestellt.« Sie sah Callan dabei an.

»Hätte ich mir ja denken können, dass du mich normalerweise nicht allein losgeschickt hättest«, grummelte er.

»Den Reverend übernehme ich«, sagte Thea schnell, ehe Callan losrannte. »Wir haben einen guten Draht zueinander. Du könntest stattdessen Nathan befragen. Wenn Hughing am Hill unterwegs gewesen ist, als Birming starb, war niemand bei meinem Vater, um ihn zu kontrollieren. Er hat also kein Alibi.« Sie sah sofort, dass die beiden einen langen Blick wechselten. »Ist ja gut!«, rief sie augenrollend. »Ihr habt mich erwischt! Ich mag mich eben noch nicht mit ihm auseinandersetzen. Lasst mir bitte etwas Zeit. Er würde die Befragung sonst nur ausnutzen, um andere Sachen zu besprechen, aber zuerst müssen wir diesen Fall aufklären.«

Ihr Gespräch wurde von der Türklingel unterbrochen. Thea befürchtete, dass es Nathan war, doch als sie öffnete, staunte sie nicht schlecht. »Was machst du denn hier? Bist du nicht unter Hausarrest gestellt?«

»Warum sollte man das machen? Ist ja nicht so, dass ich einen Mord verübt habe oder so«, erwiderte Emilia unbeschwert und reckte ihr Kinn. »Kann ich reinkommen?«

»Nein.«

»Wollt ihr nicht hören, was ich zu sagen habe? Ihr haltet doch gerade ein Treffen ab, oder?«

»Selbst wenn, ginge es dich nichts an.« Thea verschränkte die Arme fest vor der Brust und blieb hart.

»Lass sie schon rein, ehe sie wieder allein ermittelt!«, rief Myrna aus der Bibliothek. »Sie gibt ja doch keine Ruhe! Dann muss ich Callan auch nicht allein losschicken!«

»Ich wusste es doch!«, zeterte der Teenager aus der Ferne. »Du wolltest mich in Wahrheit nie allein ermitteln lassen!«

Auf Emilias Lippen breitete sich ein Lächeln aus, das Thea seufzen ließ. Sie trat zur Seite. »Na schön, du hast den Inspector gehört. Aber hab etwas Respekt vor uns Erwachsenen. Selbst Callan ist nicht mehr so frech wie früher.«

»Du weißt, dass ich mich benehmen kann.« Das wusste sie tatsächlich seit ihrer Befragung von Jolene Downing. »Guten Mooorgen!«, trällerte Emilia so fröhlich, als wäre nie etwas gewesen.

Myrna baute sich vor ihr auf. »Soso, du willst also Mitglied werden.«

»Seit Jahren«, antwortete sie voller Hoffnung in den leuchtenden Augen und faltete die Hände wie zum Gebet.

»*Churchyard Crimes* kennt dich doch erst seit ein paar Monaten«, raunte Callan und hob eine Braue.

»Bist du dir da sicher?« Sie zwinkerte geheimnisvoll.

Callan errötete und verkroch sich hinter seinem Laptop. Irgendwie waren die beiden ja süß.

»Ich bin unschuldig«, sagte Emilia etwas ernster.

»Kannst du das beweisen?« Myrna legte den Kopf schief. »Ansonsten werden wir dich nämlich nicht an den Ermittlungen teilhaben lassen.«

Thea wurde immer sprachloser. Nun würde Myrna sogar diesem Mädchen erlauben, mitzumischen und Geheimnisse zu erfahren? Was war auf einmal los mit der sonst so überkorrekten Kommissarin, der Callan noch vor Kurzem einen Stock im Hintern attestiert hatte?

Emilia stellte ihre Tasche ab und zog eine Videokassette heraus. »Die durfte ich heute aus dem Haus holen. Immerhin waren noch alle meine Sachen dort.«

Thea runzelte die Stirn. »Und was ist darauf zu sehen?«

»Videomaterial.«

Am liebsten hätte sie sie geschüttelt.

Myrna legte Thea eine Hand auf die Schulter und beruhigte sie. »Das dachten wir uns. Und sonst?«

»Die Straße vor Jolenes Haus. Ich habe Birming mehrmals dabei ertappt, wie er es spätabends oder nachts verlassen hat. Meinen Ohren und Kameras entgeht nichts.« Sie klang stolz.

»Das war noch keine Straftat, weil er sich zumindest in Pendle frei bewegen durfte. Vielleicht ist er rüber ins ›Hills Inn‹?«

»Laut Hank war er nur einmal dort, als er sich mit dir, Callan, unterhalten hat. Worum ging es da eigentlich?«

Das Tippen erstarb. Er leckte sich über die Lippen und sah sie erst nach einer Weile an. »Na ja, ihr wisst ja, dass ich über die Münze gesprochen habe.«

Thea war plötzlich hellwach. »Die Goldmünze, die angeblich aus dem Labyrinth kam? Was hast du ihm verraten?«

»Eben das. Er war der Einzige, der sich für meine Geschichte interessierte. Außerdem war er nett und hat mich auf ein Ale eingeladen.«

»Das müssen mehr gewesen sein, so wie du gekotzt hast«, sagte Emilia.

»Zu dir kommen wir gleich noch«, meinte Thea streng und ließ sie verstummen. In ihren Augen war sie immer noch verdächtig und sollte nicht hier sein. »Erzähl uns alles, Callan.«

Er raufte sich die Locken. »Vielleicht war es ein Fehler, aber ich bin danach nach Hause getorkelt, weil ich nichts vertrage.« Er hob mahnend den Finger. »Das behaltet ihr bitte für euch.«

Myrna verschloss ihre Lippen mit einem unsichtbaren Schlüssel. »Kein Problem.«

Emilia mischte sich schon wieder ein, doch dieses Mal half sie Callan dabei, sich zu erinnern. »Du hast was im Vorgarten gesucht. Mehr weiß auch ich nicht, weil ich dann weiter zum Hill wollte für meine Geisterbeschwörung. Wir hatten Vollmond. Diese Zeit eignet sich am besten, wisst ihr.«

»Nein, wissen wir nicht«, knurrte Thea.

»Genau!«, rief Callan. Er starrte eine Kerbe im Boden an, während er konzentriert weitererzählte. »Wir haben eine Weile über den Goldschatz gesprochen. Er hat mir geglaubt, hat mir aber versichert, dass er ihn nicht heben und stehlen kann, weil die Fußfessel sonst kein Signal mehr hätte. In den Tunneln würde es unterbrochen werden, sodass er zurück ins Gefängnis müsste.«

»Das leuchtet ein, aber er könnte es jemandem erzählt haben. Das war leichtsinnig von dir«, sagte Myrna.

Sein Gesicht verfinsterte sich. »Ich war froh, dass wenigstens er mir geglaubt hat, weil meine eigenen Freunde es nicht taten.«

Thea fühlte einen Stich im Herzen. Sie waren wirklich schrecklich mit ihm umgegangen. »Du weißt, dass wir viel zu viel mit eigenen Problemen zu kämpfen hatten. Es tut uns wirklich leid, dass wir egoistisch waren.«

Er lächelte verhalten.

»Und was hast du nun im Garten gesucht?«, fragte Myrna, um wieder zum Thema zurückzukommen.

»Die Münze. Sie war nach meinem Abend im Pub weg. Ich habe den ganzen Vorgarten und auch das Haus abgesucht. Meine Befürchtung war, dass sie noch im ›Hills Inn‹ liegt oder irgendwo auf dem Weg nach Hause, weil sie mir aus der Tasche gerutscht ist.«

»Aber?«

»Ich habe sie am nächsten Morgen plötzlich im Vorgarten gefunden, obwohl ich alles abgesucht hatte. Das war ... eigenartig.« Er kniff die Augen zusammen.

»Könnte sie jemand dort hingelegt haben?« Thea hatte Blut geleckt. Ihr Bauchgefühl sagte ihr, dass sie auf der richtigen Spur waren. »Immerhin schien Birming echtes Interesse daran zu haben. Jemandem wie dem traue ich zu, dass er einem Teenager seinen wertvollsten Schatz stiehlt.«

Callans Stirn legte sich in Falten. »Aber dann würde er sie doch nicht wiederbringen, sondern sie zu Geld machen. Ich war wahrscheinlich nur zu betrunken, um sie zu finden. Erst im Sonnenschein hat sie geleuchtet.«

»Das hätte sie bei Vollmond sicher auch«, sagte Emilia. »Und ich habe sie auch nicht entdeckt. Als du im Haus warst, habe ich heimlich nachgeguckt, was du da gesucht hast. Dein stinkendes Erbrochenes hat mich in die Flucht geschlagen, sonst hätte ich geklopft und gefragt, ob ich dir helfen kann.«

Thea war schon wieder dabei, Fäden umzuhängen und eine neue Karteikarte zu beschriften. Die Sache mit der verschwundenen Goldmünze kam ihr verdächtig vor. »Nun müssen wir die losen Teile, die wir gesammelt haben, nur noch zu einem einzigen großen Bild

zusammensetzen«, murmelte sie. Thea drehte sich zu E-
milia. »Zurück zu deinem Video. Wieso gibst du uns das
so einfach?«

»Birming geht auf meinen Aufnahmen immer spätabends oder nachts aus dem Haus. Er will Richtung
Westen und nur ein Mal Richtung Hill. Dreimal dürft
ihr raten, an welchem Tag das war.«

»Am 8. April, seinem Todestag«, antwortete Callan
wie aus der Pistole geschossen und hielt den Blick fest
auf seinen Bildschirm gerichtet. Seine Finger flitzten
über die Tasten. Er war ganz in seinem Element. »Seine
Finanzen waren auch nach dem Gefängnis unauffällig.
Woher hatte er also das Bündel Scheine, mit dem er Jolene laut deiner Aussage ein Zimmer abgeschwatzt
hat?«

»Das frage ich mich auch ständig.«

»Michelle deutete eine Nebentätigkeit an«, murmelte
Myrna nachdenklich. »Daher könnte auch das Geld
stammen. Vielleicht hätte er seine Kandidatur bezahlen können, doch wie wäre er von dieser Fußfessel los-
gekommen? Ein Sträfling kann nicht gewählt werden.«

»Und wieso machte er nur dieses eine Mal eine Ausnahme bei seinem nächtlichen Spaziergang?«, fragte
Thea weiter.

»Weil er am Pendle Hill mit jemandem verabredet
war«, antwortete Callan für sie. »Mit seinem Mörder.
Ich frage mich eher, wo er davor immer hinwollte. Was
liegt alles im Westen von Jolenes Cottage?«

Myrna überlegte. »Wiesen, Felder und Farmen. Dazwischen stehen aber noch einige Wohnhäuser, unter
anderem das der Birming-Zwillinge, die wir immer
noch nicht befragt haben. Außerdem muss er irgendwo

geschlafen haben, bevor er zu Jolene übergewechselt ist. Vielleicht ja dort. Haben sie ihm womöglich das viele Geld gegeben?«

»Und ihn dann wieder rausgeworfen?« Thea war nicht zufrieden mit dieser Antwort. »Die zwei wissen sicher mehr über ihren Stiefvater als jeder im Ort.«

Emilia blickte absolut fasziniert und begeistert in die Runde. »Endlich bin ich ein Teil von *Churchyard Crimes*!«, hauchte sie.

Alle Augen waren plötzlich auf sie gerichtet. Das Lächeln erstarb.

»Du bist für uns immer noch eine Verdächtige«, sagte Myrna. »Wolltest du uns hiermit nicht deine Unschuld beweisen?« Sie hob die Videokassette hoch.

»Seht es euch an, und ihr werdet erkennen, dass ich die Straße während des Mordes wegen auffälliger Wärmesignaturen gefilmt habe. Es ist sogar der Schuss zu hören, wenn man die Ohren spitzt.«

»Du könntest die Kamera fest installiert haben.«

Emilia presste die Lippen aufeinander. Zwischen ihren hellen Brauen entstand eine Falte. »Ich filme immer mit Handkamera. Das werdet ihr an meinem Wackeln deutlich erkennen. Und ich habe keinen Komplizen.«

»Callan«, sagte Myrna. »Überprüf das bitte mit einem Videorekorder, ehe du zu Hughing gehst und ihn mit Emilia zusammen befragst. Diese Kameras nehmen Uhrzeit und Tag auf. Kontrolliere auch, ob sie daran etwas verändert hat. Du bist der Technikprofi von uns.«

»Wird erledigt.« Er machte ein wehleidiges Gesicht, während sich das Mädchen deutlich mehr freute.

»Sollte ihr Alibi wasserdicht sein, weihst du sie in den ganzen Rest ein. Sie darf meinetwegen mitermitteln. Thea?«

»Von mir aus, wenn sie wirklich unschuldig ist und ich nicht mit ihr um die Häuser ziehen muss.«

»Unschuldiger als ihr alle drei zusammen mit Sicherheit, oder habt ihr mal eure eigenen Alibis für den 8. April überprüft? Nicht? Das dachte ich mir.« Emilia setzte eine wissende Miene auf. »Außerdem habe ich dir das Taschentuch gebracht.« Sie deutete auf Myrna.

»Welches Taschentuch?«, fragte Thea sofort.

Myrna drehte sich zu ihr. »Als jemand Jolenes Waffe gestohlen hat, hat Emilia ihn auf frischer Tat ertappt, wie ihr wisst. Seine Jacke streifte sie und hat eine dunkle, stinkende Substanz hinterlassen. Allerdings kannst du dir den Einbrecher ausgedacht und dir die Beule am Kopf auch selbst zugefügt haben. Ich habe das Tuch dennoch ins Labor geschickt. Harrison hat es mitgenommen und wird vor Ort auf die Ergebnisse warten. An Birmings Ärmel haben wir ähnlichen Dreck gefunden, der nicht zur Erde am Pendle Hill passt. Nach dem Abgleich wissen wir, ob es sich um denselben Stoff handelt und können vielleicht sogar sagen, wo er überall vorkommt.«

Thea hätte zu gern an dem Taschentuch gerochen, aber sie vertraute auf Myrnas gute Nase und die Mitarbeiter des kriminaltechnischen Labors.

Callan saß noch immer an seinem Gerät und rieb sich über die Stirn, als würde er angestrengt nachdenken.

»Was machst du da eigentlich die ganze Zeit? Konntest du dich in Birmings Konto hacken?«, fragte Thea.

»Das schon, aber es ist unauffällig und außerdem noch immer eingefroren. Allerdings gibt es darin ein paar Überweisungen von vor seiner Verhaftung, die mich stutzig machen.« Mit Schwung klappte er den Laptop zu. »Ich glaube, ich bin da einer großen Sache auf der Spur.«

»Sagst du uns Bescheid, wenn du mehr weißt?« Myrna hielt ihnen die Tür zum Foyer auf und schlüpfte in den Mantel.

»Wenn ich so weit bin, sage ich euch alles. Ich muss aber noch ein wenig nachforschen. Oder ich schreibe es im Chat.« Er zwinkerte und packte zusammen, bevor er den anderen zur Tür folgte.

»Chat? Was für ein Chat?« Emilias Frage blieb unbeantwortet. Dieses kleine Geheimnis würden sie als eingeschworenes Trio für sich behalten.

Beinahe stießen sie gegen eine kleine Person auf der Veranda. Dass Thea überhaupt Besuch bekam, war selten, dass es gleich zweimal kurz hintereinander passierte, noch viel unwahrscheinlicher.

Lucretia taumelte zurück und wäre beinahe auf den sandigen Weg gestürzt.

»Du hast uns erschreckt!«, rief Thea.

Die andere fasste sich ans Herz. »Und ihr mich erst! Wieso reißt ihr denn plötzlich die Tür auf, als ich gerade klingeln will?« Die alte Dame musste den Kopf in den Nacken legen, um sie anzusehen. »Ich will mitmachen. Jolene ist meine beste Freundin. Jemand muss sie entlasten.«

Thea lachte laut. Sie fasste es nicht, was heute los war! War das hier ein verrückter Traum oder plötzlich

Alltag in Pendle? Hatte man sie in einen Film von Wes Anderson gesperrt?

»Ich verschwinde nicht, ehe ihr mich nicht mitnehmt!«, zeterte Lucretia und schob ihre schmale Unterlippe energisch vor. Ihr Blick aus kleinen braunen Augen, die von tiefen Falten umrahmt waren, fixierte insbesondere Myrna, die nun gefragt war und das letzte Wort hatte. Schließlich hatte sie auch schon bei Emilia nachgegeben.

Alle Augen waren auf sie gerichtet.

»Ähm ... Das überrascht mich jetzt etwas, aber wieso eigentlich nicht? Du könntest mit Thea gehen.«

»Bitte nicht ich!«, rief sie.

»Dann müsstest du Emilia mitnehmen, denn Harrison wird mich begleiten, sobald er eintrifft.«

»Da bleibe ich lieber bei Lucretia. Die kann ich wenigstens einschätzen.«

»*Die* steht direkt vor dir, du Göre! Wenn ich deine Schwiegermutter werden soll, würde ich an deiner Stelle etwas netter sein.«

»Ich bin doch bloß ein Spiegel meines Gegenübers.« Thea grinste verwegen.

»Was soll das schon wieder heißen? Lass uns lieber keine Zeit verlieren, sondern Jolene retten. Die Ärmste verhungert sicher, während ihr über sie lacht.«

Callan verdrehte die Augen, schwieg aber. Mit Lucretia hätte man sowieso nicht diskutieren können. Lieber wäre Thea gewesen, dass Oakley sie begleitet hätte, doch der musste arbeiten. Noch ein Grund, bei Peter Hughing in der St. Benet's Church vorbeizuschauen, war, dass sie ihn nach den nächsten Aufgaben fragen wollte. Schließlich wollte sie ihren Job nicht an ihren Vater oder jemand anderen verlieren.

Wow! Thea war überwältigt, als sie die vielen Mitstreiter sah, die sich auf einmal für ihre Ermittlung und ausgerechnet die unbeliebte Jolene einsetzten. Die Duos gingen in unterschiedlichen Richtungen davon. *So habe ich mir eine richtige Familie immer vorgestellt. Verrückt und gegensätzlich, aber für einen da, wenn man sie braucht. Vielleicht ist dieser gottverlassene Ort ja doch nicht so verloren, wie ich dachte.*

14. Kapitel

Ward sortierte sein Haar und kontrollierte seine Zähne. Der Kragen stand schief, weswegen er ihn noch einmal richtete. Danach betrat er mit klopfendem Herzen das karge Gebäude der Rechtsmedizin und hielt den Blumenstrauß vor seine Brust.

Er klopfte vorsichtig ans Glas und lächelte hoffentlich freundlich genug.

Mona erschrak. Als sie die Blumen sah, wurden ihre Augen noch größer. »Mr Harrison, was kann ich für Sie tun?« Sie war nett, aber auf Abstand, bemerkte er an ihrer Tonlage.

»Gar nichts, außer mir zuhören. Mehr möchte ich nicht. Danach gehe ich und komme nie wieder. Die Blumen sind für Sie. Als Entschuldigung.«

»Entschuldigung?«, hauchte sie überwältigt. »Aber das wäre doch nicht nötig gewesen.«

»Doch, ich war sehr aufdringlich und bin laut geworden. Ich hatte mal ein Alkoholproblem und gehe seit einer Weile zu einer Selbsthilfegruppe. Außerdem ist mein Haustier meine größte Stütze.« Harry bellte, als ahnte er, dass sie über ihn redeten. Der Jack Russell Terrier wedelte aufgeregt mit dem Schwanz. »Es tut mir leid, wenn ich deshalb ungeduldig und launisch rüberkam. Das wollte ich nicht. Meine frühere Verlobte hat mich verlassen, und seitdem habe ich nicht nur getrunken, sondern benehme mich einer schönen Frau gegenüber auch wie ein Elefant im Porzellanladen.«

Sie errötete, was zauberhaft aussah. »Sie finden mich also schön?« Ihre knarzige Stimme schraubte sich eine Oktave höher.

»Sehr schön sogar.« Ward erwiderte ihr Lächeln.

»Sie brauchen nicht vor mir zu kriechen«, sagte sie durch das Gerät an ihrem Schalter. »Ich weiß doch, wie es gemeint war.«

Ward bündelte allen Mut, den er noch hatte. Es war seine letzte Chance. »Vielleicht habe ich auch die falschen Worte gewählt, als ich Sie auf einen Drink, natürlich alkoholfrei, einladen wollte. Spaziergänge sind ja auch öde und was für Langweiler.« Er rollte lachend mit den Augen, was sie ansteckte. Ein wenig verzweifelt klang er, doch ihr schien es nicht aufzufallen oder sogar zu gefallen. Ward wurde wieder ernst. »Ich wäre froh, wenn Sie mir noch eine Möglichkeit geben, zu beweisen, dass ein feiner Kerl in mir steckt, verstehe es aber genauso, wenn Sie das nicht wollen und ich nicht Ihr Typ bin.«

Mona sah ihn schon wieder mit diesem mitfühlenden Blick an, kurz bevor sie ihm einen Korb gab. »Sie verstehen das nicht. Kein Mann bleibt lange mit mir zusammen oder ist sich vorher bewusst, was ein Leben mit mir bedeutet.«

»Was meinen Sie damit?« Er konnte in der Glasscheibe sehen, wie dämlich er beim Stirnrunzeln aussah, und entspannte sein Gesicht schnell wieder. »Sie sind doch keine Psychopathin oder so etwas? Oder haben Sie was Schlimmes verbrochen, und ich muss Sie zukünftig im Gefängnis besuchen?«

Mona lachte und fuhr sich durch das grau melierte Haar. Jede Falte in ihrem schönen Gesicht verzauberte ihn.

»Sie lassen wohl nie locker, was?«

»Nur wenn Sie mich klar darum bitten. Dafür bin ich nämlich viel zu neugierig auf Sie.«

Sie schloss die Augen und sammelte sich. »Na schön, aber nur, weil die Blumen so toll duften und ich endlich meine Nase hineinstecken will. Aber seien Sie bloß nicht geschockt. Sie werden bestimmt gleich auf dem Absatz kehrtmachen und weglaufen.«

»Das kann ich mir beim besten Willen nicht vorstellen.«

»Ich habe Sie gewarnt.« Seltsamerweise las er Angst in ihren Augen, dabei gab es doch gar keinen Grund, dass sie sich vor ihm fürchten musste. Oder hatte er sich wieder einmal nicht unter Kontrolle gehabt, ohne es zu ahnen? Dann würde sie ihr Empfangshäuschen aber nicht verlassen, sondern den Wachschutz – oder noch schlimmer, Sergeant Carpenter – rufen.

Ward wartete gespannt ab und fragte sich, was sie da tat. Mona klappte irgendetwas auf und hievte sich dann hoch. Genau konnte er es nicht sehen, bis sie die Tür an der Seite öffnete und hinaustrat … oder vielmehr fuhr.

Mona saß im Rollstuhl und blickte angespannt zu ihm auf. »Da haben Sie es. Jetzt wissen Sie auch, wieso ich nie auf einen Spaziergang mitwollte. Dafür wollen die meisten ein paar Beine.«

Ward war kurz perplex von ihrem Anblick, weil er diesen so nicht erwartet hätte, aber er fand ihn weder beängstigend noch widerlich oder abnormal. Sie war einfach nur eine sitzende Frau mit zwei Beinen, die anscheinend nicht mehr funktionierten. Nichts, was ihn abgeschreckt hätte. »Also ... wenn das hier alles ist ... Würden Sie mit mir im Park spazieren fahren?« Er hielt ihr ungelenk den großen Strauß hin, den Mona entgegennahm und lächelnd daran roch.

Harry sprang freudig um ihre Räder und hechelte. Sie streichelte ihn, damit er sich beruhigte. Die beiden mochten sich.

Mona legte die Blumen in ihren Schoß und nickte. »Sehr gern, Ward. Aber willst du dir das hier auch wirklich antun?« Sie klopfte auf ihren Stuhl.

»Ich bin ein ehemaliger Säufer, mit dem wahrscheinlich niemand zu tun haben möchte. Eher müsste ich dich fragen. Und Harry hier hat man auf die Straße gesetzt. Er war ein Streuner und hat Muffins im Café einer Bekannten geklaut, um zu überleben.« Ward schluckte und sah ihr tief in die Augen. »Lass es uns einfach versuchen. Was haben wir schon groß zu verlieren?«

»Wenn das so ist, würde ich sehr gern mit dir in den Park gehen und ein Eis essen. Die Dielen haben gerade wieder geöffnet, und ich weiß, wo es das weltbeste Pistazieneis gibt.« Sie flüsterte, als wäre es ein Geheimnis zwischen ihnen beiden.

»Ich liebe Pistazieneis«, flüsterte er genauso verschwörerisch zurück. In seinen Ohren rauschte es, weil sein Herz gleich zur Brust rausprang. »Hast du zufällig Pause? Dann könnten wir eine Runde mit Harry drehen. Ich glaube, er mag dich.«

»Wie der Hund, so das Herrchen, nicht wahr?« Sie zwinkerte.

Wieder bellte der kleine Vierbeiner wie aufs Stichwort.

»Zufällig braucht man mich gerade nicht, aber dein Hund hier braucht ganz dringend Auslauf.«

Sie mussten beide lachen, als Harry wie ein Flummi hin und her hüpfte. Ähnlich musste es Wards Herzen ergehen.

***

»Bleib dicht hinter mir und misch dich nicht ungefragt ein«, sagte Thea zu ihrer zänkischen Mitstreiterin, während sie über den Friedhof zur Kirche gingen. Uralte, schiefe Grabsteine, deren Inschriften man kaum noch entziffern konnte, ragten hier aus der Erde.

Lucretia musste immer zwei Schritte machen, wenn Thea einen ging. »Wieso klopfen wir nicht am Pfarrhaus?«

Theas Blick wanderte zu dem kleinen Haus, auf dessen Dachboden ihr Vater wohnte, seit er sich hatte für tot erklären lassen. Wut flutete ihren Geist, doch sie schaffte es, diese zu verdrängen und sich auf die bevorstehende Befragung zu konzentrieren.

»Der Reverend entzündet um diese Zeit die Kerzen in der Kirche. Das macht er immer, bevor er die Andacht vorbereitet. Ich arbeite lange genug hier, um seinen Ablauf zu kennen.«

»Ganz schön angeberisch. Du tust fast so, als wärt ihr enge Freunde.« Lucretia machte ein schnippisches Geräusch, und Thea war ganz froh, nicht das Gesicht dazu zu sehen.

Sie drückte die hohe Kirchentür auf. Es war kühl auf dem Weg zum Altar, an dem Hughing stand und die Hände vor der Brust gefaltet hielt. Seine Augen öffneten sich erst, als er ihre Schritte hörte.

»Ach, Sie sind es, Miss Shaw. Und Sie haben ... Besuch dabei.« Man sah ihm das Erstaunen deutlich an. »Darf ich annehmen, dass Sie beide sich endlich vertragen?«

»Nein!«, riefen sie gleichzeitig und funkelten einander an. »Aber wir haben dieses Mal dasselbe Ziel, nämlich, Jolene zu entlasten. Können wir uns einen Moment setzen?« Thea deutete auf die nächste Kirchenbank.

»Natürlich, sehr gern. Ich habe nichts zu verbergen.«

Thea machte Lucretia zu ihrer Assistentin, indem sie ihr einen Notizblock und einen Stift aus der Bibliothek in die Hand drückte. »Hier.«

»Was soll ich damit?«

»Alles aufschreiben, was der Reverend sagt.«

»Aber ich habe meine Lesebrille nicht dabei.«

Thea schloss die Augen und massierte sich die Schläfen. Na, das konnte ja heiter werden! »Gut, dann schreibe ich mit.« Sie zückte ihr Handy.

Bevor sie anfangen konnte, sprudelten die Worte aus Lucretias Mund: »Hast du was gesehen, Peter?«

»Du meinst, als John Birming starb? Ich hatte riesige Angst und mich zusammengekauert, als der Schuss gegen zweiundzwanzig Uhr fiel. Ich dachte ja, man würde mich auch gleich ermorden.«

»Wie weit entfernt warst du?«

Da Thea die Fragen nicht schlecht fand, ließ sie Lucretia gewähren. Sollte sie sich ruhig austoben.

Er zog eine Schnute und dachte nach. Sein Blick aus blauen Augen wanderte zum Altar, auf dem die entzündeten Kerzen für ein behagliches Licht sorgten und unheimliche Schatten an die steinernen Wände warfen. »Ich habe sie beide nicht gesehen. Erst als der Täter weglief, konnte ich was erkennen. Wir hatten Neumond, und es war stockdunkel.«

Thea ließ das Handy sinken. »Warum waren Sie ausgerechnet an diesem finsteren Abend am Hill? Dort gibt es doch kaum künstliches Licht.«

»Ich kenne die Wege wie meine Westentasche und fürchte mich nicht vor wilden Tieren. An mir hätten sie sowieso nichts zu knabbern.« Er gluckste leise, als er auf seinen dürren Körperbau zeigte.

Thea fand ihn weniger hager als früher – den Kuchen und Muffins von Fiona Healy sei Dank –, aber so schmal wie er war sonst keiner in Pendle, vielleicht nicht einmal in ganz Lancashire.

»Erzählen Sie vom Täter. Im Nachhinein, wenn der Schock etwas nachgelassen hat, erinnert man sich meistens an mehr.«

Er nickte. »Meine Augen hatten sich endlich an die Dunkelheit gewöhnt, da sah ich ihn.«

»Ihn? Also einen Mann?«

»Ich bin mir nicht sicher. Es war eine große, bedrohliche Gestalt, die in den Wald lief. Ich war starr vor Schreck und bin ihr nicht gefolgt. Ehrlich gesagt war ich froh, dass sich die Person von mir entfernt hat, statt auf mich zuzukommen.«

»Aber wenn es Neumond war, gab es doch gar kein Licht«, sagte Lucretia mit zusammengekniffenen Augen. »Die Nacht muss vollkommen dunkel gewesen sein. Und ich kenne viele Neumondnächte in Pendle. Warum lügst du, Peter?«

Thea fragte sich das Gleiche. Deckte er jemanden? Ihren Vater?

Hughing geriet ins Schwitzen und tupfte sich die Stirn mit einem Tuch aus seiner Soutane ab. »Ich habe wohl vergessen zu erwähnen, dass der Täter eine schwache Taschenlampe dabeihatte. Er hielt sie in der rechten Hand und schwenkte damit, weil er rannte. Wie sonst hätte er selbst den Weg sehen können? Es tut mir leid, aber in der Aufregung habe ich es vergessen.«

»Also haben Sie seine Silhouette aufgrund seines eigenen Lichtes gesehen?«

Er nickte und nestelte an dem Tuch, das nun in seinem Schoß lag. »Ich schäme mich, dass ich Sie nicht weiterbringen kann.«

»Das müssen Sie nicht«, sagte Thea. »*Churchyard Crimes* wird den Mörder auch so fassen. Versuchen Sie sich bitte ganz genau an seine Silhouette zu erinnern. War etwas auffällig an ihm? Humpelte er oder machte seltsame Bewegungen mit den Armen? Stand die Frisur hoch, oder lagen die Haare platt am Kopf an? Wie groß war er?«

Hughing wischte sich über die eingefallenen Wangen. »Das sind sehr viele Fragen und so wenig Antworten. Ich kann es nur schätzen, aber er dürfte so groß wie Sergeant Harrison gewesen sein. Auch die Körperbreite könnte passen, womit ich Ward natürlich nicht verdächtigen möchte. Ich glaube nicht, dass er so schnell gerannt wäre wie die Person, die ich an diesem Abend sah.«

»Er war also besonders schnell?«

Er überlegte mit geschlossenen Augen, wahrscheinlich um sich die Szene noch einmal vorzustellen. »Ja, groß, aber auch schnell, also kräftig. Und er hat geschnauft. Ansonsten war es still dort draußen. Gespenstisch still.« Er erzitterte leicht.

»Und danach sind Sie ohne Umwege ins Pfarrhaus gegangen und haben meinem Vater davon berichtet?«

»Das habe ich. Jedenfalls, als er wieder da war.«

Thea hakte sofort nach. »Als er wieder da war? Das heißt, er hatte das Pfarrhaus verlassen und kam erst nach Ihnen zurück?«

»Er wollte die Kirchenglocke läuten und etwas erledigen. Was es war, wollte er mir nicht sagen.« Hughing biss sich deutlich auf die Zunge, als er selbst merkte, wie sich das anhörte. »Aber er hat ganz sicher nichts mit dem Mord zu tun.«

»Was macht Sie da so sicher? Sie haben doch selbst gesagt, dass Sie nicht wissen, was er gemacht hat. Zumal Nathan wusste, dass Sie jeden Abend um diese Uhrzeit spazieren gehen.«

Bedrückt schaute er sie an. »Ich kenne ihn länger, als Sie ihn kennen. Er ist ein guter Freund und hat meine Aufgabe übernommen, das unterirdische Labyrinth zu bewachen und in Schuss zu halten, obwohl er dafür seine Familie im Stich lassen musste. Das rechne ich ihm hoch an, und ich habe deshalb seinen verrückten Plan gedeckt. Es tut mir leid, wenn ich Sie dadurch verletzt habe. Das hatten Sie nicht verdient.«

»Und Sie trauen ihm keinen Mord zu, obwohl er ein fünfjähriges Kind verlassen hat? So jemandem würde ich alles zutrauen.«

»Nicht immer wissen unsere Kinder über die Umstände Bescheid«, sagte Lucretia deutlich sanfter. Sie sprach aus Erfahrung. »Manchmal steht ein Elternteil unter großem Druck und vor einer schwierigen Entscheidung, hat aber einen guten Grund, auch wenn man diesen nicht gleich nachvollziehen kann.«

»Wieso sollte Nathan einen Mord begehen, obwohl er das Verhältnis zu Ihnen, Alethea, unbedingt retten will? Zwanzig Jahre lang hat er fast nur von Ihnen gesprochen. Das würde er nicht aufs Spiel setzen. Dafür hat er bereits zu viel getan, um Sie herzuholen.«

Thea setzte sich kerzengerade auf. »Ach, hat er das? Was verschweigen Sie mir? Was hat Nathan getan? Und warum bewacht er das Tunnelsystem unter meinem Haus?«

Hughing seufzte. »Ich habe ihm versprochen, dass er es selbst erzählen kann, und ich halte mich an meine Versprechen, wie Sie wissen.«

»Dann sagen Sie mir wenigstens, warum er den Toten gespielt hat. Nathan hat sich große Mühe gegeben, mir weiszumachen, dass er nicht mehr lebt. Es gab einen Grabstein und den Eintrag im Begräbnisbuch. Außerdem durfte er nie in Erscheinung treten. Was sollte dieser ganze Aufwand?«

»Das wüsste ich auch gern! Eine Frechheit ist das!«, keifte Lucretia in ihr Ohr.

Thea zuckte zusammen. »Sei still, sonst sagt er gar nichts mehr und macht wieder ein Geheimnis draus.«

Hughing lächelte, als sie sich umdrehte. »Es ist viel simpler, als Sie glauben. Reden Sie mit ihm, Alethea. Erst dann werden alle Seelen Frieden finden.«

Mit gemischten Gefühlen verließen sie die Kirche.

»Ich muss zugeben, Lu, dass du dich da drinnen ordentlich geschlagen hast. Aus dir könnte eine richtige Ermittlerin werden«, sagte Thea zu ihrer Mitstreiterin.

Geschmeichelt legte diese die Hand in den Nacken. »Meinst du? Ich dachte immer, Jolene sei die Schlaue von uns beiden. Ich wusste doch, dass sie mich unterschätzt hat.« Sie verzog abschätzig den Mund.

»Lass dir das nicht einreden.« Thea fühlte sich glücklich, ihr eine Freude zu machen. Ein seltsames Gefühl, das sie früher nicht gekannt hatte. Meistens war sie eine Einzelgängerin gewesen, die sich die Menschen vom Leib gehalten hatte. Ganz wie Lucretia.

Die Alte hielt inne und musterte sie. »Und ich muss zugeben, dass du gar nicht so eine Göre bist, wie ich dachte. Aber wage es ja nicht, meinem Jungen jemals wehzutun.« Sie hob drohend den Zeigefinger. »Dann werde ich zum Drachen.«

»Das weiß ich, Lucretia. Keine Sorge, ich habe nicht vor, Oakley wehzutun. Ich liebe ihn.«

»Schön, dann wäre das ja geklärt. Wo machen wir weiter?« Sie rieb sich bereits das Knie. Lange würde sie nicht mehr durchhalten, obwohl sie erst bei einem Zeugen gewesen waren.

»Du hilfst Jolene am meisten, wenn du zu ihr gehst und sie unterhältst, bis man sie entlässt. Ohne stichhaltige Beweise kann man sie sowieso nicht mehr lange festhalten, aber sorge bitte dafür, dass sie vernünftig ist und sich endlich einen Anwalt nimmt.«

Lucretia nickte angespannt. »Ist gut.« Ein trauriger Blick streifte Thea. »Werdet ihr den Mörder finden?«

»So wie immer, das weißt du doch.« Thea lächelte tröstlich. Auf einmal war da dieser Moment zwischen ihnen, der Thea das Gefühl gab, dass Lucretia gar kein schlechter Mensch war. Immerhin hatte sie Oakley geboren und eine Menge Schmerz in ihrem langen Leben erleiden müssen. »*Churchyard Crimes* zu euren Diensten.«

Lucretia hatte noch nie so nett geschmunzelt wie jetzt. »Jolene wird froh sein, wenn die Gästelisten endlich wieder voll sind. Ich denke, ich werde mich darum kümmern, während ihr ermittelt.«

»Tu das. Sie wird sich freuen, wenn alle Zimmer belegt sind, sobald die Polizei das Haus freigibt.«

Als Lucretia weg war, checkte Thea ihren True-Crime-Blog über das Handy und erstarrte, weil ›Wookieeboy‹ schon wieder Informationen ausplauderte, die er eigentlich nicht haben konnte.

Callan hatte geschworen, ihm niemals etwas von dem Schatz und seiner Goldmünze verraten zu haben, aber weil er es in Pendle an die große Glocke gehängt hatte, hatte Thea angenommen, dass irgendjemand von hier es weitergetratscht hatte. Vielleicht auch, um sich über ihn lustig zu machen.

›Wookieeboy‹ hatte noch am Vorabend geschrieben:

Was ist denn nun mit dieser schwarzen Pampe, die man an der Leiche gefunden hat? Wieso redet niemand über die klaren Fakten?

›Peach92‹ schickte einen wütenden Smiley:

Was für eine Pampe? Was weißt du, was wir nicht wissen?

Er blieb ihr die Antwort schuldig.
Thea mischte sich ein:

Nichts ist damit! Eine kleine Spur in einem großen verwirrenden Netz. Evans, Callan und ich sind an dem Fall dran. Es sieht danach aus, dass es vielleicht kein Konkurrent gewesen ist, sondern jemand aus der direkten Nachbarschaft. Alles ist möglich.

Das würde sie eine Weile beschäftigen. Hoffte sie jedenfalls.

Als Thea den Blog gerade schließen wollte, erschrak sie, weil ein neuer Kommentar von ›Wookieeboy‹ auftauchte:

Und wann wirst du dich endlich mit Nathan versöhnen? Warte nicht, bis es zu spät ist, Thea, sonst könntest du ihn für immer verlieren!

Schnell meldete sie sich ab und warf an diesem Tag keinen Blick mehr auf die Seite. Ob ›Wookieeboys‹ Kommentar ein gut gemeinter Ratschlag oder eine unheimliche Warnung war, wusste sie nicht und wollte es auch nicht rausfinden. So langsam bekam sie Angst vor diesem anonymen Follower.

Als sie gerade auf dem Weg zum ›Café Healy‹ war, um sich eine Kleinigkeit to go zu holen, hielt sie inne und ließ sich Lucretias Worte durch den Kopf gehen. *Gästeliste …* Ihr kam eine Idee. Thea schrieb in ihren neuen Gruppenchat und steckte das Handy weg. Ihr Magen knurrte höllisch. Sie freute sich schon auf das pappige Sandwich und einen köstlichen Muffin zum Nachtisch.

***

Nathan bot ihnen eine Tasse Tee an, die Callan annehmen wollte, aber Emilia schüttelte unauffällig den Kopf, woraufhin er das Tablett wieder wegbrachte.

»Was, wenn er der Killer ist? Sei lieber vorsichtig«, raunte sie. »Er ist immerhin durch dunkle Gänge gelaufen und hat euch erschreckt. Vielleicht ist er verrückt.«

»Das musst du gerade sagen, Miss Vollmond-Geisterbeschwörung.«

Immerhin hatten ihre seltsamen Videos von der leeren Straße bewiesen, dass sie während des Schusses in ihrem Zimmer gewesen war.

»Psst, sei doch leise!«

Nathan kam nur mit einer vollen Tasse für sich selbst zurück und lachte tief. »Bitte setzt euch. Ihr braucht keine Angst zu haben.«

Callan erkannte viel von Thea in seinem Gesicht. Sie hatten denselben traurigen Ausdruck in den Augen. Nathans Haar war jedoch heller und wurde langsam grau. Er hatte sich nicht rasiert und ließ einen kurzen Bart auf dem kantigen Kinn stehen. Nichts in seinem aufgeschlossenen Blick sagte Callan, dass er lieber das Weite suchen sollte. Nathan trug ein weißes Hemd und einen dunkelgrünen Pullunder, dazu eine graue Stoffhose. Harmloser als heute hatte er nie ausgesehen. Callans Herz beruhigte sich.

Sie ließen sich nach einem langen Blickaustausch auf einer alten Couch nieder.

Die letzten Male hatte Callan den Korb seiner Mutter nur abgestellt, geklingelt und war davongelaufen wie ein kleiner Junge. Nun saß er ihm Auge in Auge gegenüber, dem Mann, der sie alle hinters Licht geführt hatte.

Callan hätte liebend gern gewusst, was für eine Geschichte dahintersteckte.

»Sicher, dass wir nicht lieber rennen sollten, Laternenmann?« Er kannte Nathan noch von früher. Bis zu seinem Tod hatte er nicht viel mit ihm zu tun gehabt, aber wenn seine Mum ihn mochte und Nathan sogar als ihren besten Freund bezeichnete, wollte er ihm eine Chance geben. Dennoch blieb er skeptisch. »Warum hast du Jolene, Lucretia und mich zuerst in die Irre geführt und danach gerettet?«

Nathan lachte und setzte sich gegenüber auf einen Stuhl. »Weil die alten Drachen es verdient hatten. Als ich sah, dass du dabei bist, habe ich den Spaß lieber beendet. Außerdem hätten die beiden auch nicht mehr lange durchgehalten. Einen kleinen Denkzettel hatten sie für den Einbruch in Theas Haus aber zweifellos verdient.« Nathan machte eine Pause. »Ihr habt noch andere Fragen, also stellt sie.«

»Woher wissen Sie das?« Emilia blieb in Abwehrhaltung.

»Weshalb sollte ein Gespann aus euch beiden sonst hier auftauchen? Sicher wollte Thea nicht mit mir reden, also schickt sie euch vor.«

»So ist es!« Emilia musste mal wieder alles hinausposaunen. »Und nun sagen Sie uns alles, was Sie über den Mord an John Birming wissen.«

Nathans Lächeln verharrte in seinem Gesicht. »Was bekomme ich im Gegenzug?«

»Im Gegenzug?« Callan runzelte die Stirn. »Was willst du denn? Noch mehr Kuchen aus dem ›Café Healy‹? Wir haben bald nichts mehr, weil ihr alles aufesst.«

Erneut ein leises Lachen. »Keine Sorge, Callan. Ich habe deiner Mutter mehrmals gesagt, dass es reicht. Irgendwann wird sie es von allein beenden. Eigentlich müsste ich für den Kummer, den ich ihr bereitet habe, Kuchen für sie backen und nicht umgekehrt.«

»Da hast du recht«, zischte Callan. Er war sauer, weil seine Mum um Nathan getrauert hatte.

»Warum waren Sie denn angeblich tot?«

»Wollt ihr lieber diese Geschichte hören oder die von John Birming?«

»Am liebsten beides.«

»Ihr müsst euch entscheiden.« Sein Lächeln wurde breiter, weil er genau wusste, dass die Ermittlung zu Birming vorging.

Emilia holte Luft, aber Callan schnitt ihr das Wort ab, noch ehe sie einen Ton sagte und womöglich die falsche Entscheidung traf. »Wir wählen den Mordfall Birming.«

Vorsichtig setzten sie sich auf eine Couch, in der man so tief versank, dass er Angst bekam, das Möbelstück würde sie beide auf der Stelle fressen.

»Wo soll ich anfangen: John und ich haben uns gut verstanden, aber er wollte an das Chamberling-Anwesen, das ich vor ihm und seiner gierigen Frau beschützt habe. Sie wollten daraus ein Hotel oder Wellness-Resort oder so etwas machen.« Er schüttelte sich. »Jedenfalls etwas, das diese Kostbarkeit zerstört hätte.«

»Sie waren also sauer auf ihn, als er wieder auftauchte?«, fragte Emilia, die ihr Smartphone in Händen hielt und jede neue Info fleißig eintippte.

»Nein, wieso sollte ich? John war zwar nervig, aber er hatte keine Chance.«

»Hat er dich vielleicht erpresst, um an das Haus zu kommen?«

»Womit?«

»Mit deiner Familiengeschichte?«

Nathan beugte sich vor und suchte Callans Augen. »Netter Versuch, kleiner Schnüffler.« Er lehnte sich wieder zurück und streckte sich. »Nein, auch das nicht. John und ich kannten uns, aber eine Freund- oder Feindschaft wurde nie daraus.«

»Er hat Theas Haus angezündet. Da kann man als Vater schon mal sauer werden.«

Sein Mundwinkel zuckte angespannt. »Das war nicht sehr nett, aber meine Tochter und ihre Freundin sind starke, mutige Frauen und haben sich selbst um den Brand gekümmert. Das Haus steht noch, und John und Katherine haben ihre gerechte Strafe bekommen – auch dafür.«

»Wo waren Sie am 8. April um zweiundzwanzig Uhr?«

Er deutete zum Fenster, hinter dem man den Kirchturm sah. »Ich habe die Glocke geläutet wie zu jeder vollen Stunde. Das machen wir auch nachts aus langer Tradition und wechseln uns ab. Mal hat Peter die Nachtschicht, mal ich.«

»Sie hätten trotzdem genug Zeit gehabt, danach zum Pendle Hill zu gehen und Birming zu erschießen«, meinte Emilia. »Die Zeitangabe der Rechtsmedizin ist immer nur ungefähr, aber nie exakt.«

Callan wollte es ungern zugeben, aber ihm gefiel das Ermitteln mit ihr. Sie stellte außerdem die Fragen, die er auch gestellt hätte, bohrte an der richtigen Stelle nach und verhielt sich sogar einigermaßen professionell. Vielleicht hatten sie Emilia von Anfang an unterschätzt.

»Hätte ich, habe ich aber nicht.« Zum ersten Mal wirkte er leicht verlegen. »Nun, es ist mir etwas peinlich. Vielleicht sagt ihr das meiner Tochter lieber nicht.«

»Was denn?«

»Ich bin nach dem Läuten zum Chamberling-Haus rübergegangen und habe Thea und Evans beim Halma in der Bibliothek beobachtet.«

Callan sog zischend die Luft ein. »Du hast die beiden bei einem Brettspiel gestalkt?«

»Ich wollte meiner Tochter nah sein und hatte dadurch den Eindruck, ein kleiner Teil ihres Lebens zu werden, weil ich gesehen habe, wie sie so lebt und mit wem sie befreundet ist. Das ist alles, was ich wollte. Verurteilt mich oder lasst es. Sie scheucht mich sowieso weg, obwohl ich ihr alles erklären will. Seit Monaten renne ich ihr schon hinterher, aber sie gibt mir einfach keine Chance.«

»Wundert Sie das etwa?« Emilia wurde richtig wütend. »Sie haben sie doch sitzen lassen und sind einfach gegangen, als sie ein kleines Kind gewesen ist. Natürlich kann sie es nicht verstehen. Ihre Mutter wurde schwer krank und ist gestorben, was für sie Einsamkeit bedeutete. Thea hat erst auf ihrem Blog Freunde gefunden.«

Wow, da hatte sich jemand Theas ganze Biografie durchgelesen. Callan schaltete sich dennoch ein. »Eigentlich hat sie die erst in Pendle gefunden. Man kann die anonymen User im Internet wohl kaum dazuzählen.«

»Wieso nicht? Auch diese Leute sind wie eine kleine Familie und wachsen zusammen, selbst wenn sie sich nie gesehen haben. Manch einer findet vielleicht Trost in diesen Chats.«

Callan dachte noch über ihre Worte nach, als ihn Nathan auch schon wieder ablenkte. »So einfach war das nicht. Mein Freund Peter brauchte meine Hilfe, und ich bin in Pendle aufgewachsen, kenne jeden Stein ...«

»Und jeden Tunnel«, sagte Callan.

»Wenn jemand hier Hilfe braucht, dann hilft man sich. Das ist wie ein ungeschriebenes Gesetz«, sprach er weiter, ohne sich irritieren zu lassen. »Aber darüber würde ich lieber erst einmal mit Thea reden. Sie kann mich danach immer noch verjagen, aber so kennt sie wenigstens meine Sicht der Dinge.«

»Wie du meinst. Wir sagen ihr nichts, aber hör gefälligst auf, uns allen hinterherzuspionieren. Man könnte fast meinen, du seist ›Wookieeboy‹.«

Emilia blieb der Mund offen stehen.

Auch Nathan guckte perplex. »Wookiee... *was*? Sind das nicht diese haarigen Viecher aus *Star Wars*?«

»Vergiss es, ich wollte dich nur testen.« Callan winkte lässig ab. »Du hast also das Halmaspiel von Evans und Thea verfolgt. Wie lange war das?«

»Bestimmt eine Viertelstunde. Und danach habe ich noch im Garten gearbeitet.«

Callan klatschte in die Hände, was alle Anwesenden erschreckte. »Ich wusste doch, dass wir einen heimlichen Helfer hatten! Das warst also du!«

»Ich habe das Haus verkommen lassen, weil ich mich nur auf den Teil darunter konzentriert habe. Und Thea würde sich niemals helfen lassen wollen, also bin ich heimlich vorbeigekommen und habe die Dornen entfernt oder angeschnitten, damit es für euch einfacher ist.«

Callan erinnerte sich an den Morgen des 8. April, als er mit Thea zusammen weitergearbeitet hatte. Ihm waren die frischen Schnitte gleich aufgefallen. Anhand der Menge der durchtrennten Wurzeln und Äste konnte man ablesen, dass Nathan eine Weile gebraucht hatte. Oder hatte er seine Arbeit erst nach dem Mord an Birming verrichtet? Alles war möglich, sein Alibi wackelte. Hier kamen sie trotzdem nicht weiter.

Callan erhob sich. »Danke für das Gespräch. Wir nehmen das so auf.«

An der Tür hielt Nathan sie noch einmal zurück. »Könntet ihr bei Thea ein gutes Wort für mich einlegen? Auf mich hört sie ja nicht. Das wäre das, was ich im Gegenzug möchte.«

»Und Sie wundern sich, dass sie nicht mit Ihnen redet?« Emilias Augen sprühten Gift, bis Callan sie weiterzog.

»Ich werde sehen, was ich tun kann.«

»Danke, Callan. Du bist ein guter Junge.«

Als er die Tür geschlossen hatte, riss sich Emilia los. »Du bist ein guter Junge, Callan.« Sie tätschelte ihm den Kopf und äffte Nathans Worte mit einer Babystimme nach. »Tiefer in seinen Hintern hättest du nicht kriechen können.«

»Ach, hör doch auf!« Er schubste sie vorsichtig von sich.

Auf dem Weg über den Friedhof entdeckten sie die McAllisters, die sie ansahen, als hätten sie ein Verbrechen begangen, dabei waren es bloß zwei Teenager, die ein wenig herumalberten. Callan war froh, als er den Adleraugen von Agnes entkommen konnte. Jedes Mal überkam ihn eine Gänsehaut, wenn ihn diese Frau nur anschaute.

»Die sahen ja nicht gerade nett aus.«

»Bernie ist schon in Ordnung, aber vor Agnes solltest du dich in Acht nehmen.«

»Liebend gern. Die wirkte nicht, als ob sie Freundschaft mit mir schließen will.« Sie machte ein angewidertes Gesicht.

Die zwei setzten sich auf eine Parkbank an der Straße, und Callan holte seinen Laptop aus der Tasche.

»Er war es nicht«, sagte er.

»Du meinst Nathan?«

»Er kann nicht der Täter sein, denn auf deinem Video sind sowohl der Schuss als auch der Glockenschlag zu hören. Nathan kann nicht an beiden Orten gleichzeitig gewesen sein. Und der Reverend war, wie wir wissen, am Pendle Hill.«

Emilia rätselte weiter. »Hat er vielleicht gelogen? Er könnte sich den weglaufenden Täter ausgedacht haben.«

Callan überlegte, schüttelte aber den Kopf. »Er hatte keine Schmauchspuren an den Händen, und weit und breit gab es auch keine weggeworfenen Handschuhe.«

»Die Leiche wurde erst am nächsten Morgen entdeckt, als es hell war. Er hatte genug Zeit, die Handschuhe zu entsorgen.«

Callan hob skeptisch eine Augenbraue. »Traust du dem alten Reverend wirklich einen Mord zu?«

Sie zuckte mit den Schultern und schürzte die Lippen. »Ich weiß nicht. Ich kenne ihn noch nicht lange, und seine Kutte macht ihn für mich nicht zu einem Heiligen. Wieso hast du Nathan eigentlich nicht gleich gesagt, dass er nicht der Täter sein kann?«

Callan grinste. »Weil ich sonst nicht das von seinem Stalking erfahren hätte. Ich wollte ihm noch ein paar Details mehr entlocken.«

Sie sah beeindruckt drein. »Schlau gemacht. Sehr gut.«

Das klang, als wäre sie seine Lehrerin, dabei war es umgekehrt. Immerhin hatte Callan schon Erfahrung im Ermitteln gesammelt, während Emilia der Neuling war.

Sie beugte sich neugierig über seine Arme, um einen Blick auf den Monitor zu erhaschen. »Was machst du da eigentlich?«

Er drückte ihren Kopf zur Seite, damit er etwas sehen konnte. »Ich habe vorhin das alte Konto der Birmings gecheckt.«

»Ist das nicht eingefroren?«

»Schon, aber alte Überweisungen haben mich stutzig gemacht. Hohe Überweisungen an ein Konto, dessen Nummer mir bekannt vorkommt.«

»Weil du sie kennst?«

»Nicht direkt, aber viele in Pendle haben fast zur gleichen Zeit bei derselben Bank ein Konto eröffnet. Die Nummern gleichen sich dadurch stark.«

»Und nun gehst du davon aus, dass die Birmings regelmäßige Zahlungen an einen von euch getätigt haben? Könnten das nicht Dienste im Zuge der Bürgermeisterwahl gewesen sein oder eine Nachbarschaftshilfe? Vielleicht nur ein Gärtner, den sie beschäftigt haben?«

Callan überlegte. Seine Finger schwebten über der Tastatur. »Bei dieser Höhe glaube ich was anderes. Das hier sind entweder Schmiergeldzahlungen oder Schweigegelder. Oooder ...« Emilia wartete gespannt ab. Sie hing an seinen Lippen, und Callan fühlte sich prächtig dabei. Endlich hatte er mal die Oberhand und war schlauer als sie. »... die heimliche Nebentätigkeit der Birmings gab es wirklich. Aber dazu brauchten sie mindestens einen Komplizen.«

»Und du glaubst, dass hinter diesem Konto ihr Komplize steckt? Wäre möglich. Wer ist es denn nun?«

»Warte, so einfach ist es nicht, sich durch ein gesperrtes Konto zu bewegen.« Er brauchte noch ein bisschen, um die Sicherheitsschranken zu umgehen und die Bank auszutricksen, sodass es selbst die Polizei nicht bemerkte. Er durfte keine Spuren hinterlassen. »Wir sind drin! Jetzt kann ich mehr sehen.«

Emilia presste plötzlich ihre Wange an seine. Sofort schoss ein Kribbeln durch seinen ganzen Körper. Callans Gesicht wurde heiß. Er hoffte, dass sie es nicht bemerkte. »Wo steht denn der Name jetzt?«

Callan kostete den Moment voll aus, ehe er den letzten Klick machte und aus allen Wolken fiel. »Das gibt's doch nicht!«

Sie sprangen auf und rannten zurück zum Friedhof, der menschenleer war. Callan teilte *Churchyard Crimes* seine Fortschritte über den neuen Chat mit. »Und was machen wir nun? Unsere Aufgaben sind alle erledigt, Thea und Evans wissen Bescheid ...«

»Ich weiß, was wir machen.« Grinsend zog sie ihn zum Chamberling-Anwesen.

15. Kapitel

Myrna wartete zur Sicherheit auf Harrisons Rückkehr, bevor sie an dem zweigeschossigen Haus mit der hellen Fassade und dem gepflegten Garten klingelte. Das Birming-Anwesen war beeindruckend. Den Laborabgleich des schwarzen Schleimes würde ihr Kollege gleich mitbringen.

Eine Nachricht von Thea ploppte auf. Sie hatte als Erste in ihren Gruppenchat geschrieben. Myrna las und wählte danach die Nummer des Sergeants.

»Harrison? Können Sie mich hören? Wo sind Sie?«

»Ich fahre gerade auf die Schnellstraße. Was ist denn los?«

»Wir brauchen noch etwas Wichtiges aus Preston. Danach können Sie herkommen.«

»Um was geht es?« Sie hörte ein Rauschen, als er wahrscheinlich den Wagen wendete.

»Um die Besucher von Katherine und John Birming im Gefängnis. Wir brauchen eine Auflistung vom Tag ihrer Verhaftung bis heute. Sehen Sie nach, ob Ihnen bekannte Namen ins Auge springen oder welche sich häufig wiederholen. Die Liste können wir so schnell nur vor Ort einsehen.«

»Ich bin auf dem Weg. Sonst noch was?« Ward klang erstaunlich fröhlich, obwohl sie ihm Extraarbeit aufbrummte.

»Nein, das wäre alles. Danke, Harrison.«

»Nicht dafür, ich möchte den Fall ja genauso schnell lösen wie Sie, Inspector.«

Myrna wurde misstrauisch. »Wieso sind Sie auf einmal so gut gelaunt? Hat Harry ein besonders großes Häufchen vor Sergeant Carpenters Bürotür gesetzt?«

Sie hörte ihn lachen. »Nein, aber heute ist einfach ein schöner Tag, und ich habe es im Gefühl, dass wir den Fall bald lösen werden.«

»Ihr Wort in Gottes Ohr.« Sie lächelte, kam aber zum Ernst der Lage zurück. Alles Weitere würde sie später aus ihm herauskitzeln. »Haben Sie Neuigkeiten aus dem Labor?«

»Ich bin den Bericht von diesem … Dreck mit dem Mitarbeiter des kriminaltechnischen Labors durchgegangen. Eine Mischung aus Kot, Wasser und recht saurer Erde. Die Proben stimmen überein. Das bedeutet, dass der Einbrecher bei Jolene Downing auch mit John Birming in Kontakt kam oder die beiden am selben Ort waren.«

»Aber das ergibt keinen Sinn. Die Waffe wurde erst nach dem Mord entwendet.«

»Stimmt, das will mir auch nicht in den Kopf gehen. Aber Sie finden das sicher raus.« Wieder klang er so seltsam beschwingt.

»Wissen Sie, um was für ein Tier es sich handelt?«

»Weiß ich, und jetzt halten Sie sich fest.«

Myrna ließ den Blick schweifen. »Hier ist nichts, aber ich falle schon nicht um.«

»Es waren Schweine.«

»Schweine?«, rief sie erstaunt. »Ich hätte mit einem Hund oder sogar mit einem Reh gerechnet, aber nicht mit einem Schwein. Reden wir hier von einem Wild- oder einem Hausschwein?«

»Hausschwein. Es ist also nicht im Wald passiert, sondern auf einer Farm.«

»Und da Birming nicht aus Pendle rauskonnte, wurde er entweder von jemandem von außerhalb besucht oder ...«

»... oder wir suchen nach einer Schweinefarm im Grenzgebiet von Pendle.«

»Danke für Ihre Mühe, Harrison. Sie sind mir wirklich eine Hilfe. Das muss man auch mal betonen.«

Er schniefte. »Danke, Evans. Das hat mir noch nie jemand gesagt.« Weinte er etwa?

Sie war erst zu perplex zum Antworten. »Ähm ... nicht der Rede wert.« Myrna hörte ein Bellen, bevor er auflegte.

Durch seinen Entzug wurde Ward manchmal sehr emotional. Sie nahm es ihm nicht übel. Er war trotzdem ein guter Polizist.

Sie ärgerte sich nur, dass sie nun doch länger mit dem Verhör warten musste, als ihr jemand auf die Schulter tippte.

Theas Lächeln war ansteckend. »Brauchst du mich?«

»Du kommst genau im richtigen Moment«, antwortete sie erleichtert. »Lass uns zusammen diese Zwillinge verhören. Ich habe deinen Tipp gerade an Harrison weitergegeben. Er kümmert sich um die Liste. Dass ich darauf nicht selbst gekommen bin!« Sie schlug sich gegen die Stirn.

»Dafür hast du ja mich.«

Sie ließ Thea ihren Stolz. Myrna brachte sie auf den neuesten Stand und klingelte.

»Schweine? Also kommt der Mörder von einem Bauernhof?«

»Oder er war mal da, lebt dort aber nicht. Vielleicht arbeitet er auf einem Schlachthof. Es wäre vieles möglich.«

»Ich kenne keine Schlachthöfe hier in Pendle.«

Ihr Gespräch wurde unterbrochen, als ihnen ein schlanker junger Mann mit blondem Haar und hellen grünen Augen öffnete. Sein Bruder stellte sich gleich darauf neben ihn. Sie sahen ihrer Mutter unfassbar ähnlich. Die beiden unterschieden sich nur durch den Bart des einen und die größere Muskelmasse des anderen.

»Dylan und Marc Birming?«

»Wie können wir helfen?«, fragte der Bärtige.

Myrna zückte ihre Marke. »Detective Inspector Evans. Wir haben Fragen zum Tod Ihres Stiefvaters.«

Sie ließen sie herein und boten ihnen ein Getränk ihrer Wahl an. Das Wohnzimmer war riesig und hell eingerichtet, auf dem Boden lagen Marmorfliesen, und allein die Musikanlage kostete ein Vermögen. Das ganze Haus war vollgestopft mit Kunstgegenständen und Monitoren. Alles war kameraüberwacht. Große Glasfassaden ließen einen Blick in den hübschen Garten zu. In dieses Grundstück wurde sehr viel Geld investiert, das sah man auf den ersten Blick.

»Ich bin Dylan, das ist Marc«, sagte der Muskulöse und deutete auf seinen bärtigen Bruder. »Wir können Ihnen nichts dazu sagen und verweigern die Aussage.«

»Ich habe doch noch gar nichts gefragt«, meinte Myrna. »Sie haben sicher nichts zu verbergen.«

»Oder etwa doch?« Thea fixierte die beiden Männer, die in hellen Hosen und Poloshirts steckten. Sie sahen aus, als kämen sie frisch vom Golfplatz.

Die Brüder wechselten einen langen Blick, was Myrna nicht behagte. Dann zuckte Marc mit den Schultern und überließ Dylan zunächst das Feld. »Gut, machen wir es kurz: Wir haben unseren Stiefvater gehasst, weil er unsere Familie zerstört und unsere Mutter zu einer Verbrecherin gemacht hat.«

»Katherine Birming wusste, was sie tat«, widersprach Myrna. »Sie war sich der Konsequenzen bewusst und muss deshalb auch die volle Haftstrafe absitzen.«

»Unsere Mutter ist sicher nicht perfekt, ja, aber der Auslöser war doch wohl er. John hat mit seiner Affäre damals Unglück und Schande über uns gebracht und seine eigene Frau zu dieser Tat getrieben. Der Name Birming ist seitdem beschmutzt«, fauchte er wütend und ballte eine Faust. Sein Bruder legte ihm eine Hand auf den Arm, um ihn zu beruhigen.

»Also hatten Sie beide ein Motiv«, sagte Myrna.

»Definitiv, aber keine Möglichkeit. Wir waren bei einem Auslandsevent und haben in Frankreich teuren Wein getrunken und die erlesensten Käsesorten probiert. Das können zahlreiche Angestellte sowie unsere Auftraggeber bestätigen.«

»Wir brauchen bitte Nummern und Adressen der Leute, um das zu überprüfen. Auch den des Veranstalters.«

»Haben wir Ihnen schon ausgedruckt. Außerdem gab es Kameras.« Als Dylan Theas erstaunten Blick sah, fügte er hinzu: »Es war nur eine Frage der Zeit, bis Sie auftauchen und Ihre Fragen stellen.« Er reichte ihnen eine lange Liste mit Namen und Anschriften. »Wäre das dann alles? Wir wollten nichts mehr mit John zu tun haben und haben deshalb den Kontakt abgebrochen. Wir können Ihnen also gar nichts über ihn sagen, außer dass er sich natürlich hier einnisten wollte, kaum dass er wieder draußen war.«

Thea machte sich Notizen und fragte, ohne den Blick zu heben: »Das heißt, er schlief nicht bei Ihnen? Wo ist er sonst untergekommen?«

»Keine Ahnung, jedenfalls nicht bei uns«, antwortete Marc schulterzuckend.

»Haben Sie ihm Geld gegeben?«, fragte Myrna weiter.

»Nein, keinen Penny. Das gehört jetzt uns. Das alles hier. Er hat kein Recht darauf.« Dylan deutete um sich.

Myrna und Thea sahen sich an. Es arbeitete in ihren beiden Köpfen. Woher stammte dann das Bündel Scheine, mit dem er Jolene gelockt hatte? Und wo hatte er bis dahin gewohnt?

»Und er trug eine Fußfessel«, sagte sein Bruder abfällig. Seine Mundwinkel fielen herab. »So etwas sollte niemals mit uns in Kontakt kommen, sonst gibt es schlechte Presse.«

»Was machen Sie, wenn ich fragen darf?« Myrna war nun wirklich neugierig. Die beiden schienen ziemlich erfolgreich in dem zu sein, was sie taten.

»Wir entwickeln neue KI-Techniken für Unternehmen, unter anderem im Ausland. Zum Dank werden wir gern auf Events eingeladen, in diesem Fall eine Weinverkostung in der Provence, die vom 7. April bis einschließlich gestern lief. Künstliche Intelligenz ist die Zukunft, meine Damen. Investieren Sie besser schnell, sonst werden Sie abgehängt.«

Nun war Myrna immer noch nicht schlauer, lächelte aber und nickte.

»Vielleicht, wenn man irgendwann von einem Roboter abhängig sein will statt von einem Menschen«, nuschelte Thea.

Myrna lächelte angespannt, um die Situation zu retten. »Hatte er Feinde?«

»So gut wie jeden, insbesondere Conrad Hawkins und Patrick O'Doyle. Aber auch hier in Pendle konnte ihn niemand leiden. Er wurde verwünscht und verjagt. Das hat er nun davon. Er wollte sein Leben lang glänzen und Aufmerksamkeit haben.« Marc lachte verbittert.

»Danke für Ihr Entgegenkommen. Eine letzte Frage, bevor wir gehen. Wissen Sie von einem Nebengeschäft Ihrer Eltern?«

»Ein Nebengeschäft? Meinen Sie die Politik? Das haben die beiden hauptberuflich gemacht, weil er Bürgermeister war.«

»Ich spreche eher von einem geheimen, vielleicht illegalen Geschäft. Ihr Stiefvater soll viel Geld gehabt haben, obwohl sein Besitz nun in Ihren Händen ist und er frisch aus der Strafvollzugsanstalt kam.«

Diesmal tauschten sie ratlose Blicke. »Davon hören wir heute zum ersten Mal. Wir hätten ihn sofort angezeigt und uns auch dieses Geld genommen«, sagte Marc emotionslos. »Besser, es bleibt dabei, dass wir nichts davon wussten. Vielleicht hatte er einen geheimen Komplizen in Pendle oder eine ganze Bande, aber das sind nur Vermutungen. Wer weiß schon, was hinter den Fassaden dieser Dörfler steckt? Ich traue denen alles zu.« Sein Zwilling nickte eifrig. Dass Thea und Myrna nun auch dazugehörten und sie selbst ebenfalls in

Pendle wohnten, wenn auch in einem modernen Palast, schien ihnen nicht in den Sinn zu kommen. »Unsere Mutter wird wahrscheinlich nie wieder rauskommen, und John ist tot. Wir hoffen, dass jetzt endlich Ruhe einkehrt. Dieser Mann kann uns gestohlen bleiben.«

»Aber seinen Namen haben Sie gern angenommen«, meinte Thea provokant. »Dafür reichte Ihre Liebe für ihn offenbar.«

Dylan funkelte sie an. Sein Blick war nun genauso starr und schaurig wie der seiner Mutter. »Wir waren noch jung, als John in unser Leben trat. Wir hatten keine Wahl.«

»Sie hätten den Namen später ändern können.«

»Das kostet unnötig, und außerdem haben wir fast ein ganzes Leben damit verbracht und uns daran gewöhnt.«

Der letzte Punkt leuchtete ein.

»Wir finden den Weg raus«, sagte Myrna, ehe das hier eskalierte. Mit den Birmings war allgemein nicht zu spaßen. »Bleiben Sie bitte in Pendle, solange der Fall noch nicht abgeschlossen ist.«

Endlich hatte sie die Zwillinge schockiert. »Warum? Sind wir trotz Alibi verdächtig?«

»Wir können unseren Stiefvater gar nicht ermordet haben. Das haben wir Ihnen doch eben erst bewiesen.«

»Sie nicht, aber ein Auftragsmörder kann es. Und Sie haben sich vielleicht ein sehr gutes Alibi verschafft, weil Sie wussten, dass Sie es brauchen werden.«

»Das würde dann ja auf jeden mit Geld und einer Abneigung gegen John zutreffen.« Marc rollte mit den Augen. »Also auf alle.«

»Da haben Sie recht, nur leider gehören Sie dazu und haben eine enge Verbindung zu Mr Birming.«

»Besonders eng kann man das nicht nennen«, brummte Marc. »Er war zwar ein Teil der Familie, war aber immer nur auf den eigenen Erfolg aus. Um uns hat er sich nie gekümmert.«

Myrna nickte ihnen nacheinander zu und ging, ohne sich noch einmal umzudrehen. Thea folgte ihr auf dem Fuß.

Die Tür fiel ins Schloss. Ein Piepen bestätigte Myrna, dass die Alarmanlage eingeschaltet wurde. Hatten die beiden Angst, oder waren sie nur zwei neureiche Geschäftsmänner mit einem Faible für Technik?

Erst auf der Straße ließ Thea ihren Gefühlen freien Lauf. »Wie ich solche selbstgefälligen Lackaffen hasse! Hast du gesehen, wie sicher sie sich waren? Das kam mir sehr verdächtig vor.«

Myrna schmunzelte. »Ich mochte sie auch nicht. Die beiden haben bestimmt noch mehr Leichen im Keller als ihre Eltern. Du hast dich da drinnen gut geschlagen.«

Thea erstrahlte bei so viel Lob. »Meinst du? Ich musste mir auch meine Fingernägel in die Haut rammen, um ihnen nicht an die Gurgel zu gehen.« Sie zeigte Myrna ein paar Kerben in ihrer Handfläche.

»Ich dachte wirklich, du würdest jeden Moment platzen. Jedenfalls wissen wir nun, dass Birming nicht hier gewohnt hat und auch kein Geld von seinen Stiefkindern erwarten konnte. Die Abscheu in ihren Augen war jedenfalls echt.«

»Meinst du, sie haben gelogen, was den Nebenjob betrifft? Vielleicht machen die zwei in Wahrheit damit ihr Geld, und die KI-Systeme sind nur eine Maske für die Öffentlichkeit. Ich könnte mir vorstellen, dass die gesamte Familie Birming ihre Finger im Spiel hatte.«

»Fragt sich nur, bei was.« Sie gingen ein Stück und ließen sich den frischen Frühlingswind um die Nasen wehen.

»Die Spur an seinem Ärmel war zwar trocken, aber nicht besonders alt. Und da Emilia John Birming dabei gefilmt hat, wie er das Haus kurz vor zehn verließ und Richtung Pendle Hill ging, bedeutet das, dass der Schweinekot vom Mörder auf Birming übertragen wurde. Dazwischen sind keine Tierfarmen oder großen Höfe, auf denen er einen Zwischenstopp eingelegt haben könnte.«

In diesem Moment vibrierten ihre Handys und zeigten eine neue Nachricht von Callan an, die alles veränderte und endlich die losen Fäden auf ihrer Pinnwand verband.

16. Kapitel

»Was hast du vor? Die beiden sind doch nicht da«, zischte Callan vor der Tür des Chamberling-Anwesens.

Emilia packte sein Gesicht und hielt es fest. Ihre Nasenspitzen berührten sich fast. Er hielt die Luft an und verlor sich in ihren riesigen dunkelblauen Augen.

»Callan, das ist unsere Chance! Noch eine kommt vielleicht nicht!«

»Was meinst du denn?« Seine Stimme klang gepresst, weil sie noch immer seine Wangen quetschte.

»Du hast einen Schlüssel und kennst den Eingang zu den Tunneln. Lass uns den Schatz bergen und endlich allen beweisen, dass wir keine Spinner sind.« Sie klang ganz euphorisch und schien es ernst zu meinen.

»Aber … das ist lebensgefährlich! Wir waren sogar schon mal zu dritt da unten und wären beinahe draufgegangen.«

»Die beiden alten Frauen gelten nicht, mit denen wäre wohl jeder fast gestorben. Ich stelle mir das anstrengend vor.«

»Ach, und mit dir soll das anders sein?«

»Ich habe fluoreszierende Stifte für die Wandmarkierungen, eine Powerbank mit genug Ladekraft für beide Handys, ein Schweizer Taschenmesser und meine Wärmebildkamera dabei, falls wir da unten Wesen begegnen, die man auf den ersten Blick nicht sieht.«

Endlich ließ sie ihn los und legte ihre Hand behutsam auf die Kamera um ihren Hals.

Callan kniff die Augen zusammen. »Hast du das geplant?« Er massierte sich die Wangen.

Schulterzuckend machte sie einen Schritt zurück. »Ich bin eben gern vorbereitet. Außerdem konnte ich ja nicht ahnen, dass wir beide ein Team bilden. Das habe nicht ich bestimmt, falls du dich erinnerst.«

»Ich werde den anderen aber Bescheid geben, sonst drehen sie durch vor Sorge.«

»Mach das, und dann nichts wie rein in die Tunnel! Wir malen uns am besten alles auf, um die Wege später ordentlich zu kartografieren. Das wird uns und anderen nützen.«

»Und der Fall Birming?«

»Den lösen doch Thea und Evans.« Sie lächelte zuckersüß. »Oder bist du feige?«

»Ich? Keine Spur!« Er schloss das Haus auf, ging direkt in die Bibliothek und zog ein Buch aus der obersten Regalreihe. Ein Schaben erklang, und ein zweites Regal schob sich zur Seite. Dahinter lag eine alte Tür.

»Hast du auch den Schlüssel dafür?«

»Eigentlich nicht, aber ich weiß, wo Thea ihn versteckt.« Grinsend griff er hinter eine andere Buchreihe und fand, was er suchte. Damit öffnete er die alte, quietschende Tür.

Sofort wurde Callan wieder mulmig zumute. »Ich habe keine guten Erinnerungen an das Labyrinth.«

»Willst du nun beweisen, dass du recht hattest oder nicht? Wir passen schon auf und markieren uns die Wege.« Sie drängelte, bis er sich einen Ruck gab. Mit Myrna hatte er schließlich auch die alten Kisten aus dem Archiv geborgen. Er war unzählige Male hier unten gewesen. Dennoch behagte ihm die Suche nach dem Schatz nicht.

Ehe er noch länger nachdachte, schob Emilia ihn in den düsteren Tunnel. Schnell schickte Callan seine Chatnachricht ab, bevor der Empfang weg war. »Welche Tür nehmen wir? Eins, zwei oder drei? Ich wäre für die drei.«

»Wir nehmen die zwei, weil die drei früher oder später in einer Sackgasse endet. Das weiß ich schon.«

»Na also, es geht doch.«

Sie öffneten die ausgewählte Tür und verschwanden in der Dunkelheit der Tunnel.

***

Myrna und Thea fuhren gen Westen. Eine neue SMS von Ward traf ein, die Thea für sie öffnete, weil Myrna am Steuer saß. »Und? Was schreibt er?«

Thea überflog die Nachricht des Sergeants und riss die Augen auf. »Callan hatte recht! Sieh mal!« Sie hielt ihr das Handy direkt vor die Nase.

Myrnas Wagen kam kurz ins Schleudern. »Thea, bitte! Lies es mir einfach vor!«, rief sie entsetzt.

»Oh, entschuldige! Also, der Name McAllister taucht gleich mehrmals direkt vor der Verhaftung und in regelmäßigen Abständen danach auf.«

»Auch nach Birmings Tod?«

Thea suchte die entsprechenden Tage heraus. »Ja, auch da ein Mal. Es war immer nur Besuch für Katherine, nie für John.«

»Sie zieht weiterhin die Fäden.«

»Die Zwillinge sind hier genauso oft vertreten.«

»Es ist ihre Mutter. Natürlich werden sie sie ab und zu besuchen. Konzentrieren wir uns also auf Agnes und Bernie McAllister. Reverend Hughing hat eine große schnaufende Gestalt davonrennen sehen. Das würde auf beide passen.«

»Und es floss eine Menge Geld vom Konto der Birmings auf das von Agnes McAllister. Sie ist unsere Hauptverdächtige.«

Thea rieb sich die Hände. »Das wird ein Spaß.«

Sie hielten auf dem heruntergekommenen Familienhof der McAllisters. Thea deutete sofort auf den Schweinestall. Sie hätten gleich auf das Geschwisterpaar kommen müssen, doch ohne die Kontobewegungen hätte es keine Verbindung von ihnen zu Birming gegeben.

»Da haben wir ja unsere Furie«, murmelte Thea, als die kratzbürstige Agnes McAllister aus der Scheune kam und ihre Mistgabel erhob. »Haut ab, oder ich scheuche euch damit!«, keifte sie.

»So liebreizend wie eh und je.« Myrna ging einen mutigen Schritt auf sie zu und hob die Hände, als wollte sie ein wildes Tier beruhigen. »Wir kommen, weil wir Fragen haben. Es ist dienstlich.«

»Kommt ein anderes Mal wieder.«

»Das geht leider nicht, weil wir vermuten müssen, dass ihr Beweismaterial in eurem Haus habt.«

»Ohne Durchsuchungsbefehl dürft ihr gar nichts mitnehmen!«

Thea meldete sich. »Also, eigentlich heißt das nicht Durchsuchungsbefehl, sondern ...«

»Halt die Klappe, Shaw! Deinetwegen stinkt es hier nach Tod!«

Thea konnte sich das Grinsen nicht verkneifen. »Und ich hätte gedacht, dass es eher nach euren Schweinen riecht. Übrigens werden wir eine Vergleichsprobe nehmen und testen, ob der Schlamm dieselbe Zusammensetzung aufweist wie am Tatort. Wahrscheinlich kam das aus eurer Jauchegrube.«

»Am Tatort?« Agnes' Gesicht wurde noch röter. »Wir haben Birming nicht umgebracht. Lasst uns in Ruhe! Kommt gefälligst mit einem Beschluss wieder!«

»Wenn der Verdacht besteht, dass Beweise sonst verschwinden, dürfen wir auch direkt reinkommen«, erklärte Myrna ruhig. »Bitte bleib vernünftig, Agnes. Wir wollen nur einen Mordfall klären.«

»Pah!« Sie spuckte zur Seite. Ihr fransiges Haar stand wild vom Kopf ab, und sie war rot angelaufen. Die Mistgabel blieb hoch erhoben. »Die da will uns doch nur wieder eins reinwürgen! Wir haben nichts zu verbergen!«

»Das sieht aber anders aus, wenn du uns bedrohst.«

Endlich senkte sie das spitze Arbeitsgerät und stützte sich mit ihren wulstigen Händen darauf. »Stellt einfach eure Fragen und geht.«

»Wo ist dein Bruder?«, fragte Myrna mit Blick aufs Haus.

Das Dach war löchrig, die Fassade schmutzig. Der Hof war heruntergewirtschaftet, und den Schweinen ging es wahrscheinlich schlecht.

»Drinnen und schlachtet.«

»Wir müssen auch ihn sprechen. Eure beiden Aussagen sind wichtig.«

Agnes kniff angriffslustig die Augen zusammen. »Ihr werdet den Teufel tun! Alles, was ihr wissen wollt, kann auch ich euch beantworten.«

Myrna drehte sich zu Thea und machte ein vielsagendes Gesicht. Das war ihr Zeichen!

Ihre Freundin verwickelte Agnes daraufhin in eine Befragung: »War John Birming einmal hier?«

»Nein.«

»Sicher?« Myrna hakte lieber einmal mehr nach als zu wenig, wie Thea sie kannte. »Er muss irgendwo geschlafen haben, bis er zu Jolene gezogen ist. Wir nehmen an, dass er das gemacht hat, weil eure Verbindung nicht auffliegen sollte.«

»Wir kannten den Mann kaum«, behauptete sie vehement.

»Kann ich mich mal hier draußen umsehen? Ich muss noch eine Probe von der Gülle nehmen.«

»Untersteh dich!«

Aber Myrna war schon auf dem Weg. Diesen Moment nutzte Thea für sich und lief ums Haus, bis sie einen Eingang fand. Drinnen sah sie sich um. Sie hörte Geräusche, wahrscheinlich von Bernie, der nichts ahnend im Hinterzimmer ein Schwein zerteilte. Aus irgendeinem Grund behagte Thea die Vorstellung nicht, dass er mit Hackebeil und Messer hantierte.

Sie hatte nicht viel Zeit, weshalb sie sich beeilte und alle Küchenschränke und Schubladen nach einer Spur absuchte. Nichts ließ darauf schließen, dass Birming hier gewesen war. Auch die Tatwaffe fehlte noch immer.

Thea musste sich im Bruchteil einer Sekunde entscheiden, ob sie nach hinten zu Bernie ging, die

Kellertreppe nahm oder den ersten Stock überprüfte. Sie ließ ihren Bauch entscheiden, der klar für den Keller war. Wenn Leute etwas versteckten, war es meistens zwischen Gerümpel zu finden.

Thea durchstöberte alte Kisten und einen ausgemisteten Kleiderschrank, aber bis auf Staub, Spinnen und schlechte Gerüche fand sie nichts Brauchbares. Sie hoffte, dass Myrna Agnes noch eine Weile beschäftigte.

Thea leuchtete sich den Weg, weil die speckige Deckenbeleuchtung nicht ausreichte. Der Lichtkegel stieß auf eine metallische Tür, die mit einem Hebel von außen verschlossen war. Neugierig ging sie näher und öffnete sie. Sie suchte einen Lichtschalter und fand diesen auch schnell. Die grelle Beleuchtung in diesem Raum überraschte sie. An der Decke hingen helle Neonröhren. Aber noch überraschender war der Anblick, der sich ihr bot und ihren Herzschlag mit sofortiger Wirkung beschleunigte.

Vor ihren Augen stand ein waschechtes Drogenlabor wie aus den Filmen und Serien, die sie gern sah! Zwar im kleinen Stil, aber damit wäre es möglich, eine Menge Geld zu machen. Das Ganze sah verdächtig nach Crystal Meth aus, doch so genau wusste sie es nicht. Die McAllisters hatten also noch mehr Geheimnisse als eine illegale Hundezucht.

Thea streifte herum und sah sich alles an. Es roch muffig. Lange würde sie hier besser nicht bleiben, wenn sie nicht krank oder abhängig werden wollte. In einer Ecke standen Regale mit Kisten voller Handschuhe, daneben hingen Schutzanzüge und Masken. Es gab große Fässer, die fest verschlossen waren. Auf einem Tisch in der Mitte waren Glaskolben und

Reagenzgläser aufgestellt, manche sauber, andere dreckig, in denen Schläuche steckten. Die fertige Droge fehlte hier zwar, aber es würde genug Spuren als Beweis geben. Thea schoss Bilder und lud sie in den Gruppenchat hoch.

»Mist!«, murmelte sie, weil sie hier unten keinen Empfang hatte. *Dann eben später.*

Sie öffnete ein paar Kisten und durchwühlte die Handschuhe. Eine innere Stimme hatte ihr dazu geraten. Thea konnte es dennoch nicht glauben, als sie tatsächlich Jolenes alte Militärpistole fand. Agnes hatte sie also hier unten versteckt. Nun gab es endlich eine Tatwaffe, die sie mit der Munition in Birmings Brust vergleichen konnten.

Sie wollte den Keller wieder verlassen, drehte sich schwungvoll um und strauchelte plötzlich zurück, weil sie gegen eine große Gestalt prallte.

Erleichterung durchströmte sie, als sie Bernie und nicht Agnes erkannte. Er hatte eine blutige Schürze um und starrte sie an, als könnte er nicht fassen, dass sie hier unten war.

»Du bist es nur«, sagte sie und atmete aus. »Lass uns nach oben gehen, da erkläre ich dir alles. Deine Schwester wird dir nichts mehr antun.«

Thea machte einen Schritt nach rechts, Bernie nach links. Sie tat das Gleiche auf der anderen Seite, und schon wieder stellte er sich in ihren Weg.

»Was soll das?«, fragte sie vorsichtig mit Blick auf das blitzende Beil in seiner Hand.

»Ich kann dich nicht gehen lassen«, sagte er nur, erhob die Waffe und scheuchte sie zurück.

»Bernie, lass das! Wir kennen uns doch! Du musst das nicht für sie tun!«

»Mache ich auch nicht.« Er verließ den Raum und knallte die schwere Tür zu, bevor sie reagieren konnte.

Wenig später hörte Thea den großen Riegel. Sie hämmerte gegen die Metalltür, was aussichtslos war. Er hatte sie in einem fensterlosen Zimmer eingesperrt, in dem es keinen Handyempfang gab und nach Crystal Meth roch. Es gab kein Entkommen!

***

Callan und Emilia streiften seit einer halben Ewigkeit durch die Tunnel. Immer wieder trafen sie auf Gänge und Türen, die bereits markiert waren, und schlugen dann eine andere Richtung ein.

Je tiefer sie kamen, desto stickiger wurde die Luft. Callan kannte das bereits, aber er bemerkte, dass Emilia schwerer atmete. »Alles okay?«

Mit verschwitztem Gesicht und aufgerissenen Augen sah sie ihn an. »Ja, alles gut.«

»Ehrlich? Du siehst echt scheiße aus.«

»Du mich auch. Wir müssen den Schatz finden. Alles andere ist zweitrangig.«

Callan hielt sie am Arm zurück, damit sie ihn ansah. »Deine Gesundheit ist wichtiger. Ich mache mir Sorgen. Sonst quasselst du wie ein Wasserfall, aber hier unten bist du plötzlich ganz still. Siehst du Gespenster?«

Sie warf einen Blick durch ihre Kamera. »Nein.«

Callan hatte das eigentlich anders gemeint, aber er hätte wissen müssen, dass sie es wieder einmal ernst nahm.

Sie leuchteten sich den staubigen Weg mit ihren Handys. Dieses Mal hatte er das Gefühl, sich nicht zu verlaufen. Sie waren sogar an dem Geheimarchiv vorbeigekommen, das Myrna vor einer Weile durch Zufall entdeckt hatte.

Emilia ging einfach weiter. Sie wollte wohl nicht reden.

Heute gab es keinen mysteriösen Laternenmann, der ihnen Streiche spielte oder ihnen den Weg wies.

Auf einmal torkelte sie zur Seite und prallte mit der Schulter gegen die Steinwand. Sie blieb am Boden sitzen.

»Ems! Was ist los?« Callans Stimme erzeugte ein unheimliches Echo.

»Ich ... Ich kann nicht weiter.« Sie schluckte fest, und ihre Augen rollten unkontrolliert.

Callan befühlte ihre Stirn, die nicht heiß, aber klamm war. »Wir müssen weiter oder wenigstens zurück.« Er kniete sich vor ihr in den Dreck. »Hast du eine Allergie? Oder ist es die Dunkelheit? Aber spazierst du nicht gern am Pendle Hill entlang, um Geister zu suchen? Fürchtest du dich hier unten vor ihnen?«

»Nein, ich ... Es ist mir etwas peinlich.«

»Was denn? Du kannst mir alles sagen.« Er versuchte sich an einem aufmunternden Tonfall, scheiterte jedoch.

Müde lächelte sie. »Ich habe Klaustrophobie.«

Callan raufte sich die Locken. »Und das sagst du mir erst jetzt? Wusstest du nicht, dass es hier eng wird?«

»Doch, aber ich dachte nicht, dass es so schlimm ist. Hilf mir bitte auf.«

Callan musste sie stützen, weil ihre Beine zu wackelig zum Laufen waren. »Wir gehen auf der Stelle zurück. Erst Jolene und Lucretia, nun du. Ich glaub, ich spinne!«

Callan nahm den direkten Weg zurück, immer der leuchtenden Schrift an den Wänden nach.

»Warte«, sagte sie erschöpft. Mit zitterndem Finger zeigte sie auf eine Tür. »Hier waren wir noch nicht.«

»Ems, du bist kaum in der Lage ...«

»Bitte, Callan. Ich spüre etwas.«

Er rollte mit den Augen. »Na klar, deine Angst. Die Wände kommen auf dich zu, bla, bla.«

»Nein, eine höhere Macht. Ich kann sie fühlen. Sie rufen nach mir.«

»Wer?« Callan lehnte Emilia gegen die Wand und suchte ihre Augen. »Wen spürst du?« *Jetzt wird sie völlig verrückt.*

»Verlorene Seelen auf der Suche nach Erlösung«, hauchte sie stimmlos und keuchte. »Viele Seelen.« Ihr Finger zeigte noch immer auf die andere Tür.

Callan gab nach. Wenigstens einen Blick würde er wagen. Emilia fantasierte sich anscheinend etwas zusammen, aber solange er nicht dem Wahnsinn verfiel, würde alles gut verlaufen. Er würde sie beide wieder sicher zurückbringen.

Callan riss die Tür auf und leuchtete hinein. Es war kein langer Gang, sondern ein Zimmer mit mehreren Regalen und einem steinernen Tisch in der Mitte. Als er näher kam, ließ er vor Schreck das Handy fallen. Es funktionierte zum Glück noch, als er es aufhob.

»Das ... Das ...« Er beleuchtete eine Mumie nach der anderen. Ein schauriger Anblick! An manchen erkannte er vertrocknete Haut, andere waren mit der Zeit nur noch Knochen, und wiederum andere waren zum Teil zerfallen. Überall lagen Gebeine ordentlich sortiert und völlig unangetastet – wenn man von den Ratten einmal absah, die hier ihr Unwesen trieben. In den Ecken quiekte es protestierend, als sie sich näherten.

Sie waren in einer echten Grabkammer gelandet. Er drehte sich zu Emilia. »Wie konntest du das mit den Seelen wissen?«

Sie deutete auf ihre Schläfe und lächelte erschöpft. »Alles hier drin. Ich sagte doch, ich spreche mit Geistern und habe ein Gespür für sie. Da sind Schwingungen und Wärmesignaturen. Sie wollen über mich mit den Lebenden kommunizieren, weil sie in ihrer Zwischen-welt festhängen und Hilfe brauchen. Rastlose Seelen.« Jetzt hielt sie sich auch noch für ein Medium, aber so-lange sie sich entspannte, war ihm alles recht. »Wir ha-ben ihre Totenruhe gestört.«

»Wieso flüsterst du?«

»Weil sie uns hören können. Mach sie bitte nicht wü-tend.«

Das, was Callan für einen Tisch gehalten hatte, war in Wahrheit ein großer steinerner Sarg.

Emilia setzte sich schnaufend auf den kalten Boden und rieb sich die schweißnasse Stirn. »Es geht gleich wieder. Tut mir leid für den kleinen Anfall da draußen. Diese Tunnel sind wirklich schmal und wirken unend-lich. Wir mussten sogar den Kopf einziehen. Wenn ich hätte krabbeln müssen, wäre es vorbei gewesen.«

Sein Ärger verflog. Callan setzte sich neben Emilia und legte einen Arm um sie, um ihr zu zeigen, dass sie nicht allein war. Statt ihn wegzustoßen, lehnte sie sich gegen seine Schulter und atmete endlich ruhiger.

»Alles wird gut. Ich bringe dich hier wieder raus.«

»Danke, Callan. Ich muss dir noch was gestehen.«

»Nur raus damit.« Er streichelte ihr behutsam über den Oberarm und errötete.

Ermattet sah sie zu ihm auf. Ihre Augen schimmerten verräterisch, und ihre Lippen bebten. »Ich habe euch angelogen.«

Das überraschte ihn nun doch. »Ach ja? Womit denn?«

»Ich bin gar nicht so cool, wie ich immer tue.«

Callan lachte leise. »Das ist doch nicht schlimm. Wir haben alle Stärken und Schwächen. Ich vertrage zum Beispiel keinen Alkohol. Sag mir lieber, was mit deinen Eltern ist. Wo sind sie?«

Sie setzte sich wieder auf und schniefte. »Sie sind irgendwo im Ausland und schicken mich immer weg, um ihre Ruhe zu haben. Die beiden sind reich, musst du wissen.«

»Deshalb hast du immer das beste Equipment dabei.« Ihm wurde einiges klar.

»Sie kümmern sich nicht um mich, weil sie ihre Ehe retten wollen. Ich werde nur weggestoßen. Sie werden sich bald scheiden lassen, denke ich. Und dann wird es noch nerviger.«

»Das tut mir leid. Mein Vater ist auch fast nie da, aber ich habe wenigstens meine Mum. Ich hoffe, dass er sein Versprechen wahrmacht und zukünftig weniger arbeitet.«

»Das wird er bestimmt, weil er euch liebt.«

Callan lächelte. »Das tut er, und deine Eltern werden dich auch wieder lieben. Sie haben Stress und sorgen sich vielleicht um dich, während du hier bist.«

Emilia schüttelte den Kopf. »Wer lässt sein minderjähriges Kind schon allein verreisen? Eure Gruppe hat mich irgendwie gestärkt und mir wieder Hoffnung geschenkt, dass selbst eine wie ich Anschluss finden kann. Ich habe den Zusammenhalt bei euch gesehen und wollte sofort ein Teil davon sein. Auch da ich keine Freunde habe. Alle finden mich schräg, weil ich eine Geisterjägerin bin.«

»Das ist auch seltsam, aber bei Weitem nicht das Schrägste, was ich hier in Pendle erlebt habe. Ich erzähle dir bald mal die Geschichte von Jolenes Stützstrümpfen.« Er machte ein vielsagendes Gesicht.

Sie lächelte wehmütig. »Weißt du, es ist manchmal einfacher, an eine Geisterwelt zu glauben als an die wirkliche«, sagte sie mit frischen Tränen in den Augen. »Ich fühle mich einsam und stoße Menschen weg, da ich mich nicht gut genug für sie fühle. Ich war im Grunde genommen immer allein, weil meine Eltern mich verkorkst haben.«

»Dann passt du ja echt gut nach Pendle. Hier ist fast jeder verkorkst. Die einen mehr, die anderen weniger.«

Das brachte sie endlich zum Lachen.

»Wollen wir uns den Raum näher ansehen, bevor wir hier noch erfrieren oder eine geheime Steinplatte vor den Eingang rollt und uns einsperrt?« Er rieb sich über die kalten Arme. »Dieses Grab könnte interessant werden.«

»Gott hat die Zeit geschaffen und der Mensch die Hast.«

Er half ihr auf und war erstaunt. »Das ist ein irisches Sprichwort.«

»Denkst du, nur du kennst welche?« Emilia hielt seine Hand auch weiterhin fest in ihrer, was ihn rührte. Er schien für sie auf einmal ein Beschützer, ein Fels in der Brandung zu sein. Oder eine kleine, aber bedeutsame Hilfe in ihrem schwächsten Moment.

Sie versuchten, die alten Gravierungen zu entziffern, die man in den Stein gemeißelt hatte, doch es war kaum etwas zu erkennen, erst recht keine Namen.

Emilia deutete auf eine Steinplatte an der Wand. »Hier ist ein großes Kreuz abgebildet. Weißt du, was ich denke?«

»Was?«

»Dass wir in den Katakomben der Mönche stehen. Und weißt du, was das heißt?«

Callan hielt den Atem an. *Der Schatz kann nicht weit sein*, vollendete er in Gedanken.

Sie musste in seinem Gesicht gelesen haben. »Nein, du Dummerchen, das hier *ist* der Schatz!«

»Das Grab?«

»Ihre Gruft, ja.«

»Aber woher stammt dann die Goldmünze? Ich bilde sie mir doch nicht ein.« Er wühlte in seiner Hosentasche und zeigte sie ihr.

»Sieh dich mal um.« Emilia zog ihn bis vor ein Regal, in dem ein Skelett mit zum Gebet gefalteten Händen lag, und zeigte auf dessen knochige Finger.

Nun konnte es Callan auch erkennen. Der tote Mönch hielt ein Goldstück in Händen. Nicht irgendeines, sondern genau so eine Münze wie die, die die Ratte nach oben gebracht hatte.

Enttäuscht hockte er sich hin. »Das ist alles? Keine geheimen Bücher oder ein riesiger Goldschatz, der uns alle reich macht? Deshalb lief Nathan Shaw nachts durch die Gänge? Ich verstehe das nicht.«

Emilia kniete sich neben ihn und legte dieses Mal den Arm um seine Schultern. »Weißt du, Callan, ein Schatz ist für jeden etwas anderes. Ich würde sagen, wir lassen die Toten jetzt ruhen und sorgen dafür, dass sie nicht mehr so rastlos sind.«

»Wie das?«

Emilia lächelte und zeigte auf seine Goldmünze. »Die da gehört zu einem von ihnen. Es wäre besser, sie hierzulassen und kein Grabräuber zu sein, oder?«

Callan sah ein, dass er mit einer einzigen Münze zwar etwas Geld machen könnte, ihn sein schlechtes Gewissen aber auffressen würde. Seinen Fehler mit den Trauerkränzen vom St. Benet's Churchyard würde er garantiert nicht wiederholen.

Sie suchten nach dem Mönch, der keine Münze hatte, und verließen die Gruft danach deutlich beruhigter.

Emilia hielt den gesamten Rückweg lang seine Hand und ließ sich führen. Ihrer Aussage nach waren die Stimmen der Mönche verstummt. Sie hatten ihren Frieden gefunden.

***

Myrna wunderte sich, weil sie Thea schon eine Weile nicht mehr gesehen hatte.

Agnes sah ihr bei allem, was sie tat, über die Schulter. Normalerweise hätte es Myrna gestört, aber so war sie wenigstens abgelenkt und merkte nicht, dass eine Person fehlte. Eine Intelligenzbestie war Agnes definitiv nicht.

Plötzlich hörten sie Krach aus dem Haus kommen und fuhren herum.

»Was war das?«, fragte Myrna.

Agnes sah sich hektisch um und ballte die Fäuste. »Wo ist diese Shaw? Wehe, sie ist im Haus!«

Sie rannten darauf zu und wurden zurückgeschleudert, als eine heftige Druckwelle sie traf. Myrna blieb der Atem weg, und sie schürfte sich die Hand auf. Ein gewaltiger Feuerball breitete sich gen Himmel aus. Mit Entsetzen verfolgte sie ihn und begriff erst dann, was passiert war. Im Haus hatte es eine Explosion gegeben!

Myrna war schneller auf den Beinen als Agnes, die sich wie ein Fisch auf dem Trockenen wand. Sie suchte einen Eingang, der noch nicht eingestürzt war.

Das Haus brannte mittlerweile lichterloh. Überall flog Ruß durch die Luft und erschwerte das Atmen. Schwarzer Rauch drang aus einem klaffenden Loch im Dach.

Myrna drängte ihre Panik beiseite, damit sie einen kühlen Kopf behielt. »Thea!«, schrie sie mit ihren Händen als Trichter. »Thea, wo bist du? Antworteeeee!«

Aus dem Augenwinkel sah sie, wie Agnes die Tiere in Sicherheit brachte. Myrnas Herz schlug wie wild, denn sie bekam es nun doch mit der Angst zu tun. Ihre Freundin war noch da drin!

Sie warf das Erstbeste, was sie finden konnte, zuerst in eine Viehtränke und danach als Brandschutz über den Kopf und sprintete los, um mit einem Satz über die züngelnden Flammen ins Haus zu kommen und dort hoffentlich Thea zu finden.

Plötzlich wurde sie an der Schulter zurückgerissen. »Nicht!«, brüllte jemand über den Lärm hinweg, doch es waren weder Agnes noch Bernie.

Nathan Shaw rannte an Myrnas statt ins Haus. Kurz danach stürzte auch dieser Eingang in sich zusammen und verhinderte, dass sie ihm folgte.

Sie rief Feuerwehr und Rettungswagen an und war selbst erstaunt, wie gefasst ihre Stimme klang. Jahrelanges Training in Extremsituationen hatte sie geschult.

Myrna lief unruhig auf und ab. Ihre Augen brannten, die Kehle schmerzte. Sie musste husten und entfernte sich von dem gefährlichen Gebäude, das immer mehr zu einer Ruine wurde. Hier konnte sie sowieso nichts mehr machen.

Als sie zu Agnes zurückging, stand Bernie neben ihr und hielt ihre Hand wie ein kleiner Junge. Die Wut ließ Myrna rasen. Mit zwei Sätzen war sie bei ihm und packte den Hünen am Kragen. »Wo ist sie? Wo ist Thea? Was hast du mit ihr gemacht?«

Bernie senkte den Blick wie ein Trauergast auf einer Beerdigung. Dazu passte der schwarze Regenmantel perfekt.

»Wo ist sie, verdammt noch mal?« Sie schüttelte ihn grob.

»Lass meinen Bruder los! Er hat nichts damit zu tun!«

Myrna war fassungslos. »Siehst du denn nicht, was er mit eurem Erbe angestellt hat? Überall stinkt es nach Benzin!«

Agnes erschrak, aber sie blieb auf Bernies Seite. »Er wollte das bestimmt nicht.«

»Wo – steckt – meine – Freundin?«, kreischte sie und legte ihre Hand bedrohlich an die Dienstwaffe.

Wenigstens das zeigte Wirkung. Bernie wich ängstlich zurück. Dabei fiel etwas Goldenes zu Boden. Myrna erkannte die Patronenhülse sofort.

Sie kniff die tränenden Augen zusammen. »Also hast du John Birming mit Jolenes alter Pistole erschossen?« Anklagend richtete sie den Finger auf ihn. »Die Hülse flog dir wohl um die Ohren und landete zufällig in deiner Kapuze, nachdem du abgedrückt hast. Kein Wunder, dass wir sie am Pendle Hill nicht finden konnten. Und an deiner Jacke klebt selbst jetzt noch der Dreck eurer Schweine!«

Agnes zog ihn weg von ihr. »Bernie, sag nichts mehr ohne unseren Anwalt.«

Er presste die Lippen zu einer schmalen Linie zusammen und befolgte ihren Ratschlag.

Myrna wäre all das egal, wenn sie dafür nur endlich ein Lebenszeichen der beiden Shaws sehen würde. Sie benachrichtigte Harrison, um die Schaulustigen von hier fernzuhalten und die Straßen abzusperren. Noch mehr Menschen in Gefahr konnten sie nicht gebrauchen.

17. Kapitel

Myrna konnte nichts anderes tun, als dazustehen und zu hoffen. Ihre Sicht verschwamm ständig, wenn sich neue Tränen bildeten.

Endlich traf die Feuerwehr mit lauter Sirene und Blaulicht ein. Das alles dauerte viel zu lange.

Myrna war nicht sehr gläubig, aber dieses Mal faltete sie ihre Hände, schloss die Augen und schickte ein Gebet zum Himmel. Sie könnte es nicht verkraften, ihre beste Freundin zu verlieren, dann auch noch durch ihren schrecklichen Fehler. Niemals hätte sie Thea allein hineingehen lassen dürfen. Was hatte sie sich nur dabei gedacht?

»Inspector, was ist hier los?«, rief Ward und fasste sie an den Armen, während die Feuerwehr erste Löschversuche unternahm. Seine grauen Augen waren schreckgeweitet.

»Während unserer Untersuchung gab es eine Explosion, und jemand hat Benzin als Brandbeschleuniger im Haus verteilt. Thea und Nathan sind noch da drin!« Sie heulte auf und schmiss sich an seine Brust.

Harrison tätschelte unschlüssig ihren Rücken. Sie war ihm dankbar, dass er keine Floskeln benutzte, um sie zu beruhigen, sondern mit ihr gemeinsam schwieg.

»Sehen Sie, Evans!«, rief er auf einmal. »Da sind sie!«

Myrna musste blinzeln, um etwas zu erkennen. Die Hitze, die aus dem Haus drang, war unangenehm. Sie schwitzte und hatte bestimmt ein rußverschmiertes Gesicht.

Zwei Silhouetten schälten sich aus dem Flammenmeer. Sie hatten einen Weg durch das Inferno gefunden.

Thea hing schlaff in Nathans Armen. Sie hatte die Augen geschlossen. Ihre Flucht wurde durch einen großen Holzbalken verhindert.

»Schnell, wir müssen helfen!«, brüllte Myrna ihrem Kollegen zu. Mit feuerfesten Handschuhen und vereinten Kräften schafften sie es, den Balken aus dem Weg zu räumen, damit sie durchkamen.

Keuchend und würgend stolperte Nathan mit seiner Tochter aus dem brennenden Farmhaus. Seine Lunge musste voller Ruß sein.

»Thea! O Gott, Thea!«, rief Myrna erleichtert und rannte auf ihre Freundin zu. »Thea, kannst du mich hören?« Sie wischte ihr eine rußige Strähne aus der Stirn.

Sie rührte sich nicht und löste damit einen neuen Panikschub aus.

»Wir brauchen hier Hilfe!« Sie winkte dem Rettungsteam, das mit zwei Tragen angerannt kam.

»Gerade eben war sie noch wach.« Nathan hustete rau und wischte sich über die brennenden Augen. »Wir haben uns einen ... einen Weg durch das Haus gebahnt. Man hatte sie im ... Keller ... eingesch...« Er würgte und röchelte. Nathan hielt ihr einen eingewickelten Gegenstand aus Metall hin. »Das hatte sie in der Hand.«

Myrna sog zischend die Luft ein, als sie eine alte Pistole erkannte. Jolenes gestohlene Waffe!

Die Shaws wurden auf Tragen gelegt und sofort mit Sauerstoff versorgt.

Myrna hielt Theas Hand fest. Sie sah zu Harrison, der ihr die Tatwaffe abnahm und zunickte. »Gehen Sie nur, ich schaffe das hier auch allein.« Er nickte zu seinem Wagen, auf dessen Rücksitz die McAllisters saßen.

Bernie hielt den Kopf gesenkt, und seine Schwester funkelte sie hasserfüllt an.

Myrna schenkte ihrem Kollegen ein dankbares Lächeln und stieg in den Rettungswagen. Mit Blaulicht fuhren sie vom Hof.

***

Thea haderte mit dem unbequemen Schlauch, der in einem Zugang an ihrem Handrücken steckte und zu einem Tropf mit einer farblosen Flüssigkeit führte. Ihr Kopf fühlte sich an, als hätte eine Herde Elefanten darauf herumgetrampelt. Sie atmete in eine Maske, die Druck auf ihre Wangen ausübte.

»Du bist wach, das ist gut.«

Theas Kopf fuhr herum. Im Krankenbett neben ihr lag ausgerechnet ihr Vater. Er hatte sich die Maske heruntergezogen und lächelte müde. »Läufst du immer in brennende Häuser?«

Thea wollte sprechen, aber ihre Kehle war so rau wie Schleifpapier. Sie trank zuerst einen Schluck Wasser, bevor sie antwortete. »Als ich reinging, hat es noch nicht gebrannt.« Sie rieb sich die Augen und sah sich im Zimmer um. »Ist das hier ein Krankenhaus?«

»Sieht ganz danach aus. Wir wurden in eine Klinik in Clitheroe gebracht.«

Thea ließ ihren schweren Kopf ins Kissen fallen. »Ich fühle mich, als wäre ich einen Marathon gelaufen.«

»Du hast da unten ja auch gekämpft wie eine Wilde.«

Stirnrunzelnd sah sie ihn an. Dann erinnerte sie sich an den gruseligen Crystal-Meth-Keller der McAllisters. »Bernie hat mich eingesperrt. Was danach passiert ist, weiß ich nicht mehr.«

»Ich habe deine Rufe und dein Klopfen gehört, obwohl über dir die Hölle ausgebrochen war. Das hat dir das Leben gerettet.«

Sie sah auf ihre blutigen Fingerknöchel. Thea schluckte fest und bekam es noch im Nachhinein mit der Angst zu tun. Überall waren Schwielen und Brandbläschen. Sie musste eine Weile gegen die Tür oder die Wände geschlagen haben. Genau wusste sie es nicht mehr, weil die Erinnerung daran verschwamm.

Müde ließ sie die Hände wieder sinken und drehte den Kopf so, dass sie ihn ansehen konnte. »Du hast mir jetzt schon zwei Mal das Leben gerettet. Das sollte besser nicht zur Gewohnheit werden.«

Nathan lächelte schief. Sein Gesicht war zerschrammt, als wäre er mitten durch ihren Dornengarten gerannt, und sein rechtes Augenlid war dick geschwollen. Er sah mitgenommen, aber glücklich aus. »Alles, was nötig ist, um meine Tochter zu beschützen. Außerdem wäre sonst Evans hineingelaufen. Das konnte ich nicht verantworten. Sie hat viel mehr zu verlieren als ich. Mein größter Schatz war bereits im Haus.«

Thea konnte seinem traurigen Blick kaum standhalten. Sie schaffte es, sich in eine sitzende Position zu drücken. Jeder Knochen schmerzte, aber es schien wenigstens nichts gebrochen zu sein. »Hast du das hier eingefädelt mit dem Zimmer? Hier kann ich dir schließlich nicht aus dem Weg gehen.«

Er lachte. »Hach, Thea, du siehst Gespenster. Ich bin irgendwann genauso eingeschlafen und erst hier wieder aufgewacht. Die Ärzte haben uns eine Weile beamtet und uns auf eine Rauchvergiftung untersucht. Wahrscheinlich wollten sie uns einen Gefallen tun, als sie erfahren haben, dass wir Vater und Tochter sind. Die Erschöpfung hat uns dann einen Tag schlafen lassen.«

Thea riss die Augen auf. »Wir liegen schon über einen Tag hier?«

Er nickte. »Keine Sorge, wir werden bald entlassen. Du hast vorhin immer noch geschlafen wie ein Stein, aber das steht dir nach diesem Abenteuer auch zu. Der Inspector war zwischendurch hier.« Er deutete auf eine Blumenvase, in der wunderschöne Hyazinthen standen.

Myrna wusste, dass Thea diese Sorte mochte.

Sie lächelte und war heilfroh, dass sie lebend aus dem Haus gekommen waren. »Danke«, wisperte sie in seine Richtung, auch wenn es ihr schwerfiel, dieses eine kleine Wort mit so viel Bedeutung auszusprechen.

»Ich mache es gern.«

Ihr Misstrauen wuchs, nachdem sich ihre Gedanken sortiert hatten und die Kopfschmerzen nicht mehr so stark waren. »Wieso warst du eigentlich dort?«

»Und schon beginnt das Verhör.« Er lachte erneut und hüstelte. »Ich sage dir alles, was du wissen willst, ohne etwas zu beschönigen. Du hast es verdient.«

»Ich bin ganz Ohr.«

Nathan setzte sich ebenfalls auf und schwang die nackten Beine über die Bettkante. Er streckte den Rücken durch und machte ein wehleidiges Gesicht. »Ich brauche noch mehr Schmerzmittel.«

»Du schindest Zeit.«

»Ist ja schon gut!«, rief er und sammelte sich. »Ich habe dich nicht das erste Mal beobachtet. Callan nannte es Stalking, ich nenne es Aufpassen.«

»Und ich nenne das übergriffig. Was hast du dir dabei gedacht?« Thea war empört, aber so richtig sauer konnte sie nun nicht mehr auf ihn sein. Nathan hatte sein Leben riskiert, um sie da rauszuholen. Ohne ihn wäre Myrna in Gefahr geraten oder Thea gestorben. Es war heldenhaft von ihm gewesen, sich in die Flammen zu stürzen.

»Ich wollte dir nah sein.«

»Ach, jetzt auf einmal!« Sie verschränkte ihre Arme und bereute diese Bewegung sofort. Jeder Muskel fühlte sich entzündet und absolut kraftlos an. Zudem brannten ihre Handflächen von den vielen Blasen. »Du hast mich als Fünfjährige einfach sitzen lassen, mich und Mum!«

»Ich weiß, dass ich falsch gehandelt habe, aber ich hatte keine andere Wahl. Deine Mutter wusste, dass ich in Pendle bleiben muss, um ein altes Familienversprechen zu halten. Sie fand das alles altmodisch und albern, hat mich sogar ausgelacht. Aber das Haus ist nun einmal meine Geschichte, Thea. Ich konnte es nicht so einfach aufgeben.«

»Langsam, sonst komme ich nicht mehr mit. Mum wollte also nicht mit dir in Pendle leben, und da hast du diesen alten Kasten uns vorgezogen?«

»Ich wollte damals, dass ihr mit mir nach Pendle, in meine alte Heimat, kommt, aber deine Mutter weigerte sich und ging mit dir nach London. Sie meinte es sicher gut.«

»Was für ein Versprechen? Was ist wichtiger als dein eigenes Kind?« Theas Magen krampfte sich zusammen.

Wehmut und Trauer standen in seinen Augen. »Unsere Vorfahren, Thea. Unsere Geschichte geht bis ins Mittelalter zurück.«

»Wahrscheinlich noch weiter, sonst würden wir ja gar nicht existieren«, antwortete sie scharfzüngig. »Was war das für ein Versprechen, das dich so stark an ein Haus bindet?«

»Jede Generation bewacht die Katakomben der Mönche, ihren größten Schatz. Niemand darf ihre Totenruhe stören, sonst geschieht ein Unglück. Ich habe, genau wie meine Urahnen, darauf geachtet, dass das Haus nicht von Fremden oder Grabräubern überrannt wird.«

»Also hat dich Aberglaube gebunden?« Thea fasste es nicht.

»Diese Gruft ist das Wertvollste, was es in Pendle gibt. Darin stecken Geschichte, Schmerz und Hoffnung. Unsere Vorfahren haben immer von der Güte der Mönche profitiert und ihnen diesen Gefallen erwiesen. Unsere Familie bestand nicht nur aus Totengräbern, Thea, sondern aus richtigen Grabwächtern, die einen Schwur für die Ewigkeit geleistet haben. Deine Mutter konnte das nie verstehen und hat mir den Kontakt zu dir verboten, weil sie Angst hatte, dass ich dich mit meinen *Spinnereien* anstecke.« Er malte Gänsefüßchen in die Luft. »Ich nehme an, sie hat dir meine Briefe, Postkarten und

E-Mails nie gezeigt. Tja, und irgendwann war es dann zu spät für eine Annäherung.«

»Du hättest uns besuchen können. Pendle ist nicht aus der Welt«, meinte Thea erstickt. Sie atmete flach und krallte ihre Finger ins Bettlaken.

»Sie hat mir verdeutlicht, dass ich dein Leben sonst durcheinanderwirble und Unruhe stifte. Unsere Beziehung war vorbei und das Verhältnis zwischen dir und mir wie das zu einem Fremden. Es war besser, früher die Reißleine zu ziehen als später, wenn es noch mehr geschmerzt hätte.«

Tränen rollten Thea über die Wangen. »Mein ganzes Leben lang habe ich mich gefragt, wo du bist. Mum hat mir nie auf meine Fragen geantwortet oder gelogen. Das habe ich ihr angesehen. Du hättest um mich kämpfen sollen.«

»Um dir damit deine Kindheit zu verderben? Nein, Thea, so bin ich nicht.«

Sie wischte sich übers Gesicht und atmete durch. Das alles war zu viel. »Ich kannte dich aber und wusste, dass du mein Vater bist. Ich war fünf, aber nicht blind und taub. Dein Mantel, der Geruch deines Pfeifentabaks, deine Statur ... All das habe ich mir eingeprägt und immer gehofft, dass diese Person eines Tages in der Tür steht. Stattdessen kam deine Todesnachricht. Das hat mir das Herz rausgerissen.«

Er weinte inzwischen auch leise. »Es tut mir leid, dass ich so dumm gewesen bin. Ich habe erst nach deiner Anreise bemerkt, dass ich einen riesigen Fehler gemacht und zwanzig Jahre den falschen Schatz behütet habe. Du hast mich gehasst und dich von mir distanziert. Das schmerzte mehr als jeder Fluch, den die

Mönche auf mich legen könnten. Aber du musst mich auch verstehen. Diesem Vermächtnis kann man sich nicht einfach entziehen. Ich habe keine Geschwister und wollte das Haus für dich bewahren.«

»Du hast dich doch mehr um die Tunnel gekümmert als um das Haus.«

»Wenn die zusammenstürzen, kannst du dein Anwesen auch vergessen. Ich musste Prioritäten setzen.« Nun klang er wie ein strenger Vater.

Thea begriff immer noch nicht alles. Sie strengte sich an, die Fäden zusammenzuknüpfen, aber ihr Gehirn sperrte sich dagegen. »Was hat unsere Familie im Gegenzug bekommen?« Ein wenig fasziniert war sie schon, auch wenn es sie traurig stimmte. Sie hatte nichts von ihren Vorfahren gewusst und hätte deren Geschichte gern selbst erkundet, aber ihre Mutter hatte sich aus Kummer und Trotz dagegengestellt. Sie hatte Thea nie etwas über ihren Vater erzählt und war den vielen Fragen ausgewichen, bis Thea sie einfach nicht mehr gestellt hatte. Und dann war sie krank geworden …

»Reichtum und Macht. Sie haben außerdem ein lebenslanges Wohnrecht über den Tunneln. Auch deshalb konnte ich das Haus nicht einfach aufgeben. Es ist dein Erbe und das deiner Kinder. Das ist alles, was ich dir bieten kann.«

»Du hättest einfach da sein können, das hätte mir gereicht. Wer braucht schon Geld und ein altes Haus, wenn er dafür ein Elternteil für immer verliert?«

»Ich kann dir die Antworten deiner Mutter gern zeigen. Sie wollte mich nicht in deiner Nähe haben, fand mich gemeingefährlich und egoistisch. Und weißt du was? Sie hatte recht!« Er schnäuzte in ein Taschentuch. »Ich hätte gleich mit euch nach London kommen müssen. Es war ein Fehler, dass ich Peter geholfen habe, der das Labyrinth nicht mehr bewachen konnte. Er ist viel zu alt und zu schwach, um die Tunnel instand zu halten. Als ich ihm beweisen konnte, dass ich ein Nachfahre der Chamberlings bin, hat er mir das Haus sofort überschrieben. Ich glaube, Peter war ganz froh darüber, es los zu sein.«

»Aber hat er es dir nicht erst geschenkt, als du schon eine Weile für ihn gearbeitet hast? Er sprach von einem Dank für zwanzig Jahre im Dienste der Kirche.«

Nathan lächelte wieder. »Er hat es mir gleich am Anfang überschrieben. Deshalb konnte ich auch in Pendle bleiben und walten. Dennoch habe ich zwanzig Jahre für ihn und die Kirche als Totengräber gearbeitet, das ist wahr. Peter hat die Wahrheit auf mein Geheiß etwas ... verdreht. Sonst hättest du noch mehr Fragen gestellt.«

Nun verstand sie wirklich nichts mehr. Erst langsam drangen seine Worte zu ihr durch. »Moment mal, die Chamberlings? War das nicht diese Adelsfamilie, deren letzter Nachfahre starb und in seinem Testament vermachte, dass das Haus in den Besitz der Kirche übergeht?«

»Richtig, allerdings war er nicht der letzte Chamberling. Das war ein Trugschluss. Jahrelange Ahnenforschung haben etwas anderes ergeben. Die Familie existiert bis heute.«

»Und was war mit den Spionen im Zweiten Weltkrieg?«

»Waren ebenfalls Chamberlings, die die Nationalsozialisten hier in Großbritannien ausspionierten und Akten über sie anlegten.«

Thea lachte laut auf. »Das ist mir viel zu verworren. Was haben wir denn nun mit ihnen zu tun?«

Nathan schenkte ihr ein Schmunzeln. »Wir beide«, er zeigte erst auf sie, dann auf sich, »sind Chamberlings, Thea. Wir sind die letzten Nachfahren einer langen Reihe von Aristokraten mit Verbindung zum britischen Königshaus.«

Ihr fiel die Kinnlade herunter. »Du bist verrückt«, hauchte sie. »Das ist die Antwort: Du bist völlig verrückt.«

»Ich habe jahrelange Ahnenforschung betrieben und bin dabei über eine Verbindung gestolpert, die aus vielen Geschichtsbüchern gestrichen wurde. Du kannst mir glauben, dass du eine Chamberling bist, auch wenn wir beide diesen Namen nicht mehr tragen. Man glaubte eine Zeit lang, dass wir ausgestorben seien. Ich habe sogar einen DNA-Test machen lassen, um sicherzugehen. Es ist wahr, wir stammen von derselben Blutlinie wie unsere adeligen Vorfahren ab.«

»Und der Reverend? Was wusste er darüber?«

»Alles. Ich habe Peter eingeweiht und ihm nachweisen können, wer ich bin. Wir kannten uns schon ewig und waren beide überrascht. Er hat mir dann gern das Haus überlassen und die Aufgabe übertragen, auf die wertvolle Gruft zu achten.«

Es brannten noch so viele Fragen auf ihrer Seele, nun da sie endlich miteinander sprachen. »Wusstest du, dass Mum krank war?«

»Erst, als es schon zu spät war. Sie wollte mich auch dann nicht sehen. Vielleicht hatte sie Angst vor mir oder konnte mir nie verzeihen, dass ich nicht mit euch gekommen bin.«

»Aber sie ist auch nicht dageblieben. Mum hätte sich für dich entscheiden können.«

»Sie wollte nie nach Pendle ziehen, fand das alles trist und zu dörflich. Deine Mutter war ein Stadtkind.«

»Ich weiß«, antwortete Thea verträumt. Die Erinnerungen an die letzten Tage ihrer Mutter schmerzten. »Sie hätte dich gebraucht. Und ich auch.«

»Ich weiß. Ich hätte mich über ihren Wunsch hinwegsetzen und um euch kämpfen sollen. Es tut mir leid, dass ich dir so viel Kummer bereitet habe.«

Thea wischte sich die Tränen nicht mehr weg. »Es war bescheuert, was du getan hast. Ich meine ... das sind tote Mönche von vor fünfhundert Jahren oder länger, die dir ganz sicher nichts mehr antun. Und ein Versprechen ist doch nicht generationenübergreifend. Wie konntest du nur so dumm sein und dich darauf einlassen? Pendle ist sowieso von vorn bis hinten verflucht, sagen die Leute. Und wenn man sich Jolene und Lucretia so ansieht, könnte man glatt wieder an Hexen glauben.«

Ihr leises Lachen erfüllte das Zimmer. Endlich löste sich der Knoten in Theas Brust. Sie fühlte sich befreit. »Bleibt nur noch eine Frage.«

»Ja?«

Sie wartete, bis er ihr tief in die Augen sah. »Warum dieser Aufwand mit deinem Tod? Wieso mussten alle glauben, dass du in einem Grab liegst? Du hast Hughing dadurch ganz schön in die Bredouille gebracht.«

»Ich hatte was gut bei ihm, und Peter ist ein Mann des Wortes – wie ich auch. Sag, Thea, wärst du gekommen, wenn ich dir eine Einladung nach Pendle geschickt hätte?«

»Nein.«

»Da hast du deine Antwort.«

Sie riss die Augen auf und setzte sich nun genauso hin wie er. »Du hast deinen eigenen Tod vorgetäuscht, nur um mich nach Pendle in dieses Schauerhaus mit dem Labyrinth zu locken?«

»Nur eine falsche Todesnachricht konnte dich herbringen. Ich musste dir dein Erbe zeigen und wollte dich behutsam darauf vorbereiten, eines Tages hier zu wohnen und die Gruft der Mönche zu bewachen, wie es die Tradition von uns verlangt. Von mir hättest du sowieso nichts wissen wollen, also war es doch egal, ob ich lebe oder nicht.«

»Das nennst du behutsam?«, kreischte sie und fuchtelte mit den Armen, obwohl es schmerzte und ihr der Schlauch im Weg war. »Tickst du noch ganz richtig? Ich habe geglaubt, mein Vater ist tot! Was glaubst du, was das in mir ausgelöst hat?«

»Aber du kamst her und bist geblieben. Der Plan ging also auf. Ich dachte, dir liegt nichts an mir, und dass es dich deshalb nicht trifft. Ein Erbe schlägt man nicht so schnell aus.«

Thea fiel erschöpft zurück ins Kissen. Sie brauchte einen Moment, um den Zorn und die Enttäuschung zu vertreiben. »Das ist wirklich viel für einen Tag. Mein Kopf raucht schon.«

»Lass es langsam auf dich wirken. Ich bin da, wenn du mich brauchst.«

»Das hast du heldenhaft unter Beweis gestellt.« Sie wollte streng und vorwurfsvoll klingen, doch ihre Stimme brach. »Bist du ›Wookieeboy‹?«

»Wer? Das hat mich Callan auch schon gefragt. Ich weiß nicht einmal, was das sein soll.«

»Ach, ich dachte nur, weil du immer alles weißt und überall deine Augen und Ohren hast.« Thea drehte sich weg. Sie war müde und wollte schlafen. »Wir reden später, Dad.«

Als sie Nathan schluchzen hörte, fragte sie: »Was hast du denn jetzt schon wieder?«

»Du hast mich Dad genannt.«

18. Kapitel

»Sind Sie bereit?«, fragte Ward, bevor sie Bernie McAllister aus der Zelle holten.

Er hatte eine Nacht auf dem Revier verbracht und rigoros geschwiegen, aber so langsam bröckelte seine Fassade. Myrna wusste, dass der eingeschüchterte Bernie nicht stark genug wäre, um ein ganzes Verhör durchzustehen. Außerdem hatten sie nun weitere Beweise gegen ihn in der Hand, seit der forensische Bericht eingetroffen war.

Sie verdrängte ihre Wut auf die McAllisters und nickte. »Holen Sie ihn. Ich warte hier, sonst drücke ich ihn noch aus Versehen gegen die Wand«, knurrte sie.

»Sie sind sauer, weil er Thea umbringen wollte. Das verstehe ich. Aber ich kenne Sie besser und weiß, dass Sie professionell bleiben, Inspector.«

»Der Fall wurde persönlich.«

»Für uns alle. Sie schaffen das.«

»Wow, Harrison, Sie beeindrucken mich immer wieder. Der kleine Harry scheint ein Wunder vollbracht zu haben.«

»Nicht nur der.« Er grinste, behielt aber das Geheimnis seiner guten Laune für sich.

Myrna trommelte ungeduldig mit dem Stift auf ihren Schreibtisch. Als Harrison mit Bernie zurückkam, wäre sie ihm am liebsten an die Kehle gesprungen, aber sie blieb ruhig. Sie hatte sich unter Kontrolle, wie man es von ihr kannte.

»Bernard McAllister, du kannst deine Aussage weiterhin verweigern oder uns entgegenkommen. Oder du wartest auf deinen Anwalt.«

»Ich sage euch nichts.« Er schmollte sichtlich.

»Es wird vielleicht einen Deal geben. Denk darüber nach, denn deine Schwester hat sich ohne Umschweife darauf eingelassen.«

Sein Augenlid zuckte. »Ihr lügt.«

»Ihre Aussage halte ich hier in der Hand«, sagte Harrison und zeigte ihm ein Blatt Papier. »Darin beschuldigt sie dich der Drogenherstellung und des Mordes an John Birming sowie des versuchten Mordes an Alethea Shaw. Sie beschützt dich nun nicht mehr, sondern denkt nur an ihren eigenen Kopf, Bernie. Bitte rede mit uns, dann können wir dir helfen.«

»Das ist … gelogen. Agnes würde mir nie in den Rücken fallen.«

»Ist das hier ihre Unterschrift oder nicht?«

»Ja, aber …«

»Die Beweise sind erdrückend, Bernie«, sagte Myrna. »John Birming wohnte nach seiner Entlassung bei euch, bis ihm das zu brenzlig wurde. Er durfte die Polizei niemals auf das Drogenlabor aufmerksam machen, das du und deine Schwester mit den Birmings gemeinsam betrieben habt. Aus diesem Grund war Katherine im Gefängnis auch so siegessicher. Das Geschäft lief auch ohne ihren Mann weiter. Agnes hat sie mehrmals dort besucht und Absprachen getroffen, nicht wahr? Ich glaube nicht, dass du der Kopf hinter der Geschichte bist.«

Bernard nestelte an seinen Fingern. »Ich wollte Agnes davon abbringen.«

»Aber sie gierte nach immer mehr Geld.«

»Ja.« Er schluckte und schniefte. »Ich wollte doch nur, dass das aufhört. Dass alles so ist wie davor.«

»Wovor, Bernie?«, fragte Harrison nach.

»Bevor Katherine zu uns kam und Agnes das Geschäft vorgeschlagen hat. Wir waren verschuldet. Sie hat sich um alles gekümmert, Material, Belüftung, Kleidung ...«

»Und woher wusstet ihr, wie man Meth kocht?«

»Das wusste Agnes. Sie war mal Teil der Szene, und das müssen die Birmings irgendwie rausbekommen haben. Ich wollte mit all dem gar nichts zu tun haben.«

Myrna sortierte die Fakten in ihrem Kopf. »Katherine und John Birming bieten euch also viel Geld an, wenn ihr auf eurem Hof Meth kocht. Sie verkaufen es daraufhin über Mittelsmänner. Die Spur der Drogen verläuft sich geschickt, aber wir konnten wenigstens Reste in eurem Haus finden, weil der Kellerraum durch die Stahltür vor dem Feuer geschützt war. Es handelt sich eindeutig um Crystal Meth. Das bringt euch für einige Jahre ins Gefängnis.«

»Und wenn ich mehr sage?« Bernie hatte längst aufgegeben. Das war schneller gegangen, als Myrna erwartet hätte.

»Dann würdest du vielleicht Hafterlass bekommen, aber versprechen können wir nichts. Es gibt da immerhin noch den Mord an John Birming. Du hast ihn am 8. April gegen zehn Uhr abends am Pendle Hill erschossen und bist mit der Waffe aus Jolenes Haus in den Wald geflüchtet. Wir haben Schmauchspuren unter deinen Fingernägeln gefunden.«

»Die hättest du besser auch waschen sollen«, sagte Harrison. »Außerdem passt die Patronenhülse aus deiner Kapuze zur Munition aus Jolenes Pistole.«

Er zog den Schnodder hoch und nickte. Seine Lippen bebten. »Ich gestehe ja schon. Ich habe den Bürgermeister erschossen, weil er sich in unser Leben eingemischt hat. Ich wollte, dass alles wieder so ist wie früher, als nur Agnes und ich auf der Farm waren. John Birming war ein böser Mann.«

»Dein Mantel hat Spuren an ihm hinterlassen.«

»Ich habe mich über ihn gebeugt, um zu schauen, ob er auch wirklich tot ist.«

Myrna scrollte durch ihre Notizen. »Aber wieso hast du die Pistole erst nach seinem Tod gestohlen?«

Er schien nicht zu verstehen. »Was meinst du?« Verunsichert blickte er zu Ward.

»Es war dein Mantel, der Emilia gestreift hat. Wir haben an ihr dieselbe Zusammensetzung von Schweinekot, Wasser und Erde gefunden wie an Birming. Emilia hat geschrien, und du hast vor Schreck die Waffe fallen lassen und sie dann mitgenommen.«

»Nein, ich wollte sie zurückbringen, aber dann war da diese Furie und hat mich verjagt. Ich habe Angst bekommen.«

»Der Plan war also, Jolene die Tat in die Schuhe zu schieben?« Myrna zweifelte an Bernies Gerissenheit. Er war eher die ausführende Kraft als die, die sich einen intelligenten Plan mit Hintertürchen ausdachte. »Wer hat sie vorher gestohlen? Und woher wusstet ihr überhaupt davon?«

»Von John«, sagte er und atmete durch. »Er hat es Agnes erzählt und den Plan mit ihr geschmiedet.«

»Den Plan, sich umzubringen? Was verschweigst du uns? Das kann doch nicht alles gewesen sein«, erwiderte Ward drängend und hielt Harry zurück, der bei seiner erhobenen Stimme schon wieder dachte, dass es an der Zeit für ein Spiel war.

Bernie brach endgültig zusammen. Er schluchzte laut und brauchte ein Taschentuch aus der Box, die Myrna ihm hinhielt. »Ich war nicht beteiligt, weil sie mich für dumm gehalten haben. Alle glauben ständig, dass ich dumm bin.«

»Wir glauben das nicht.« Sie lächelte ihn an, obwohl sie noch immer sauer war. »Jeder Mensch hat andere Stärken. Ich würde mich nicht trauen, ein Tier zu schlachten und zu zerteilen.«

Bernies Mundwinkel zuckten kurz. Der Anflug eines Lächelns erschien in seinem Gesicht. »Das hat noch niemand zu mir gesagt.«

»Erzähl uns von Agnes' und Johns Plan.«

»Sie sollte ihn mit Jolenes Pistole ins Bein schießen«, plauderte er drauflos. »Danach hätte sie die Waffe wieder zu Jolene zurückgebracht. Die konnte ihn ja nicht leiden.«

»Also war sie der perfekte Sündenbock.«

»Genau. Der Bürgermeister wollte sie überführen und danach als Held dastehen.«

»Und währenddessen liefen die Geschäfte im Keller weiter«, sagte Ward aus dem Hintergrund.

Myrna kratzte sich nachdenklich mit dem Stift an der Schläfe. »Warum hat er sie beauftragt, ihn anzuschießen?«

»Weil er dann die Fußfessel losgeworden wäre, denn aus Dankbarkeit für Jolenes Ergreifung hätte man ihm sicher seine Strafe erlassen. Und ins Haus hätte er auch endlich gekonnt. Das hat er jedenfalls gesagt.«

»Ins Haus?« Myrna wechselte einen irritierten Blick mit Harrison. »Welches Haus?«

»Na, das mit dem Goldschatz. Er hat Agnes die Münze gezeigt, und sie war ganz gierig darauf. Die beiden wollten ohne Katherine ein Vermögen machen. Ich habe sie genau belauscht.«

»Er wollte also nicht nur zurück in die Politik, sondern auch den Schatz der Mönche bergen und sich damit ein schönes Leben ohne Katherine machen? Damit hätte er seinen Wahlkampf finanziert und wäre nicht mehr von ihrer Gnade abhängig gewesen.« Myrna bezweifelte, dass ein Mann wie John Birming Agnes beteiligt hätte. Sie war immer nur Mittel zum Zweck gewesen, genau wie ihr Bruder für sie.

Jedenfalls wussten sie nun, dass Callans Münze wirklich gestohlen und wieder zurückgebracht worden war. Noch eine Lücke, die sich schloss.

Bernie nickte eifrig und lächelte, als hätte er alles richtig gemacht. »Aber ich habe das verhindert. Ich habe ihn erschossen.« Stolz reckte er das Kinn. »Ich allein.«

»Du hast ihn unter einem Vorwand zum Pendle Hill gelockt und den Plan der beiden etwas abgewandelt. Aber die Pistole bist du nicht wieder losgeworden, weil du beim ersten Versuch davongerannt bist und beim zweiten bereits die Spurensicherung in Jolenes Haus war und den Diebstahl untersucht hat. Du hast sie stattdessen in eurem Labor versteckt.« Sie sagte ihm nicht, dass zumindest dieser letzte Schritt ziemlich dumm gewesen war.

»Ich habe den Verbrecher zur Strecke gebracht, ich ganz allein«, murmelte er und lachte kindlich.

Traurig sah sich Myrna die Szene an. Ob er vollkommen zurechnungsfähig und auf dem Stand eines Erwachsenen war, würde die Staatsanwaltschaft testen und danach entscheiden, wie es mit ihm weiterging.

»Und Thea?«

Seine Freude fiel in sich zusammen. »Das war unglücklich. Ich wollte ihr nicht wehtun, aber sie hat rumgeschnüffelt, und da musste ich die Beweise doch beseitigen.«

»Du hast eure Stockwerke mit Benzin übergossen und das Haus angezündet. Es gab sogar eine Explosion. Theas Tod hättest du einfach in Kauf genommen.« Ihre Stimme bebte nun doch. »Das war geplant und rücksichtslos von dir.«

»Ich weiß, und es tut mir leid. Sie hat die Pistole gefunden und hätte alles kaputt gemacht. Ich wollte doch nur, dass es so wie früher ist.« Er jammerte und klagte noch eine Weile.

»Du bist für diesen Traum über Leichen gegangen, Bernie. Das wird man dir nicht so schnell verzeihen. Bringen Sie ihn weg, Harrison, ich kann sein Gesicht nicht länger ertragen.« Ihre Stimme war schwach. Sie klang hundemüde.

Myrna atmete erst durch, als Bernard wieder in seiner Zelle saß. Agnes war bereits in einer Haftanstalt untergekommen. Dort würden die zwei bleiben, bis es zum Prozess kam.

Wichtig war fürs Erste, dass beide McAllisters aus dem Verkehr gezogen waren und sie Katherine Birming die Tour vermasselt hatten. Wenigstens das wäre ein Schlag in die Magengrube, wenn schon der Tod ihres Mannes sie nicht juckte. Für Katherine stand ihr Geschäft über allem. Myrna stellte sich ihr Gesicht vor, sobald sie von den Vorkommnissen erfuhr, und lächelte schadenfroh.

***

»Hast du mich und die anderen absichtlich für deine Ermittlung eingesetzt, damit London sein Angebot zurückzieht und du nicht selbst entscheiden musst?«, fragte Thea an diesem Abend aus dem Nichts und überrumpelte Myrna damit. Ihre Freundin war eben nicht auf den Kopf gefallen.

Sie nickte zaghaft und seufzte leise. »Ich wollte das Schicksal entscheiden lassen, also habe ich sogar Teenagern wie Emilia und Callan Aufgaben gegeben.« Sie bündelte ihren Mut. »Vorhin kam ein weiteres Schreiben von Scotland Yard.«

»Was sagen sie? Wollen sie dich nun als ihren Chief Inspector, oder haben wir es versaut?«

»Das finden wir nur gemeinsam heraus.« Sie wedelte mit einem ungeöffneten Kuvert. Ihre Finger zitterten, als sie es aufriss und hineinsah. »Augen zu und durch.«

»Mit geschlossenen Augen kannst du aber nicht lesen.«

»Thea!«

»Ich bin ja schon still, Verzeihung!« Sie presste sich beide Hände auf den Mund.

Myrna überflog die Zeilen. Mit Entsetzen in den Augen senkte sie den Brief.

283

»Was ist? Schlechte Nachrichten? Wirst du nicht befördert? Mach dir nichts draus, dann bleibst du uns wenigstens als Inspector erhalten.« Thea tätschelte ihre Schulter.

»Sie wollen, dass ich gleich morgen nach London komme und anfange. Das Kommissariat braucht mich dringend«, hauchte sie fassungslos.

Thea blieb die Spucke weg. »Oh, also, das ist ... Also ... Wow! Glückwunsch!« Das Herz rutschte ihr in die Hose. »Das ging ja wirklich ... schnell.« Sie hatte sich noch gar nicht mit dem Gedanken angefreundet, dass ihre Freundin bald weg war. »Dann kannst du ja gar nicht bei unserem Festessen im ›Hills Inn‹ dabei sein. Wir wollten doch auf den abgeschlossenen Fall anstoßen und uns die Bäuche mit Hanks Burgern und Fionas Pies vollschlagen. Alle sind dabei, sogar Jolene und Oakley und der Sergeant ...«

»Ich weiß, Thea, aber manchmal ist ein schneller Schlussstrich besser und weniger schmerzhaft. Ich möchte keine langen Verabschiedungen und Tränen haben.« Ihr liefen bereits welche über die Wangen und tropften von ihrem Kinn. »Ich werde zwischendurch zurückkommen. Das muss ich sowieso, weil meine ganzen Sachen noch hier sind. Aber beruflich bleibe ich als Chief Inspector in London.«

»Wir werden uns kaum sehen. Du wirst mir fehlen, mir und Callan. Was ist mit Hank?«

»Ich habe ihn darauf vorbereitet, dass ich zusage, wenn es so weit ist. Er akzeptiert meine Entscheidung. Wir haben fast die ganze Nacht darüber geredet. Dass es nun so schnell passiert, konnten wir alle nicht ahnen, aber ich muss diese Chance ergreifen, wie du selbst gesagt hast.«

Thea umarmte sie fest. »Das ist dein Traum, Evans. Lebe ihn, aber vergiss uns bitte nicht.«

»Das könnte ich nie. Danke für alles, Thea.«

***

Es war eine Woche vergangen, seit Myrna abgereist war. Thea hatte das Treffen mit den anderen verschoben, weil sie vorher noch weniger in der Stimmung gewesen war.

Sie hatte auch jetzt kaum Appetit, obwohl Hanks Burger verlockend dufteten. Nicht einmal die neuesten Gerüchte über Callan und Emilia konnten sie aufheitern.

Hank schien es ähnlich zu gehen. Er hatte Augenringe und sah verweint aus, riss sich aber für seine achtjährige Tochter Alison zusammen, die heute mitfeierte und ihm beim Kellnern half.

Nathan saß neben Lucretia und unterhielt sich angeregt mit ihr. Seit er sich für seinen folgenschweren Spuk auf dem Friedhof entschuldigt hatte, waren sie ein Herz und eine Seele. Allgemein kam ihr Vater überall gut an. Thea wusste, dass sie ihm eines Tages verzeihen würde. Vielleicht hatte sie das sogar längst getan, seit sie die Briefe gefunden hatte, die in den alten Sachen ihrer Mutter versteckt gewesen waren. Briefe, die alle an Thea adressiert waren und nie ihr Ziel erreicht hatten.

Oakley legte einen Arm um sie und küsste ihre Schläfe. »Alles okay?«

»Wie könnte alles okay sein?« Sie nickte zu dem einzigen leeren Platz gegenüber. »Sie fehlt mir schon jetzt.«

»Du wirst sie ja noch ein paarmal sehen.«

»Aber irgendwann wird ihre Arbeit sie zu sehr beschäftigen, sie wird neue Freunde finden und uns einfach vergessen.«

»Sag das nicht. Evans ist anders. Ihr habt zu viel miteinander erlebt. Das wird sie immer im Herzen behalten.«

Das hoffte sie inständig.

»Süß, oder?« Er deutete auf Callan und Emilia, die sich die größte Mühe gaben, ihre Beziehung zu verheimlichen, und kläglich damit scheiterten, weil sie kaum die Finger voneinander lassen konnten.

Das kleine Abenteuer in den Tunneln hatte sie zusammengeschweißt, und Emilia hatte ihren Aufenthalt in Pendle mit Erlaubnis ihrer abwesenden Eltern noch einmal verlängert – sehr zum Ärger von Jolene, die den Teenager gern loswerden würde.

Callan schwieg wie ein Gentleman darüber, was unter dem Chamberling-Haus genau passiert war, aber seitdem wussten sie, dass es keinen Goldschatz gab, sondern nur die Grabstätte der Mönche und ein paar Münzen.

Diese hatten sich selbst ein großes, verwirrendes Grab geschaffen, um vor eventuellen Räubern sicher zu sein. Die Familie Chamberling hatte sich bereit erklärt, darauf zu achten und sie zu schützen. Und nun würden Nathan und Thea diese Aufgabe übernehmen. Es war verrückt, aber inzwischen hatte sie Gefallen daran gefunden, zumal sie Pendle sowieso nicht wieder verlassen würde. Hier war Thea zu einem neuen, einem besseren Menschen geworden.

Callan hatte seine Münze dort gelassen, wie er erzählte, damit die ruhelosen Geister besänftigt wären. Den Floh hatte ihm wohl Emilia ins Ohr gesetzt. »Der Reichtum ist für das Leben da, nicht aber das Leben für den Reichtum«, sagte er seitdem gern. Thea hatte die beiden sogar dabei erwischt, wie sie gemeinsam am Pendle Hill auf die Jagd nach John Birmings Seele gegangen waren.

»Unter dem Tisch halten sie schon die ganze Zeit Händchen«, flüsterte Thea und brachte Oakley zum Grinsen.

Jolene rückte auf und saß auf einmal neben Thea. Misstrauisch wagte diese einen Blick.

»Ich tue das nicht oft, aber danke.« Es klang, als hätte sie sich eine Weile auf dieses Wort vorbereiten müssen. »Auch wenn ich es nicht gern zugebe, aber du hast mir den Allerwertesten gerettet.«

»Das war nicht ich allein.«

»Dann eben euer komischer Club.« Sie machte eine wegwerfende Geste, als wären die Details egal. »Danke, dass ihr mich entlastet habt. Ohne eure nervige Hartnäckigkeit wäre ich wohl im Gefängnis gelandet.« Sie brachte sogar ein Lächeln zustande, das einmal nicht griesgrämig wirkte. »Lu behauptet zwar, dass sie es allein gewesen ist, aber ich traue dem Braten nicht.«

Sie lachten beide. »Sehr gern, Jolene. Und wenn du dich noch einmal in Schwierigkeiten bringen solltest, weißt du ja, wo du mich findest.«

»Im Chamberling-Haus.« Jolene versuchte sich an einem Zwinkern, das bei ihr grotesk aussah. Thea würde ihr ein anderes Mal raten, das besser nie wieder zu tun. »Eigentlich ist es gar nicht so schlecht, dass da wieder etwas Leben drinsteckt.« Jolene war richtig positiv gestimmt und kaum wie die Frau, die Thea kennengelernt hatte. Der Schrecken hatte wohl gesessen und etwas in ihr bewirkt. Endlich war sie etwas dankbarer und lächelte auch mal ehrlich.

»Solange ihr nicht wieder bei mir einbrecht, könnte das sogar ganz gemütlich werden.«

Sie schnaubte. »Keine Sorge, auf eine muffige Gruft habe ich keine Lust. Da es nun doch keinen Schatz da unten gibt, sondern nur ein paar Münzen für die Reise ins Jenseits, habe ich das Interesse an dem Haus verloren. Ich komme auch so früh genug in die Kiste, da muss ich nicht noch selbst reinspazieren.«

Thea prustete los und lächelte anschließend. »Die Renovierung ist bald abgeschlossen. Dann lade ich euch alle zu uns nach Hause ein. Mein Vater wohnt nun auch bei mir und hilft im Garten mit.« Sie warf ihm einen Blick zu. »Sogar ganz öffentlich und nicht bei Nacht«, sagte sie mit erhobener Stimme, damit er sie hörte.

Reverend Hughing trank in aller Ruhe sein Ale gegenüber. An seinem hintergründigen Lächeln sah sie, dass er lauschte. Er musste hocherfreut sein, dass sich die Shaws zusammenrauften und es miteinander versuchten. Mehr hatte er nie gewollt.

Jolene drehte sich weg, um mit Lucretia zu plaudern, als ihr noch etwas einzufallen schien. Plötzlich war da wieder dieser strenge, fast listige Ausdruck in ihren Augen. »Moment mal! Du hattest mir einen neuen Mieter versprochen, aber das Zimmer ist immer noch leer!«, keifte sie zänkischer denn je. Manche Menschen kamen eben doch nicht aus ihrer Haut.

Thea stöhnte. »Den kriegst du schon noch. Zuerst muss ich jemanden davon überzeugen, in dein gruseliges Katzencottage zu ziehen. Gar nicht mal so einfach.«

»Du ...« Sie hob drohend den Finger, doch ihre Mundwinkel zuckten. Irgendwie schienen sie beide ihre Kabbeleien zu lieben. Jolene ließ die Hand sinken und atmete hörbar aus. Dann lächelte sie und zuckte mit den Schultern. »Ist ja eigentlich auch egal. Gibt Schlimmeres.«

Ward Harrison betrat in diesem Moment die Kneipe und lenkte sie ab. Er schob eine dunkelhaarige Frau mit Brille in einem Rollstuhl vor sich her. »Darf ich vorstellen? Das ist Mona. Sie ist ... eine gute Freundin.« Er errötete vielsagend.

Hank machte ihr an dem langen Tisch Platz und nahm ihre Getränkebestellungen auf.

Harry folgte den beiden. Für ihn hatte Hank bereits ein Körbchen und zwei Näpfe bereitgestellt.

Thea war froh, wenn er fernblieb, damit sie nicht den ganzen Abend lang nieste und ihre Augen rieb. Wieder dachte sie an Myrna, die sofort mit dem kleinen Racker gekuschelt hätte. Sie seufzte schwer und langte bei der köstlichen Pie von Fiona zu, die sich mit Hank in der Küche abwechselte.

Sie stießen gerade auf die abgeschlossenen Ermittlungen an, zu denen Thea später noch einen langen Beitrag auf ihrem Blog veröffentlichen würde, als die Tür aufflog.

Myrna hängte den Mantel an die Garderobe und setzte sich auf den freigelassenen Platz, als wäre es das

Normalste der Welt. Sie lächelte glücklich. »Habe ich was verpasst?«

Hank verschüttete Bier auf Nathans Hose, und Lucretia gab einen quiekenden Laut von sich, der sich nach einem Meerschweinchen anhörte.

»Evans!«, rief Thea und rannte um den Tisch, um ihre Freundin zu umarmen. »Ich dachte, du musst heute in London sein.«

»Ich hatte eben Lust auf einen schönen Abend mit meinen Freunden«, antwortete sie in die lächelnde Runde. Hank reichte ihr ein Glas Wasser mit Zitrone, wie sie es liebte. Sie küssten sich zärtlich, und der stämmige Wirt wollte sie kaum wieder loslassen. »Ich bin froh, dass du hier bist.«

»Und ich erst. Ich bin sogar so gern hier, dass ich nie wieder weggehe!«, rief sie und erfreute sich an den überraschten Gesichtern. Sie erhob ihr Glas. »Auf Pendle!«

»Auf Pendle!«, riefen die anderen und prosteten ihr zu.

»Aber was ist mit London? Was mit deinem Job? Du hast immer von diesem Posten geträumt und alles dafür gegeben«, redete Thea auf sie ein.

Myrna schenkte ihr ein warmes Lächeln. »Ich habe meinen eigentlichen Wunsch in London vorgetragen. Deshalb war ich erst einmal dort. Es wurden viele Gespräche und Verhandlungen geführt. Letztlich sind wir alle zu dem Schluss gekommen, dass ich in Pendle besser aufgehoben bin.«

Theas Mundwinkel fielen herab. »Das heißt, du hast für uns deinen Traum aufgegeben? So etwas wollte ich nie.«

Sie lüftete ihren Blazer und zeigte Thea die nigelnagelneue Polizeimarke. »Wer sagt denn, dass ich nicht alles haben kann?« Ihr Grinsen sprach Bände.

Myrna hatte es geschafft, sie war endlich Chief Inspector und durfte trotzdem in Lancashire ermitteln. Thea fiel ihr noch einmal um den Hals.

Der frischgebackene Chief Inspector nahm diverse Glückwünsche entgegen und musste eine Runde ausgeben.

Harrison schlug Myrna anerkennend auf die Schulter. »Wenn das jemand verdient hat, dann Sie.«

»Das hätte ich beinahe vergessen.« Myrna griff in ihre Hosentasche und legte Ward ihre alte Plakette in die Hand. »Meinen Glückwunsch, Inspector Harrison.«

Ward blieb der Mund offen stehen. Er brauchte eine Weile, um zu begreifen. »Ich bin befördert?«

»Sind Sie. Ich habe in London ein gutes Wort für Sie eingelegt, weil Sie mit vortrefflichen Leistungen, Gehorsam, Mut, Fleiß und einer guten Auffassungsgabe gepunktet haben.«

Harrison zog Myrna in seine breiten Arme. In seinen Augen standen Tränen. »Danke, Inspector ... ähm, Chief Inspector.«

»Sag endlich Myrna zu mir, Ward. Es wird Zeit.«
Das war noch ein Grund zum Feiern.

***

Während sich Myrna mit Hank in eine Ecke zurückzog und dort mit ihm redete, ließen sich die anderen Fionas Köstlichkeiten schmecken. Es wurde viel gelacht und bis in den späten Abend hinein erzählt. Wieder hatte Thea das Gefühl, hier eine große Familie vor sich zu haben.

Ihr Handy vibrierte. Auf ihrem Blog war eine Nachricht mit Bildanhang eingegangen. Es war ›Wookieeboy‹, der schrieb:

War nie glücklicher. Danke für alles, Churchyard Crimes.

Darunter sah sie ein Foto … von sich selbst! Es zeigte Myrna und sie beim Plaudern im Pub. Ein tolles Foto, das Thea aber auch Angst einjagte. Myrna trug ihren dunkelblauen Blazer, und Theas Haare waren hochgesteckt. Dieses Bild war eindeutig von heute!

Sie zoomte es heran und suchte nach Hinweisen. Durch ein Fenster war es nicht aufgenommen worden. Und wieso bedankte sich der Unbekannte auch noch bei ihr? Dieses Mal hatte sie ihre Follower viel zu lange zappeln lassen.

Thea überprüfte, von welchem Ort aus das Foto aufgenommen worden war, und landete am Platz schräg gegenüber. Als sie aufsah, zwinkerte Emilia ihr zu.

Ja, Pendle war eben immer für eine Überraschung gut.

ENDE

Nachwort

Vielen Dank, dass ihr meinen Krimi gelesen habt! Ich hoffe, er konnte euch ein paar Stunden vom Alltag ablenken und hat euch eine spannende Zeit beschert.

Wie ihr sicher bemerkt habt, sind einige Informationen über das Borough Pendle in Lancashire Fakt, während andere meiner Autorenfantasie entspringen, um euch das Lesevergnügen so angenehm wie möglich zu machen und euch auf eine spannende Reise rund um Totengräberin Alethea Shaw und Inspector Myrna Evans mitzunehmen.

Nicht alles über Pendle entspricht der Wahrheit, weshalb ich trotz Hexenprozessen und seltsamen Erscheinungen immer zu einem Besuch des urigen Städtchens raten würde. Lasst euch von den herrlichen Landschaften verzaubern, genießt ein Ale im ›Pendle Inn‹ oder wandert rings um den Pendle Hill. Ob ihr ihn betretet, überlasse ich euch, denn bis heute soll es dort spuken …
;-)

Danksagung

Danke an das Team von dp Digital Publishers für die nette Betreuung und die Chance, diese Cosy-Crime-Reihe zu vollenden!

Ein besonderer Dank gilt meiner fleißigen Lektorin Katrin Gönnewig, mit der das Arbeiten so angenehm wie möglich wurde. Danke für deine Mühe und die netten Gespräche. Das Buch hat durch dich wieder einmal den letzten Schliff bekommen. Du hast meine Reihe erst perfekt gemacht, mir Mut zugesprochen und immens viel Geduld gezeigt, als es auch mal knapper wurde.

Außerdem möchte ich mich bei Anne Peisler von dp bedanken, die das ganze Projekt wunderbar begleitet hat, und bei Gisela B. Schmidt, die mich durch ihre *Mia Midway* erst wieder auf das Genre Cosy Crime brachte. Danke, dass du »Churchyard Crimes« auch als treue Leserin begleitet hast.

Ohne euch wäre diese Reihe nicht das, was sie heute ist. Ein zusätzlicher Dank ist an die Leserinnen und Leser meiner Geschichten, ob Krimi oder Liebesroman, gerichtet. Ohne euch wäre all die Arbeit ziemlich sinnlos. Danke, dass ihr meine Reihe zu einem Erfolg gemacht habt!